Bull Mountains, Montana. Der vierundzwanzigjährige Wendell Newman hat vor kurzem seine Mutter verloren, sein Vater Verl ist seit Jahren verschwunden, nachdem er einen Wildhüter erschossen hatte. Eines Tages taucht unerwartet der siebenjährige Rowdy bei ihm auf. Als einziger Verwandter soll Wendell den traumatisierten Jungen in Obhut nehmen. Auch die Lehrerin Gillian und deren Tochter Maddy kümmern sich um Rowdy. Wendell ahnt nicht, dass sie die Familie des Mordopfers sind.
In der Jagdsaison spitzen sich die Ereignisse zu. Wendell und Rowdy werden in die gewalttätigen Auseinandersetzungen um Land und die unpopulären Naturschutzgesetze verwickelt. Die verdrängten dunklen Geheimnisse zwischen den Familien kommen ans Licht.
Joe Wilkins' Roman steht in der Tradition grosser Wildwestepen. In der überwältigenden Weite der einsamen Landschaft findet ein verzweifelter Existenzkampf unter verfeindeten Familien statt, deren Gewalttaten kaum geahndet werden.

Joe Wilkins wurde 1978 auf einer Ranch nördlich der Bull Mountains in Montana geboren, wo er auch aufwuchs. Er studierte Ingenieurwesen und kreatives Schreiben. Bisher veröffentlichte er zwei Romane und vier Gedichtbände, ausserdem Essays und Erzählungen in zahlreichen Zeitschriften. Sein Roman *Fall Back Down When I Die* wurde 2020 mit dem High Plains Book Award ausgezeichnet und ist inzwischen ins Französische, Italienische und Spanische übersetzt worden. Wilkins lebt mit seiner Familie in Oregon, wo er das Kreativprogramm der Linfield-Universität leitet. joewilkins.org.

Joe Wilkins

Der Stein fällt, wenn ich sterbe

Roman

Aus dem Amerikanischen
von Irma Wehrli

Lenos Verlag

Die Übersetzerin
Irma Wehrli, geboren 1954 in Liestal. Studium der Anglistik, Germanistik und Romanistik. Schwerpunkt ihrer Übersetzungstätigkeit sind englische und amerikanische Autoren des 19. Jahrhunderts und der klassischen Moderne (Hardy, Wilde, Kipling, Mansfield, Hawthorne, Whitman, Cather, Wolfe u. a.). Für ihre Übertragung des Romans *Of Time and the River* von Thomas Wolfe wurde ihr 2011 das Zuger Übersetzer-Stipendium zugesprochen, 2017 wurde ihr die Ehrendoktorwürde der Universität Basel für ihr Gesamtwerk als Kulturvermittlerin verliehen. Für den Lenos Verlag übersetzte sie Werke von Julie Otsuka und Leila Aboulela.

Die Übersetzerin und der Verlag danken der Schweizer Kulturstiftung Pro Helvetia für die Unterstützung.

prohelvetia

Titel der amerikanischen Originalausgabe:
Fall Back Down When I Die

Erste Auflage 2023

Satz und Gestaltung: Lenos Verlag, Basel
Umschlagfoto: Galyna Andrushko / Shutterstock
Printed in Germany
ISBN 978 3 03925 029 5

www.lenos.ch

Für Alexis und Mike
und für alle,
die an entlegenen Orten
bessere Wege suchen

Obwohl es viele Orte, die im Roman genannt werden, wirklich gibt, hat der Autor auch manche Ortsnamen erfunden und die Merkmale anderer Orte verfremdet (zum Beispiel was die Geschichte, ihre genaue Lage, die Bevölkerung, das Geschäftsleben oder die Schulen betrifft). Auch bezüglich der Geographie des Ostens Montanas hat er sich einige Freiheiten genommen. Zum Beispiel hiess es zwar oft, dass Wölfe aus dem Yellowstone nach Nordosten bis in die Bull Mountains hinaufgewandert seien, doch dies wurde nie nachgewiesen und ist angesichts der Entfernung auch unwahrscheinlich. Hier hat der Autor die Distanz ignoriert und das Gerücht für bare Münze genommen. Abschliessend sei festgehalten, dass der Autor für viele seiner Figuren zwar Namen in abgewandelter Form verwendet hat, die ihm seit seiner Jugend vertraut sind, jedoch sind die Romanfiguren alle erfunden, und jede Ähnlichkeit mit lebenden Personen ist rein zufällig.

Wenn ich irgendwo heimisch bin,
so bin ich es hier.

Wallace Stegner, *Wolf Willow*

Verl

Tag zwei

Nicht hier draussen in dieser ganzen Gegend. Nicht mal mit euren Quads und Funk und alldem. Nicht mal dann. Ich sag euch ihr werdet mich nicht finden. Nicht hier draussen in dieser ganzen Gegend. Ich kann laufen und mich verstecken und laufen und selbst wenn es einen kurzen Moment gäbe für einen Rückenschuss auf sechshundert Yard so gehören diese Berge doch mir ihr gottverdammten verdammten Feiglinge ich sag euch diese Bull Mountains hier sind mein auf gottverdammt immer und ewig.

Wendell

Als der SUV des Nachbarsmädchens die Strasse hinunter verschwand, sah Wendell zu, wie der von den Reifen hochgewirbelte Staub aufglomm und durch Gold und Ocker in allen Schattierungen rieselte, und hoch droben am Abendhimmel ein Perlblau. Erntelicht, Spätaugustlicht – spärlich, schräg einfallend und körnig. In seinem Rücken die schon blau angelaufenen, dunklen Berge.

Wendell ging zu seinem Trailer zurück, und die Fliegengittertür schlug hinter ihm zu. Er betrachtete den Jungen, der da auf dem Boden des Wohnzimmers sass und in ein Ringheft kritzelte, mit so dunklen und harten Strichen, dass sie fast silbrig glänzten. Unvermittelt klappte der Junge sein Notizheft zu und klemmte seinen Bleistift in die ringförmigen Bügel. Er sah Wendell direkt an, und seine dunklen Augen waren das Grösste an ihm.

»Du bist bestimmt hungrig«, sagte Wendell. »Machen wir uns was zu essen.«

In den vergangenen Erntewochen war er nicht oft zu Hause gewesen, und obwohl er Rindereintopf oder ein Chili vorzog, fand er im Schrank nur ein paar Dosen Nudelsuppe mit Huhn. Wendell sah ein, dass er regelmässiger einkaufen musste, nun, da der Junge hier war.

»Sieht so aus, als ob wir die Wahl zwischen Huhn und Hühnchen hätten, Kumpel.«

Wendell nahm eine Dose vom Regal, setzte den Öffner an und gab die feste Masse in Schüsseln, dann stellte er diese in die Mikrowelle und drückte die Knöpfe. Das Licht war kaputt, aber er hörte das Surren und wusste, dass das Gerät aufheizte. Der Junge stand wartend da und kratzte sich an der Wange, dann setzte er sich an das runde Tischchen in der Trailerküche und baumelte mit den dünnen Beinen. Sieben Jahre alt und klatschnass vielleicht fünfzig Pfund.

Die Sozialarbeiterin aus Billings, eine ungepflegte Frau mit Hängebacken, hatte den Jungen gestern hierhergebracht. Sie hätten ihn ein paar Tage im Krankenhaus gehabt, sagte sie, nur zur Sicherheit, und hatten ihn in ein Wohnheim bringen wollen, aber dann fanden sie heraus, dass es südlich von Delphia einen Onkel gebe. Es habe eine Weile gedauert, ihn ausfindig zu machen, aber da seien sie nun, sagte sie, trat beiseite und winkte dem Jungen. Das war also sein Neffe, dieser magere Kleine mit einer Plastiktüte voller Kleider und einem Ringheft. Wendell war eben von stundenlanger Arbeit auf dem Mähdrescher nach Hause gekommen. Er hielt seine Hände hoch und erklärte, er sei kein Onkel, sondern ein Cousin des Jungen. Lacy, die Mutter des Jungen, habe bei Wendell und seiner Mom Maureen gelebt, weil ihr Vater als Fischer nach Alaska gegangen und ihre Mutter, Maureens Schwester, schon Jahre zuvor bei einem Autounfall gestorben sei. Als keine Briefe von ihrem Vater mehr eintrafen, hatte Lacy einfach einen Vorhang durch das Zimmer gehängt, das sie mit Wendell teilte, und war während fast der ganzen Highschoolzeit bei ihnen geblieben. Ja, Lacy sei wie eine ältere Schwester für ihn gewesen – nur ein Jahr trennte sie –, aber eigentlich sei sie nur eine Cousine. Dies wolle er festgehalten haben.

Die Frau nahm es zur Kenntnis, musterte die Keystone-Light-Dosen, die auf dem Küchentresen herumstanden, und fragte dann nach seiner Mutter. Er sah ihr an, dass sie hoffte, sie müsse den Jungen nicht in einem Trailer in den Bull Mountains draussen zurücklassen bei einem Mann, der selber noch fast ein Junge war. Aber Wendell schüttelte den Kopf und erzählte der Sozialarbeiterin, seine Mutter sei vor rund einem Jahr gestorben. Die Frau starrte auf seine Arbeitsstiefel, sein ärmelloses T-Shirt voller Fettflecken und Spreu, das dunkle Erdbraun seiner sonnenverbrannten Arme und von Gesicht und Nacken und die scharfe weisse Trennlinie von der Baseballkappe, die er tief in die Stirn gezogen trug. Wendell kam es so vor, als ob sie ihn stunden- und tagelang mustere, eine gründliche und strenge Inspektion, die zu all den übrigen Prüfungen hinzukam. Er hatte es sich nicht ausgesucht, sich um einen Jungen zu kümmern, so viel stand fest, trotzdem lag Wendell daran, dass diese Frau aus Billings ihn wahrnahm, gut von ihm dachte und fand, er könnte allenfalls tun, was getan werden musste. Darum fühlte er sich seltsam erleichtert, als sie schliesslich seufzend sagte, es tue ihr leid, das von seiner Mutter zu hören, sich dann aber beeilte, eine Aktenmappe aus ihrer Tasche zu ziehen und ihm zu eröffnen, dass der Junge »entwicklungsgestört« und »in verschiedener Hinsicht herausgefordert« sei und, was der Hammer war, dass er kein Wort gesagt habe, seit sie ihn gefunden hatten. Nach ihrer Erkenntnis sei der Junge über eine Woche lang allein in jener Wohnung im Süden von Billings eingesperrt gewesen.

Die Mikrowelle surrte. Der Junge führte beide Hände an sein Gesicht und begann mit den Fingern auf die gespannte Wangenhaut zu klopfen, was wie ein dumpfes Trommeln klang. Er war irgendwie schief, dieser Junge, die Schultern nach rechts gebogen, der Hals lang und dünn und nach links gestreckt, die Ohren zart und so breit wie Schmetterlingsflügel.

Der Junge trommelte auf seine Wangen, starrte auf den Tisch und zitterte. Trommelte pausenlos.

»Ich auch, Kumpel. Ich habe auch Hunger.«

Als die Mikrowelle piepste, öffnete Wendell die Tür, packte die Schüsseln und verbrannte sich die Finger. Er fluchte, warf einen Blick auf den Jungen – der immer noch trommelte – und entschuldigte sich. Dann knüllte er ein paar Papiertücher zusammen und trug die Schüsseln auf diese Weise zum Tisch.

Wendell holte zwei Löffel, füllte zwei Wassergläser, trat einen Schritt zurück und musterte den Tisch.

»Sieht nicht gerade nach viel aus.«

Er wühlte noch mal in seinen Schränken, fand eine Packung Salzcracker und legte ein Stück Margarine aus dem Kühlschrank dazu. Dann setzte er sich und rückte seinen Stuhl an den Tisch. Lächelte in sich hinein über seinen guten Einfall.

»Buttercracker, Kumpel. Damit kriegst du was auf die Rippen.«

Der Junge starrte ihn und dann die Cracker an. Wendell nahm einen, gab einen dicken Klacks Margarine darauf und reichte ihn dem Jungen.

Bevor seine Mutter diesen Gesundheitstick bekam, hatte es zu fast jeder Mahlzeit Buttercracker gegeben. Sie assen Fleisch, Buttercracker, Kartoffeln in irgendeiner Form, Mixed Pickles und zur Nachspeise Pfirsiche oder Birnen in Sirup. Das war in jener traurigen, guten Zeit, als sie beide allein waren – nachdem sein Alter verschwunden war und vor Lacy.

Der Junge schob sich den Cracker in den Mund, zermalmte ihn kurz und griff nach einem zweiten. Wendell grinste ihm zu.

Eine Weile lang assen sie. Schabende Löffel und leise knackende Cracker. Als er fertig war, sass der Junge einfach so da und starrte auf seine Schüssel. Wendell öffnete eine zweite Dose, gab die Hälfte davon in die Schüssel des Jungen, machte sie warm und stellte sie vor ihn hin. Der Junge ass auch diesmal auf und verzehrte überdies einen zweiten Teller voll Buttercracker. Dann lehnte er sich in seinem Stuhl zurück, die Augen nicht mehr so weit aufgerissen, und Schultern und Kiefer schienen sich zu entspannen.

Der Junge war schläfrig, dachte Wendell. Oder satt. Oder weiss Gott was. Er wusste ja gar nicht, was er da tat.

Bevor sie ging, hatte Jackie, das Nachbarsmädchen, das den ganzen Tag auf den Jungen aufgepasst hatte, gesagt, dass sie am andern Tag nicht kommen könne. Sie müsse in die Stadt fahren, zur Schulbibliothek, wo es Internet gab, damit sie sich für das Herbstsemester einschreiben könne. Sie würde in einer Woche am privaten College in Billings drüben anfangen. Wendell hatte das nicht mitbekommen. Jackie Maxwell war für ihn immer noch die Neue, deren Eltern aus Colorado gekommen waren und die Shellhammer-Farm gekauft hatten, nachdem Art Jr. sie an die Bank verloren hatte, und damit anfingen, ausgerechnet Ziegen zu halten – und ein Bio-Ziegenfleisch-Label aufzogen, das sich rechnete, als eine Delikatessladenkette aus Kalifornien alles Monate im Voraus aufzukaufen begann. Bevor er mit seinen Ersparnissen einen Chevy LUV gekauft hatte, hatte es ein Jahr gegeben, in dem Jackie und er denselben Bus genommen hatten, den Südbus. Südbuskinder, Nordbuskinder, Ostbuskinder, Westbuskinder. Und die Stadtkinder waren noch mal etwas ganz anderes. Jackie war ein dünnes Mädchen mit runder Brille und zwei langen Zöpfen, aber eines Tages hatte sie ihr Haar offen getragen, und Wendell hatte sich getraut, zu warten, bis der Busfahrer nicht hinsah, und von weit hinten einen Kaugummi geschnippt und Jackie mitten am Kopf getroffen. Ihr braunes Haar hatte sich hoffnungslos im rosa Kaugummi verfangen, und der ganze Bus hatte sich ausgeschüttet vor Lachen. Und jetzt kam sie an, erwachsen und hübsch, und erzählte ihm von ihrer Einschreibung am College, während er im Trailer seiner Mutter hauste und fremden Weizen einbrachte. Er hoffte, Jackie wusste das mit dem Kaugummi nicht mehr. Er hatte keine Ahnung, wen er noch bitten könnte, morgen auf den Jungen aufzupassen.

»Wie wär's mit Fernsehen, Kumpel?«

Er schaltete das Gerät ein für den Jungen und machte sich daran, die Küche aufzuräumen. Als er den Tisch abwischte, glaubte Wendell den Jungen summen oder gar lachen zu hören, doch als er aufschaute, war das Kind, das nicht länger als fünf Minuten dort gesessen hatte, am Boden eingeschlafen. O Gott. Er wusch das Geschirr fertig ab, holte eine Dose Keystone Light aus dem Kühlschrank und nahm einen Schluck. Das Licht des Fernsehers flackerte über den schmalen Körper des Jungen. Wendells Herz schlug heftig in seiner Brust.

Zwei Sendungen später kniete sich Wendell auf den Boden und nahm den Jungen in seine Arme. Nichts als Haut und Knochen, dachte er, als er den Jungen ins Bett seiner Mutter mit cremefarbener Steppdecke und Spitzenkissen legte. Er war nicht oft in ihrem Zimmer gewesen seit ihrem Tod und hatte ihre Frisierkommode mit dem grossen Bleiglasspiegel darüber fast schon vergessen. Als er ein Junge war, hatte ihn der Spiegel fürchterlich erschreckt, dieser gestreckte Winkel, in dem er sich sah, wenn er frühmorgens zwischen seine schlafenden Eltern ins Bett geschlüpft war. Er wühlte im Schrank, fand ein Laken und hängte es über den Spiegel.

Der Junge ballte die Hände, und sein ganzer Körper wurde hart und steif, er warf die dünnen Arme über den Kopf und riss die Augen auf – aber dann entspannte er sich ebenso schnell, und seine Augen flatterten wieder zu. Die Sozialarbeiterin hatte Anfälle erwähnt und Wendell gezeigt, was dann zu tun war. Wenn er so fest schlief, schien das zwar nicht möglich. Er schlief ganz fest und war so klein und gestrandet in diesem Zimmer einer Frau. Wendell dachte daran, Laken mit Autos oder Basketbällen darauf oder dergleichen zu besorgen und ein paar Poster an die Wand zu hängen. Aber er war sich nicht sicher. Er machte ein Fenster auf gegen die Hitze, und Nachtgeräusche drangen herein: Grillen, Mücken, Wind im trockenen Gras und in den Kiefern, das ferne Jaulen und Heulen von Kojoten. Er betrachtete noch mal den Jungen, wie er den Kopf nach links drehte und seine Knie fast bis zum Kinn hochzog. Er ist das kleinste Wesen hier, dachte Wendell. Das winzigste Wesen meilenweit.

Wendell ging sich noch ein Bier holen, setzte sich an den Küchentisch und trank es aus. Der Junge schlief, wie es sich gehörte, und rundum war Nacht, und er war müde von seinem Tagwerk, die langen Muskeln in seinen Schultern knisterten und schoben sich gegen die Knochen. Er rieb sich mit Daumen und Zeigefinger die Augen, bis es hinter den Lidern rot und lila flimmerte, und nahm eine Bestandsaufnahme vor: Er war vierundzwanzig Jahre alt. Der Trailer und der Pick-up gehörten ihm ganz, aber er schuldete noch Steuern auf dem verbliebenen Land – mit den alten Farmgebäuden, der Werkstatt und einem grossen Stück Land im Westen – und hatte überfällige Rechnungen für zwei der letzten Operationen seiner Mutter, die ihr im Übrigen gar nichts genützt hatten. Sein Boss, Glen Hougen, hatte ihm neulich erlaubt, seinen Pick-up aufzufüllen, so dass er jetzt einen fast vollen Benzintank hatte. Dann noch knapp hundert Dollar auf der Bank und ein paar Scheine in seinem Geldbeutel. Weil er weder wusste, was er mit dem Jungen morgen anfangen sollte, noch, ob er sich einen festen Babysitter leisten konnte, waren ungefähr dies seine Gewissheiten: dies und die Nacht.

Nun war nur noch er übrig, dachte er, und die Bierdose schien unwirklich in seiner Hand. Er und der uneheliche Sohn seiner Cousine. Sie waren die letzten Newmans in diesen Bergen.

Am anderen Tag nahm er den Jungen mit auf das Feld und fragte Glen, ob er unter den gegebenen Umständen, und weil es nur einen Platz gebe im Mähdrescher, ausnahmsweise den Getreidelaster fahren dürfe, damit der Junge mitfahren könne.

Glen spuckte auf den Boden und fuhr sich mit dem Handrücken über den Mund. »Gott, Wendell. Ich weiss, du hast in letzter Zeit viel durchgemacht. Aber das ist nicht ideal.«

»Ich weiss.«

»Weisst du was, du gibst Lanter eine Schnellbleiche, wie man den Mähdrescher bedient. Fahr mit ihm mal über das Feld, während ich ein Auge auf den Knirps habe. Wenn Lanter die Maschine bedienen kann, darfst du den Laster fahren.«

»Das weiss ich zu schätzen.«

»Das sollst du verdammt noch mal auch. Ich habe nur eine Vollzeitkraft, Wendell, und ich brauche dich für die wichtigsten Aufgaben. Selbst wenn Lanter es kapiert, ist er langsam. Da schaffen wir nicht annähernd so viel heute.«

Wendell half dem Jungen aus dem Chevy, und der blieb am Stoppelrand des Ackers stehen und blinzelte in die bläuliche Ferne.

Glen trat zu ihm hin und bückte sich. »Siehst gar nicht übel aus, Jungchen. Hast eine schöne schwarze Mähne.« Dazu zog Glen sich seine Baseballkappe ab und fuhr sich über den eigenen glänzenden Glatzkopf. »Ich bin richtig eifersüchtig. Wollen wir tauschen?«

Der Junge wich zurück, und als Glen nach seiner

Hand griff, begann er zu zittern, und ein keuchendes Wimmern entstieg seiner Kehle.

Verlegen klopfte Wendell dem Jungen auf die Schulter. »Na, na, ist schon okay, Kumpel.«

Aber der Junge begann zu kreischen wie ein Sägeblatt, das an- und abschwillt. Wendell kniete sich hin und versuchte, den Jungen zu beruhigen, nahm ihn an den Armen. Doch der Junge schrie nur noch lauter. Er zappelte, trat mit den Füssen und plärrte Wendell ins Gesicht.

Jetzt nahm Glen Wendell an der Schulter. »He, lass ihn doch los. Ist schon gut, ja, gib ihm jetzt lieber was zu trinken aus deiner Feldflasche oder so.«

Staub in Wendells Augen und die zunehmende Hitze des Tages in der Kehle. Er gehorchte und hob den Jungen hoch, der wild mit den Armen fuchtelte und jaulte und mit dem Hinterkopf gegen Wendells Schulter und Brust schlug, und eilte über das Feld zum Getreidelaster. Das Wehklagen des Jungen zerriss ihn fast. Die Stoppeln knackten unter seinen Stiefeln. Wendell stolperte, richtete sich wieder auf und flüsterte dem Jungen zu, er sei doch sein guter Onkel und werde sich nach Kräften um ihn kümmern, nach besten Kräften. Und als sie den Laster erreichten, hatte der Junge sich etwas beruhigt, obwohl er immer noch zitterte und zappelte.

Den Jungen unter dem einen Arm, zog Wendell mit dem andern die schwere, knarrende Tür des Getreidelasters auf, setzte den Jungen auf die hohe Bank und gab ihm sein Notizheft samt Bleistift und die Feldflasche. Der Atem des Jungen wurde ruhiger und regelmässiger, und er legte die Finger auf sein Gesicht und zupfte an seinen Wangen. Wendell lehnte sich in den Laster und zeigte ihm das alte Autoradio und wie man am Silberknopf drehen und mit dem Zeiger die Zahlen rauf- und runterfahren konnte. Der Junge sah einen Augenblick zu, die Hände noch im Gesicht. Dann streckte er den Arm aus nach dem Knopf.

Wendell kramte seine Dose Copenhagen aus der Gesässtasche, zwackte eine Prise Kautabak ab, spuckte aus und wischte sich über die Stirn. Dann ging er zurück über das Feld.

Glen schüttelte den Kopf. »Verflucht. Du weisst ja nicht mal, was du dir da eingebrockt hast, Junge. Wer ist der Vater des Kleinen noch mal?«

»Lacy hat nie was verraten. Ich weiss aber, dass er mit Nachnamen Burns heisst.«

»Und du wusstest nicht, dass Lacy je mit einem Burns gegangen wäre?«

»Es gibt vermutlich vieles, was ich nicht weiss.«

Glen schüttelte wieder den Kopf und saugte an seinen Zähnen. »Dieses Mädchen war von Anfang an ein Irrwisch. Mit Verlaub gesagt. Aber es gab nichts, was deine Mom hätte tun können. Wenn man mal anfängt mit diesem Methamphetamin, geht's einem beschissen. Der Junge ist nicht ganz normal, was? Dem armen Kind stehen raue Zeiten bevor. Wie heisst er mit Vornamen?«

»Rowdy.«
»Rowdy Burns?«
»Jawohl.«
»Verflucht.«

Er war in seinem Junior-Jahr, als Delphia endlich wieder aufsteigen sollte. Das sagten alle. Wendells Korbwürfe waren todsicher, Daniel McCleary war schnell und clever am Ball, und der Korenko-Junge war zwar nicht der Hellste – er war zweimal sitzengeblieben und schon zwanzig –, aber fast zwei Meter gross.

Zum entscheidenden Spiel im Meisterschaftsturnier schickten zwei der drei Nachrichtensender in Billings ihre Reporter. Wendell machte dreiunddreissig Punkte und hatte in der letzten Sekunde die Chance, mit einem 1+1 von der Freiwurflinie[1] die Partie auszugleichen und eine Verlängerung zu erzwingen. Er schaffte das Front End, dann war die Sekunde um. In jener Nacht, nach der wie betäubten Rückfahrt im Teambus und den vielen dunklen Kurven der Schotterstrasse zurück zum Trailer, kam Lacy in sein Zimmer und kroch zu ihm ins Bett. Sie schmiegte sich an ihn. So klein sie war, nahm sie ihn in die Arme und hielt ihn. Im Sommer davor hatten er und Lacy sich tausend staubige, erbitterte Duelle vor dem an die Scheunenwand genagelten Korbring geliefert. Sie war schnell und hatte spitze Ellbogen. Sie rempelte ihn grob an und konnte richtig gemein sein. Auf der ganzen langen Rückfahrt hatte er an sie gedacht und daran, was sie wohl sagen würde. Aber sie hatte gar nichts gesagt. Ihn bloss festgehalten. Er weinte, weinte heftig und fiel dann – wie ein polternder Stein in den Fluss – in einen schwarzen, unruhigen Schlaf.

Er träumte, wie er es oft tat, von Wölfen und ihren grossen Vorderpfoten, die sie so weich und sicher aufsetzten, und als er nach einiger Zeit erwachte, sah er Lacy über sich stehen, mit einem Gewehr in den Händen.

»Gehen wir.«

»Wohin?«

Sie wandte sich zur Tür. »Du stehst jetzt verdammt noch mal einfach auf«, sagte sie.

Wendell folgte ihr in die Berge. Schwarze, hoch droben dahineilende Wolken, das Licht des Spätwintermonds wässerig und blau. Gras und Ästchen und knisternder Raureif unter ihren Stiefeltritten, kratzende Kiefernrinde, knirschende Steine. Kläffende Kojoten. Das *Hu-hu huuh hu-hu* eines Virginia-Uhus. Dann war alles ruhig und still. Und als das Geheul um sie anhob und anschwoll, blieb Lacy stehen, orientierte sich und folgte den verklingenden Lauten. Sie, diese schlanke, ruhelose, unbezähmbare Nachtgestalt, entschwand in das noch tiefere Dunkel. Und er folgte.

Sie waren die ganze Nacht unterwegs. Als es tagte, waren sie bis zum Hawk Creek gekommen, wo sie unter einer Kiefer zusammengerollt ein kaltes Stündchen lang schliefen.

Den Wolf sahen sie nie.

Weil er warten musste, bis Rowdy gepinkelt hatte; weil er zum Trailer zurücklief, wo er die Buttercracker vergessen hatte, und innehielt, um den Jungen zu trösten, wenn ihn etwas erschreckte – aus all diesen Gründen war Wendell erst spät wieder beim Acker, wo die vollen Mähdrescher warteten und Glen seinen grossen Glatzkopf schüttelte und in den Staub spuckte. Im Übrigen war es ein guter Tag. Wendell gefiel es, wie die Anwesenheit des Jungen ihm einen Vorwand zum Schwatzen, Nörgeln oder Herumalbern gab. Und Rowdy schien es grösstenteils gutzugehen. Er drehte gern am Radio herum. Er mochte das Auf und Ab der Feldwege, die Rumpler, Kehren und Bodenwellen. Wendell liess ab und zu den Motor aufheulen, bloss um zu sehen, wie er die Augen aufriss.

Einmal, mitten am Nachmittag, geriet dem Jungen Spreu oder sonst etwas in die Kehle, und er schien nicht aufhören zu können mit Husten. Er wurde röter und röter, und Wendell hielt an und klopfte ihm auf den Rücken und versuchte ihn dazu zu bringen, ein wenig Wasser zu trinken, was Rowdy schliesslich tat und danach wiederhergestellt war, während Wendell sich völlig schlapp fühlte im staubigen, schräg einfallenden Licht.

Spätabends, als die Sonne blutrot durch die Kiefern schien und das umgebrochene Land ringsum schattenhaft blau wurde, drehte Wendell sich nach dem Jungen um und sah ihn immer noch stocksteif auf der Bank sitzen wie schon fast den ganzen Tag, mit seinen knochigen, schiefen Schultern und den weit wie Wackersteine aufgerissenen Augen. Wendell malte sich aus, dass Glen sie vermutlich bis Mitternacht arbeiten lassen würde, um aufzuholen, und in Erinnerung an die Gutenachtgeschichten, die sein Alter sich für ihn ausgedacht hatte, fand er, er könne ja etwas erzählen, damit der Junge sich entspannen und vielleicht gar zusammenrollen und die Augen zumachen konnte.

»Soll ich dir eine Geschichte erzählen, was meinst du? Was würdest du dazu sagen?«

Der Junge drehte sich um, blinzelte und wartete.

»Also gut. Ich nehm bloss noch eine Prise.«

Wendell griff nach der Copenhagen-Dose, die noch auf dem Armaturenbrett lag, schlug sie einmal auf und stellte sie auf seinen Schenkel. Die linke Hand am Steuer, drehte er mit der rechten sorgfältig den Deckel auf, legte ihn ebenfalls auf seinen Schenkel und klaubte eine Prise heraus. Kaum hatte er den Tabak im Mund, griff der Junge nach der Dose, setzte den Deckel drauf und gab sie Wendell zurück.

Wendell lächelte und zwinkerte dem Jungen zu. »Da kann einer sagen, was er will, Rowdy Burns, du bist ein Gentleman.«

Wendell erzählte dem Jungen von den langen Tagen des Pflügens und Harkens und Pflanzens im Frühling; von der Hoffnung auf Regen, die sich festkrallt im Herzen wie eine Last, und wie die Hoffnung in die andere Richtung zieht, wenn der Regen kommt und das Herz erhebt wie die grünen Schösslinge, die austreiben, sich strecken und im Handumdrehen zu Gold und immer satterem Gold reifen. Er erzählte dem Jungen vom gewaltigen roten Mähdrescher mit seinen rotierenden Haspeln, die den Weizen dem Messerbalken zuführen, den dreieckigen Klingen, die ihn abschneiden, dem Dreschaggregat, das das Korn ausreibt – und die Spreu hinter die Maschine auf das Stoppelfeld wirbelt, während er den roten Hartweizen im Getreidetank sammelt –, bis der Mähdrescher sich zum Ackerrand in Bewegung setzt, das Abtankrohr ausschwenkt und der Weizen sich auf die leere Ladefläche des Kornlasters ergiesst.

»Und damit fahren wir jetzt diese Feldwege auf und ab, Kumpel, und bringen den Weizen zu den Silos, in die wir ihn hineinbefördern, und dann wartet er in den Silos auf den Verkauf, und dann wird er verkauft. Ja, dann wird er verkauft.«

Wendell warf einen Blick auf den Jungen, der aufmerksam zuhörte und ihn beobachtete wie ein Pilger, der am Himmel nach einem Zeichen Ausschau hält. Vor ihnen wickelte sich die Strasse in immer engeren Windungen in die Weiten der aufziehenden Nacht ab, und Sternenlicht glitt herab durch den Strassenstaub. In der Stille blinzelte Rowdy und fröstelte, lehnte sich auf der Sitzbank zurück und liess seine Schultern unmerklich fallen. Wendell redete weiter. Er erzählte von dem, was ihm am nächsten war und am leichtesten fiel: vom

Basketball an der Highschool und wie in einem Umkreis von fünfzig Meilen alle zu den Heimspielen kamen und gut die Hälfte auch noch an die Auswärtsspiele und Turniere fuhr. Er gestand, wie verdammt schmerzlich er das Basketballspielen vermisste, wenn Toby Korenko den Ball hart und scharf passte – seine Sportschuhe quietschten, und der Schweiss tropfte, wenn Schulter auf Schulter traf – und er Daniel McClearys Zuspiel erwischte, die Schultern straffte und sprang und am höchsten Punkt den Ball in die Luft stemmte, warf und bei seiner Landung auf dem Hartholzboden zusah, wie der Ball sich ins Netz senkte. Wie die Menge dann aufstand, johlte und schrie und gegen das Holz und den Stahl der alten Tribüne trampelte und die Sporthalle, ein schmaler Schlackensteinblock, in dem die Auslinien bis zu den Wänden reichten, vom unbändigen Jubel regelrecht erbebte.

Basketball habe die Welt für ihn in Ordnung gebracht, erzählte er dem Jungen. Weil sein Vater abgehauen und das meiste Land verkauft oder verpachtet war, hatte man ihn auf dem Schulhof geschnitten. Hier an diesem entlegenen Ort, einem Grenzland, in dem sich alles um Männer und ihre Reviere drehte, war er aussen vor, weil ihm beides fehlte, und die entsprechenden Regeln waren hart und unveränderlich und galten mit voller und rücksichtsloser Macht für jedermann – doch dies alles konnte Wendell nicht besser erklären als mit der wiederholten Feststellung, dass der Basketball ihn gerettet habe. Er schloss kurz die Augen, spürte den Kies und die Furchen, die alten, rissigen Reifen, den quietschenden Metallrahmen und die verborgenen Ängste der Sterne. Er schlug die Augen wieder auf. Nachdem sie in seinem ersten Jahr an der Highschool das Bezirksturnier gewonnen hätten, erzählte er Rowdy, habe Glen der ganzen Mannschaft ein Dinner bei Jake's spendiert, dem besten Steakhouse von Billings. Wendell hatte sechsundzwanzig Punkte erzielt und elf Rebounds erwischt, und Glen war eigens zu ihm getreten und hatte gesagt, er müsse unbedingt Hochrippe bestellen, das edelste Stück auf der Speisekarte. Dieses Steak sei so gross wie ein Teller gewesen, erzählte Wendell dem Jungen.

Der Tabak brannte belebend und süss in seiner Kehle. Der Junge hatte sich neben der Beifahrertür zusammengerollt, seine Lider flatterten und fielen zu. Die beiden waren sich nahe genug, um sich zu berühren, trotzdem berührten sie sich nicht. Sie waren allein in diesem klapprigen alten Getreidelaster und fuhren durch die Dunkelheit, ein kleines, echtes, völlig unsichtbares Etwas in einem Universum von seinesgleichen.

Nun erzählte Wendell seinem schlafenden, hemdsärmeligen Verwandten etwas, was er noch nie jemandem eingestanden hatte: dass er zwar in der Highschool kaum etwas ausser Basketball ernst genommen habe, es aber seine grösste Freude gewesen sei, wenn Mrs. Jorgeson, die alte, strenge Englischlehrerin mit ihrem reizbar wirkenden Leberfleck auf dem Nasenflügel, ein neues Buch aufgab. *A Tree Grows in Brooklyn, The Outsiders, Cannery Row*[2] – er kam dann heim und sagte kaum ein paar Worte zu seiner Mutter oder zu Lacy, bevor er in sein Zimmer und von dort zu den seltsamen, eigentümlichen Welten jener Seiten, Orte und Zeiten entschwand, wo manchmal dieselben und manchmal andere Regeln galten und der eine Ort, den er so gut kannte – Musselshell County mitsamt seinen knapp fünftausend Einwohnern –, auf einmal und in erschreckender Weise nur einer unter vielen war. Es verwirrte und erregte ihn, dass die Welt wankelmütig und bunt war. Er gestand dem schlafenden Jungen, dass er angefangen habe, die Bücher zu behalten, obwohl man sie nach Prüfung und Aufsatz hätte abgeben sollen. Mrs. Jorgeson musste Bescheid gewusst haben, aber sie hiess ihn nie dableiben, damit sie ihn befragen konnte, und auch wenn er nicht mehr viel Zeit zum Lesen hatte, stapelten sich diese Bücher immer noch auf seinem Nachttisch. Lacy hatte ihn manchmal geneckt, er sei ein Bücherwurm, und seine Mutter hatte die Augen verdreht, weil er die Bücher nicht in die Schule zurückbrachte, aber meistens hatten sie es grosszügig durchgehen lassen. So hatten sie eine Weile gelebt, dachte er, als eine Art Familie, alle mit ihrem Zimmer im Trailer, das sie sonntags saubermachen mussten, alle mit ihren Verletzungen und ihren Traurigkeiten.

Ein hauchdünner Mond ging auf. Ein Zahn, eine Klaue, eine sehr schlanke Klinge. Und ein sanfter Wind strich um die struppigen Beifuss- und Salzbüsche[3], wehte die Hügel hinunter mit seinem kühlen und trockenen Atem, der in seine Armbeuge und Halsgrube blies. Weil er es so wollte und weil er beim Erzählen begriff, dass es so viel zu erzählen gab, berichtete er Rowdy von den unzähligen Tagen, an denen er durch die Wälder gestreift war und in den Bulls Fallen gestellt und gejagt hatte. Er erzählte von den steilen Flanken der Canyons, von den verblassten Zeichen, die die Indianer und Farmer in die Sandsteinfelsen geritzt hatten. Er erzählte von den Wapitiherden[4], die Jahr um Jahr wuchsen, zum allgemeinen Erstaunen, und von den käferbefallenen Kiefern und ganzen orangefarbenen Bergrücken voll abgenagter und toter Bäume. Er erzählte ihm von damals, als er und sein Alter die Fallen kontrolliert hatten und auf einen Luchs gestossen waren, den ersten und einzigen, den er je gesehen hatte, und der gerade dabei war, sein eigenes linkes Vorderknie durchzunagen. Sein Vater hob seelenruhig seine .22er und schoss ein sauberes Loch in den Kopf der Katze. Sie zogen ihr noch am selben Tag die Haut ab und beizten sie, und immer noch hing das gebänderte, dunkle Fell des dreibeinigen Luchses von der Rückenlehne des Sessels im Trailer.

Die Erinnerung an seinen Vater beruhigte ihn. Ein ganzes Bündel Kojotenfelle lag im einen oder anderen Schrank, und unzählige Fuchs-, Waschbär- und Kaninchenfelle hatte man hierhin und dorthin gestopft. Ich sollte ein paar für den Jungen herauslegen, dachte er.

Eins vielleicht in seinem Zimmer aufhängen. Und eines neben sein Bett auf den Fussboden legen, wenn er nachts aufstehen musste. Er war mit Glen ein paar Wochen zuvor in die Stadt gefahren, wo sie im Drugstore einen Kaffeehalt gemacht und alle von der bevorstehenden Wolfsjagd geredet hatten, der ersten Treibjagd auf den Wolf in der Geschichte Montanas. »Hast du je ein Wolfsfell gestreichelt?«, hatte ihn einer der Alten, der trübäugige Kreele Poole, gefragt, bevor ihm einfiel, mit wem er da sprach. Wendell dachte wieder an seinen Vater, wie er mit einem anmutigen Schwung sein Gewehr anheben, anlegen und schiessen konnte.

Wendell fuhr einen niedrigen Hügel hinauf, und die Scheinwerfer des Lastwagens glitten vom dunklen Himmel mit Sterngesprenkel ins Truggras[5] und auf die Schotterstrasse. Er hatte noch ein paar Flinten, und auch die alten Fallen seines Vaters besass er noch, doch weil Glen ihn derart auf Trab hielt, hatte er schon lange, lange nicht mehr den Rost von den Zähnen poliert oder sie gebeizt.

Der Junge bewegte sich im Schlaf und streckte seine dünnen Beine aus, bis einer seiner besockten Füsse Wendell knapp berührte.

Am anderen Tag erschien Wendell wieder mit Rowdy und wurde von Carol, Glens Frau, am Ackerrand empfangen. Sie war Glen böse, weil er ihr am Vortag nichts gesagt hatte. Was ihm denn einfalle, ein armes, verstörtes Menschenkind den lieben langen Tag in einem hässlichen alten Getreidelaster herumfahren zu lassen. Und sie war Wendell böse, weil er sie nicht gebeten hatte, auf den Jungen aufzupassen, wo er doch wusste, dass sie Christin war und sich bestimmt um eins von Gottes Unschuldslämmern gekümmert hätte, wenn Wendell bloss gefragt und so viel Vernunft wie seine Mutter Maureen aufgebracht hätte, an die er mehr denken solle. Er hätte wissen müssen, jawohl, fuhr Carol aufstampfend fort, wie sehr sie sich danach sehnte, sich um jemanden zu kümmern, wo doch ihr eigener Enkel unterdessen bei Billings drüben lebte, und dann war da dieser kleine Junge ganz in der Nähe und brauchte Hilfe, und nicht mal erzählt habe man es ihr.

Sie schüttelte über beide den Kopf und trat dann zu Rowdy mit zuckersüsser Miene, zog eine Packung Gummischlangen hervor und bemutterte ihn. Als Rowdy seine Zähne in den Gummischlangen vergrub, als könnten sie entfliehen, richtete sie sich auf, die Hände auf den Schultern des Jungen, und sagte zu Wendell, er könne ihn nach der Arbeit abholen. Sie würde dann dafür sorgen, dass Rowdy gegessen und sein Gebet aufgesagt hatte und bereit war zum Schlafengehen.

Wendell trat mit der Stiefelspitze gegen die trockene Erde und die abgemähten Halme. Er hatte sich schon vorgestellt, dass Glen ihn den Getreidelaster noch ein paar Tage fahren lassen würde, mit Rowdy an seiner Seite. Er hatte Buttercracker dabei und zwei grosse

Wasserkanister und hatte sich Geschichten ausgedacht, sogar welche über Lacy, die Mutter des Jungen, und ihre Zeit miteinander und wie wunderschön, wild und lustig sie war. Aber Rowdy schob Gummischlangen in leuchtenden Stücken in seinem Mund umher, und Carol hielt ihn fest.

Wendell kniete sich ins Stoppelfeld und legte die Hand auf die Brust des Jungen. »Wirst du zurechtkommen?«

Rowdy wühlte in der Plastiktüte, fischte eine orangefarbene Gummischlange heraus, betrachtete sie und steckte sie sich in den Mund.

Wendell stand auf und dankte Carol. »Ich denke, er wird sich wohl fühlen«, sagte er zu ihr.

Und ein paar Wochen später war es auch so. Er hatte sogar ein wenig mit Tyler, Glens und Carols Enkel, gespielt, als der übers Wochenende zu Besuch kam. Nur sei Carol schon ziemlich besorgt, sagte Glen eines Morgens grinsend zu Wendell, dass Rowdy immer noch nicht den Mund aufgemacht hatte, nicht einmal um zu beten.

Verl

Tag drei

Ich bin gottverdammt schnell gerannt. Ich höre Motoren und euer Funkgeschnatter und einmal hat sich wie aus dem Nichts ein blitzender Helikopter über den Grat geschwungen und das Gras platt gemacht und drei kranke Bäume umgelegt. Mir fiel schon das Herz in die Hosen. Aber selbst da habt ihr mich verfehlt. Ich hab mich hingekauert. Und bin gerannt. Als ich tun musste was ich tun musste da hab ich's getan. Jawohl. Ich habe den Wolf glatt erschossen. Ich hab ihn nicht verfehlt. Ihr habt mich jedes Mal verfehlt.

Gillian

Die Farm, die am Ende der überwucherten Strasse zum Vorschein kam, sah aus wie die meisten Farmen so weit nördlich des Yellowstone und so tief drin in den Bull Mountains – eine Schneise zwischen den Pappeln oder Strauchkiefern[6], die ein Nebengebäude aus Wellblech beschirmten, einige halb eingestürzte Korrale, die Rümpfe alter Pick-ups und Traktoren, ein zweigeschossiges Farmgebäude kurz vor dem Einsturz und seitlich neben dem Haus ein Trailer doppelter Breite mit Schlackensteinstufen, den ein Hof voller Truggras und Staub umgab. Und hier an diesem besonderen Vorposten der Bull Mountains, unter einer vom Blitz gespaltenen Kiefer, balgte sich eine Hundemeute im Dreck – braune und gefleckte magere Tiere – und nagte an etwas, das wie ein frisches Hirschfell aussah.

Gillian bremste ihren Prius ab und parkte neben dem Trailer; dann flüsterte sie ein Gebet, eine Gewohnheit aus ihren katholischen Mädchenjahren, die sie nie aufgegeben hatte. Sie liess das Handschuhfach aufschnappen, griff nach ihrem Pfefferspray und liess den kalten Zylinder in ihre Tasche gleiten. Sie schlüpfte aus dem Auto und schloss sanft die Tür. Die Hunde – drei, vier oder auch fünf – zerrten an der Haut und knurrten einander an. Sie eilte über den unbefestigten Hof und spähte nach Klapperschlangen, bevor sie eilig die

Schlackensteinstufen nahm. Sie klopfte. Die Trailertür schwang auf unter ihrer Faust. Der Geruch nach Fett, Zigaretten und dumpfen Räumen überfiel sie.

»Hallo?«, rief sie. »Ms. Wilson? Hallo?«

Eine Tür ging auf und fiel wieder zu. Schritte. Eine kleine Frau mit grossen Augen, vielleicht dreissig, erschien aus dem hinteren Flur. Sie trug eine kohlschwarze Pyjamahose mit rosa Herzchen und einen verwaschenen rosa Kapuzenpullover.

Gillian stellte sich als stellvertretende Direktorin und Beratungslehrerin an der Schule von Colter vor. Sie erwähnte die telefonische Nachricht, die sie tags zuvor hinterlassen habe.

»Sie platzen einfach so rein, was?«

»Tut mir leid. Ihre Tür ist aufgesprungen, als ich klopfte.«

»Ja, das tut sie. Das Schnappschloss ist futsch.«

Gillian streckte die Hand aus, und Tricia Wilson ergriff sie nach kurzem Zögern, ihre eigene Hand war klein und kalt, und das Purpurrot auf den Fingernägeln platzte ab.

»Ich kann Ihnen einen Kaffee in der Mikrowelle warm machen, wenn Sie möchten.«

»Das wäre nett«, sagte Gillian.

Sie folgte Tricia in den Trailer – *Kiss This* stand in aufgeblasener, krakeliger rosa Schrägschrift auf dem Hinterteil ihrer Pyjamahose – und wartete im Wohnzimmer, wo eine Shampoowerbung über den Bildschirm des stumm gestellten Fernsehers flimmerte. An der Wand hingen drei gerahmte Bilder mit scharfen Konturen, schattenhaften Gestalten, einem nackten Mädchenrücken – alles in Schwarz, Metallicblau und Silber, durchsetzt mit ein paar Spritzern Pink oder Blutrot. Selbstmordkunst hatte Gillian das genannt. Von der Art, die nicht zu einem Kunststipendium, sondern zu einem Job in einem Tattoostudio führte. Sie war ihr in ihren neunzehn Jahren im Schuldienst von Montana immer wieder begegnet.

Die Mikrowelle surrte. Im Fernsehen gestikulierte Dr. Oz[7], und die Kamera schwenkte ins Studiopublikum, das frenetisch applaudierte. Gillian stand mit den Zehen auf einem kleinen verbrannten Fleck am Rand des dunkelgrünen Wollteppichs in der Küche, bemerkte eine Delphia-Broncs-Jacke aus blauem Satin, die auf dem Ecksofa lag. Delphia befand sich nördlich der Bull Mountains, am Musselshell River, und Colter südlich, am Yellowstone. Nur fünfzig Meilen Luftlinie trennten die beiden Kleinstädte und ihre Schulen, aber es waren fünfzig Meilen voller Canyons und Flussklippen, Strauchkiefern und Kakteen, einer wilden Berglandschaft. Trotzdem geschah es fast jedes Jahr: Ein Kind flog aus der einen Schule und wurde in der anderen angemeldet. Bekam dann auch dort Schwierigkeiten. Kehrte zeitweilig an die erste Schule zurück. Blieb vielleicht ein paarmal sitzen und ging erneut. Ein Reigen über und durch die Berge, der zumeist damit endete, dass das Kind die Schule abbrach – und im Jugendstrafvollzug oder im Gefängnis landete oder ganz einfach verschwand. Auch Gillian hatte den Tanz auf ihre Weise mitgemacht, sie hatte 1990 als Naturkundelehrerin in Delphia begonnen und war dann 98, vor über zehn Jahren, stellvertretende Schulleiterin in Colter geworden. Dies geschah allerdings aus ganz anderen Gründen.

Die Mikrowelle piepste. Tricia klickte die Plastiktür auf und reichte Gillian eine brodelnde Tasse schlammfarbenen Kaffee, goss sich dann selbst eine Tasse ein und stellte sie in das Gerät. Gillian dankte Tricia und nippte an ihrem Kaffee. Gott, war der scheusslich.

Gillian fuhr mit der Hand über das glatte Holz eines der Küchenstühle, die schöne Maserung, die sauber gedrechselten geschwungenen Linien. Der Tisch und die Stühle, viel zu gross für die Trailerküche, waren ein wunderbares Ensemble. Sie waren sehr kunstvoll und sorgfältig gefertigt und hatten, wie sich herausstellte, Tricias Grossmutter gehört, aber alles, was Tricia dazu einfiel, war, mit wie viel Mühe sie sie hergeschleppt hatte. Der Tisch war jetzt mit allerlei Plunder verstellt – Tellern mit eingetrocknetem Ketchup, Feldstecher und Drahtschere, einer achtlos hingeworfenen Jägerjacke.

Die Mikrowelle piepste erneut, und Tricia begann den Plunder auf den Küchentresen wegzuräumen, der selbst in schmutzigem Geschirr und einem halben Dutzend Mary-Kay[8]-Starterkits aus rosa Plastik fast ertrank. Sie packte die Jägerjacke, und als sie sie zusammenknautschte, um sie in den Flur zu werfen, sprang Gillian das dunkle Rostrot an den Ärmeln unterhalb der Ellbogen und am ganzen unteren Teil der Jacke ins Auge, als ob ihr Träger bis halb zur Brust in einer Schwemme Motoröl oder Blut gewatet wäre. Gillians Blick trübte sich. Sie stolperte, und Kaffee schwappte über den Tassenrand und klatschte auf das Linoleum.

Tricia starrte kurz hin, als überlege sie, ob sie sich ärgern solle, dann knüllte sie Küchenpapier zusammen und warf es auf den Boden.

Gillian suchte Halt am nächsten Stuhl. »Tut mir leid«, sagte sie. »Ich sollte mich hinsetzen.«

Tricia warf die zerknüllten Tücher in einen Plastikeimer und lehnte gegen den Tresen. »Wie heissen Sie noch gleich?«

Gillian holte Luft, schlug die Beine über und sammelte sich. »Gillian Houlton. Ich bin stellvertretende Schulleiterin drüben in Colter. Ich bin wegen Tavin hier, Ihrem Sohn.«

»Ja, okay. Was hat er denn ausgefressen?«

Tavin sei dem Unterricht häufig ferngeblieben, erklärte Gillian. Es sei erst Mitte September, und er habe schon sechs Tage gefehlt, und zehn sei das staatliche Limit für das ganze Jahr. Danach könnten seine Lehrer ihn zurückversetzen, wenn sie sich einig seien, und er würde die achte Klasse wiederholen müssen, was vielleicht besonders hart wäre, weil er ja schon so gross sei für sein Alter.

Tricia strich sich ihre Ponyfransen aus dem Gesicht. »Gott«, antwortete sie, »ich kann ihn nicht zwingen. Er ist doch so gross, wie Sie sagen. Und er vergöttert Brian inzwischen regelrecht. Brian hält nicht viel von der staatlichen Bildung.«

Tricia hielt inne, steckte sich den linken Daumennagel in den Mund und kaute darauf herum, bis ihr kleine Fetzchen Nagellack in den Mundwinkeln hingen.

»Dabei war er doch so lange ein kleiner Junge, wissen Sie. Und jetzt nicht mehr.«

»Ich weiss, was Sie meinen«, sagte Gillian. »Mein Kind ist inzwischen im Abschlussjahr, und ich weiss gar nicht, wie das sein kann.«

Sie hielt inne und nippte an ihrem Kaffee.

»Wenn Tavin seinen Vater so verehrt, sollte ich vielleicht mit ihm sprechen.«

Tricia starrte sie eine Weile an, als wäre sie sich darüber unschlüssig. Dann griff sie nach einem Päckchen Mentholzigaretten auf dem Regal über der Spüle, brachte eine Herdplatte zu rotorangem Glühen und zündete die Zigarette daran an. Sie sprach durch den Tabakqualm: »Brian ist nicht Tavins Dad. Er ist von Jimmy Stensvad.«

»Ich verstehe. Hat Tavin noch Kontakt zu Jimmy?«

»Jimmy ist tot. Von der Ladefläche eines Lastwagens gefallen.«

Tricia zog nochmals an der Zigarette und setzte sich. Sie fuhr sich über die Augen.

»Sie waren alle am Saufen und Rumfahren und Randalieren, haben Waschbären mit den Scheinwerfern aufgescheucht oder dergleichen. Der dumme Scheisskerl. Er war so lieb und so dumm. Es war nur ein paar Wochen nach der Abschlussfeier. Da war ich schon ziemlich weit, aber man hat mir noch nichts angesehen. Wir waren dabei, die Hochzeit zu planen und Flitterwochen in Rapid City. Das ganze Programm.«

Wie viel sollte sie verraten?, fragte sich Gillian. Genug, um eine Verbindung zu schaffen, aber nicht mehr.

»Das tut mir so leid«, sagte sie. »Es hilft zwar nicht viel, aber ich weiss, wie Sie sich fühlen. Ich habe auch meinen Mann verloren. Schon vor Jahren, aber ich weiss nicht, ob ich je ganz darüber hinwegkommen werde.«

Tricia hustete, stand über die Spüle gebeugt und spuckte. Sie wischte sich die Nase mit einem Papiertuch ab und rieb sich die Augen an den Ärmeln ihres Pullovers trocken. Es war offenbar eine bewährte Strategie für sie, ihren Kummer so einzusetzen, erkannte Gillian. Aber sie hatte die Sache nicht im Griff. Nicht wirklich. Sie hatte diesen Jungen geliebt. Und er sie vielleicht auch.

»Tricia, ich möchte gern mit Tavin reden, wenn es recht ist. Ich bin nicht von der Polizei, ich bin nicht hier, um ihm Schwierigkeiten zu machen. Ich möchte bloss reden. Bis jetzt hatte er sich ja gut geschlagen, und es täte mir leid, wenn er alles hinschmeissen würde. Das achte Schuljahr ist entscheidend. Ist er zufällig da?«

Tricia liess die Zigarette in ihre Tasse fallen, wo sie zischend auf dem Kaffeesatz erlosch. »Er ist draussen mit Brian. Vermutlich schon meilenweit in den Bergen.«

»Die Jagdsaison beginnt erst in einem Monat«, sagte Gillian. Sie hatte noch an sich halten wollen, bevor sie sprach, es aber nicht geschafft. Nach all den Jahren klang ihr immer noch seine Stimme im Ohr.

Tricia erstarrte und knautschte das Zigarettenpäckchen in ihrer Hand. »Haben Sie nicht gesagt, Sie sind nicht von der Polizei?«

Gillian nahm einen grossen Schluck von dem ranzigen Kaffee, zur Strafe für ihre Dummheit.

»Gott, tut mir ja so leid. Mein Mann war bei der Fischerei- und Jagdaufsicht. Das geht mir wohl immer noch nach. Aber es ist ja nicht meine Sache.«

Tricia schüttelte eine weitere Zigarette aus dem Päckchen und schob sie zwischen die Lippen. »Nein«, sagte sie, »tatsächlich nicht. Und ich denke, es gibt nichts mehr zu sagen. Stellen Sie die Tasse dort neben die Spüle. Und geben Sie acht, dass die Tür richtig schliesst hinter Ihnen.«

Gillian verwünschte sich, als sie die Autotür zuknallte, verwünschte sich, als sie das Lenkrad herumwarf und den Motor aufheulen liess, was die Hunde schliesslich aufscheuchte, so dass sie bellend hinterherjagten und nach ihren Reifen schnappten, bevor sie zurückfielen. Sie verwünschte sich, während ihr Prius den Hohlweg hinaufschwänzelte und über den losen Schotter und Staub bretterte. Verwünschte ihre Dummheit, als sie auf die Landstrasse einbog und durch die trockenen Gräben und über die windgepeitschten Kuppen der Bulls, so schnell sie konnte, ins Yellowstone Valley und in eine vorgeblich zivilisierte Gegend zurückfuhr.

Sie würde Tavin für den Rest des Jahres nicht wiedersehen. Nein, das hatte gereicht. Tricia würde es Brian erzählen, und Brian würde durchdrehen, und sie würden Tavin nach Delphia schicken oder sagen, sie unterrichteten ihn selbst. Darauf würde Kent Leslie, der Schulleiter, schreien und zetern, weil er sich doch immer derart um die staatlichen Subventionen sorgte, die direkt von der Schülerzahl abhingen, und wenn man nur gut siebzig davon im ganzen Bezirk hatte, kam es auf jeden Einzelnen an. Und der Junge selbst, Tavin, würde in etwa genauso enden wie sein Stiefvater, etwas Vieh halten, wildern und saufen, dieses und jenes Mädchen schänden und ihr ein Kind machen oder auch drei, republikanisch wählen und gleichzeitig von der üblichen ländlichen Fürsorge leben: staatlichen Weidepachten und Naturschutzausgleichszahlungen. Gott, dieser ganze Teufelskreis ländlicher Armut. Ländlichen Stumpfsinns. Es war zum Verrücktwerden.

Als sie aus den Bulls ins Tal hinunterfuhr, spielte Gillian einen Moment lang mit dem Gedanken, nach Westen abzubiegen und über den Highway die vierzig Meilen nach Billings zu brausen, wo sie zu Hause war, und dann zu duschen, Essen zu machen und ein Glas Chardonnay zu trinken, während sie wartete, bis Maddys Schicht nach der Schule im Starbucks zu Ende war – aber es war noch nicht halb fünf, und erst dann liess Kent die Lehrerschaft offiziell gehen, und abgesehen davon, dass sie alles vermasselt hatte, fiel ihr auch keine genügend gute Entschuldigung ein. Also ergab sie sich, fuhr nach Osten und bog ein paar Minuten später bei der einsamen Ausfahrt Colter vom Highway ab.

Obwohl Colter in der Umgebung der Schnellstrasse einigermassen vielversprechend wirkte, für eine Kleinstadt in Montana jedenfalls, mit Edna's, dem einzigen verbliebenen Diner, und einer neuen Chevron-Tankstelle mit A&W Restaurant, die man beide von der Ausfahrt aus sah, erschöpfte sich seine Verheissung bald. Die Parallelstrasse zum Highway führte durch ein struppiges Gewirr von Gräben und abgegrasten Feldern, auf denen verrostete Landmaschinen herumstanden, und dann kam die eigentliche Stadt, die sich um den alten Highway 1 duckte: ein Rechteck von vier auf fünf Meilen Schotter und Staub mit einer beeindruckenden Ansammlung bröckelnder Backsteinhäuser mit Blendfassaden, von denen ein oder zwei je nach Jahr und Ausmass der jüngsten Trockenheit Bars mit Namen wie Grand, Branding Iron und Ace beherbergten. Unweit der Hauptstrasse und gleichsam als Kontrapunkt erhoben sich die alte katholische Missionskirche und die lutherische Kirche mit dem steilen Dach, beide Gotteshäuser lagen im Schatten mächtiger alter Pappeln, und am Stadtrand, beim Rodeoplatz, machte sich die brandneue evangelische Church of the Plains breit, die einem Schuppen glich und deren ölfleckiger Parkplatz, auch wenn die Sonne kaum schien, brütend heiss war. Im Raster der Schotterstrassen dazwischen lag ein verstreutes Sammelsurium von vielleicht drei Dutzend Farmhäusern, Mobilheimen von doppelter Breite und Trailern, von denen die eine Hälfte leer stand, während die andere sämtliche Einwohner von Colter beherbergte. Und natürlich thronte ganz oben auf dem Hügel die Schule – alle Stufen vom Kindergarten bis zur zwölften Klasse im selben niedrigen Backsteingebäude.

In ihrem Büro machte sich Gillian ein paar Notizen zu ihrem Besuch und wollte Tavins Akte schon in der Schublade für Altfälle ablegen, als sie sich eines Besseren besann und die obere Schublade öffnete, die für die derzeitigen Schüler war, und die Akte dorthinein schob. Oh, Tavin. Rundgesichtig und knopfäugig und mit so kurzgeschnittenem Haar, dass sein Schädel meistens rosig verbrannt war von der Sonne. Es war ja möglich, dass Tricia ihr Bestes für den Jungen versuchte. Aber wie stand es mit dem Stiefvater? Da lag üblicherweise das Problem: bei den Vätern, Grossvätern und Onkeln. Wie stand es mit diesem Brian? Sie hätte nach seinem Nachnamen fragen sollen. Noch ein Versagen.

Gillian lehnte sich in ihrem Stuhl zurück und schielte zur Uhr – 16 Uhr 17. Trotz Tagen wie diesen liebte sie ihren Job, jawohl, aber sie übte ihn nun schon lange aus, und die Erfolgsliste in den letzten paar Jahrzehnten war kurz – sie schätzte die Zahl der Schüler, die es geschafft hatten, aus ihrem Leben etwas Solides zu machen, auf vielleicht zwölf oder eventuell auch noch ein paar mehr. An ihren Bemühungen lag das nicht. Gillian hatte ihre ersten Jahre als Lehrerin Abend für Abend bis spätnachts vorbereitet, und nach wie vor besuchte sie jeden Sommer Fortbildungskurse. Noch bevor sie stellvertretende Schulleiterin wurde, waren die anderen Lehrer zu ihr gekommen, wenn sie Hilfe benötigten und jemanden brauchten, der eine schwierige Klasse beaufsichtigte oder eine Massnahme für einen bestimmten Schüler vorschlug. Heute war sie überhaupt erst in die Bulls hinausgefahren, weil Mr. Paysinger, der Englischlehrer, zu ihr gekommen war, die schmalen Lippen geschürzt, sich am schütteren Kinnbart gekratzt und zu ihr gesagt hatte, dass Tavin Wilson im Fach Sprache für das achte Schuljahr bereits im Begriff war, durchzufallen, und dazu klopfte er auf sein Anwesenheitskontrollheft, um ihr zu zeigen, wie viele Tage der Junge versäumt hatte. Und obwohl Gillian sofort gewusst hatte, was zu tun war, hatte sie ebenso gewusst, dass es wohl nicht genug sein würde, dass es für die meisten dieser Kinder niemals genug sein würde – ein Wissen, das sich nur bestätigt hatte, als sie die zuckenden Rippenbögen jener Hunde sah, den perlglänzenden Bauch des Hirschfells, die Jägerjacke mit dem gestockten Blut. Und wie Tricia ihre Zigarette an der Herdplatte angezündet hatte, ihr Gesicht ganz nah am hellglühenden, heissen Feuer.

Das erste Mal überhaupt hatte Kevin Kincheloe mit ihr gesprochen, als er sie an den Försterball einlud. Das war im Herbst 1980, in Gillians Abschlussjahr an der Universität von Montana, als sie am Schalter der Bibliotheksauskunft Nachtschicht hatte. Sie hatte ihn schon öfter gesehen, einen schlaksigen, langbeinigen Jungen mit sandfarbenem Haar, das ihm bis auf den Kragen des Druckknopfhemds fiel, das in seiner dunkelblauen Jeans steckte. Oft sass er an einem Studiertisch inmitten einer zappligen Gruppe Jungs, die regelmässig in prustendes Gelächter ausbrachen, das die Stille des zweiten Stockwerks kräuselte, wo Gillian Bücher neu ordnete, am liebsten schlanke Gedichtbände, die im Regal fast verschwanden.

Sie besuchte ihre letzten paar Vorlesungen in jenem Semester und wartete auf ihren Praktikumsplatz im Frühling. Ihr Vater, der fünfunddreissig Jahre bei Kaiser Aluminum in Spokane auf dem Buckel hatte, ein breitschultriger Mann, dessen Rückenwirbel inzwischen wie Dominosteine in einer Holzschachtel klapperten, wenn er am Frühstückstisch nach seinem Kaffee griff, hatte auf einem doppelten Abschluss in Pädagogik und Biologie bestanden. Das machte ihr nichts aus. Sie ging gern zur Schule. Als junges Mädchen hatte sie ihre Hausaufgaben fast immer längst vor ihren Klassenkameradinnen erledigt, was ihr viel Zeit liess, zu träumen, sie wäre die

Lehrerin. Sie war sich sicher, dass sie sowohl lustiger wie strenger sein würde als ihre eigenen Lehrer – Männer und Frauen mittleren Alters, die sich während des stillen Lernens nach draussen stahlen für eine Zigarettenpause und es zuliessen, dass die mühsamsten Jungs den Kopf auf ihr Pult legten und schliefen.

Sie liebte das Fach Umwelt und wusste, dass sie eine gute Naturkundelehrerin sein würde. Letzte Woche waren sie mit dem Fortgeschrittenenkurs zum Clark Fork gepilgert und hatten Köcherfliegen aus dem Flachwasser gefischt. Sie hatte eine in der Hand gehalten und zugeschaut, wie die Larve ihre dünnen Beine langsam wieder in ihre Kieselhülle zurückzog, eine fragile Mischung aus klebriger Seidenfaser und winzigen Flusssteinchen. Weniger sicher war sie sich, was Montana betraf. Als sie sich für das College bewarb, hatte sie sich vor allem deswegen für Missoula entschieden, weil die Stadt sich so schön in ein Flusstal schmiegte und von grünen Bergen umgeben war, ein reizvoller Kontrast für ein Mädchen, das in der Industriestadt Spokane aufgewachsen war. Aber sie entdeckte, dass Kleinstädte ihre eigenen düsteren Seiten hatten. Selbst die Collegeboys in Missoula, viele von einer Ranch oder aus entlegenen Orten, waren irgendwie lauter und härter und hatten breitere Hände als die Jungs aus ihrem Bekanntenkreis damals zu Hause, die zwar auch grob sein konnten, aber doch Stadtpflanzen waren bis hin zur Schlaghose aus Cord und Hi-Fi-Anlagen, die die Rolling Stones spielten; Jungs mit Jimmy-Carter-Anstecknadeln, die ihre Väter ihnen gegeben hatten, die in der Fabrik arbeiteten und eingefleischte Gewerkschafter waren. Bis sie sich um die Zulassung in einem anderen Staat bewerben konnte, hoffte sie, sich wenigstens eine Lehrerstelle in Missoula angeln zu können, wo die Universität für etwas Kultiviertheit sorgte und die Politik auflockerte. Wohin sie nach Missoula gehen sollte, wusste sie nicht. In Spokane fühlte sie sich nicht mehr richtig zu Hause. Ihre Mutter war vor bald schon zehn Jahren an Bauchspeicheldrüsenkrebs gestorben, als Gillian in der sechsten Klasse war, und nachdem sie ans College gegangen war, hatte ihr Vater wieder geheiratet. Neulich hatte er für seine vier kleinen Stiefkinder sogar einen Anbau ans Haus errichtet. Sie dachte, sie würde wohl weggehen, irgendwohin, wo sie an einem Fluss leben konnte und wo es von Vögeln und Bäumen und Uferwegen wimmelte.

In der Bibliothek flackerten die Leuchtstoffröhren und gingen aus und wieder an, und sie zeichnete an ihrem Lebenszyklus einer Köcherfliege weiter. Die Skizze zählte für ihre Note nicht, es ging ihr bloss darum, die Kieselhülle, die sie am Clark Fork gesehen hatte, in allen Schattierungen richtig hinzukriegen: dieses raue, glänzende, vollkommene Häuschen aus gesprenkelten Flusssteinchen.

»Das ist hübsch. Woran du da arbeitest.«

Sie zuckte zusammen, und als sie aufblickte, sah sie den Jungen aus dem zweiten Stockwerk vor sich. Gross, ein breites Gesicht, lächelnd. Sie fragte ihn, ob er Bücher ausleihen wolle, und als er verneinte, beugte sie sich wieder über ihre Zeichnung. Aber er rührte sich nicht. Blieb einfach dort stehen.

»Hast du je gesehen, wie sie schlüpfen?«, fragte er. »Wie die Köcherfliegenlarven schlüpfen?«

Sie schwang den Kopf wieder nach oben und musterte ihn, als finde sie in seinen schrägen Wangenknochen die Antwort, warum sie auf einmal Herzklopfen bekommen hatte.

Die Brut sei wirklich grossartig, sagte er und erzählte ihr, er sei hundert Meilen den Musselshell River hinaufgefahren, nur um sie zu sehen – wie Nebel, der über dem Wasser aufstieg. Dann, als sei dies die natürliche Fortsetzung einer solchen Anekdote, sagte er, er sei an der Försterschule, und fragte sie, ob sie ihn an den Försterball begleiten wolle.

Sie war seit über einem Jahr mit niemandem mehr ausgegangen. Beim letzten Date hatte sie sich den ganzen Abend lang eine brennende Zigarette in den Mund gesteckt, um den Trottel davon abzuhalten, bei ihr einen Kuss zu versuchen. Aber dort im flackernden Licht der Bibliothek sagte sie ja, noch bevor sie den Namen des Jungen erfuhr.

Nach dem Abendessen gab Maddy vor, Gott weiss wie viel lernen zu müssen, und schloss sich in ihrem Zimmer ein. Gillian räumte ab, wischte die Arbeitsflächen und den Tisch sauber, belud den Geschirrspüler und goss sich ein zweites Glas Wein ein. Dann werkelte sie eine Weile hinter dem Haus herum – füllte die Vogeltränke, wässerte die Tomaten und Kräuter – und setzte sich dann auf die Terrasse im Schatten der Eschen, als *All Things Considered*[9] aus den Aussenlautsprechern sickerte, ein Beitrag über die steigenden Gesundheitskosten. Letztes Jahr hatten Gillian und Maddy mit den anderen Freiwilligen des Obama-Teams in der neuen Brauerei in der Innenstadt die Bekanntgabe der Wahlresultate mitverfolgt. Das Feiern begann früh und dauerte auch an, als die Resultate aus Montana eintrafen, wo Obama den Abstand auf knapp über zwei Prozentpunkte verringert hatte. In jener Nacht war viel davon die Rede gewesen, dies sei erst der Anfang und bald werde Montana blau wählen. Gillian nippte an ihrem Wein und lächelte, als sie daran dachte. Im Radio hatte man zu den Lokalnachrichten gewechselt, und ihr Herz stand einen Augenblick still und hämmerte dann gegen ihren Brustkorb – als drei Kurzinterviews folgten, alle mit Männern, die an der Wolfslotterie mitmachten und hofften, ein Jagdlos zu ziehen. Sie konnte den Tabak in ihrem Atem beinahe riechen und sah das Draufgängertum in ihren Augen. Die untergehende Sonne leuchtete auf und wirbelte durch den Dunstschleier der Stadt, und Gillian hob das Weinglas an ihre Lippen, fand es aber leer. Sie ging wieder ins Haus.

Maddys gedämpftes Summen und Singen schwebte den Flur herunter. Gillian stellte ihr Glas auf den Tresen und gab der Versuchung nach. Sie machte sich auf den Weg in ihr Arbeitszimmer, blieb aber neben der Tür ihrer Tochter stehen und spitzte die Ohren, um die Worte zu verstehen: *Manchmal wurde es einsam, aber es –*

Einen halben Takt lang blieb alles still.

»Mom? Bist du das?«

»Oh, tut mir leid, Schatz. Kann ich reinkommen?«

»Mom, schleich doch nicht so rum. Klopf einfach an.«

Gillian klopfte leise und öffnete die Tür, sah ihre Tochter mit angezogenen Knien am Boden sitzen, und ihr langes rabenschwarzes Haar fiel ihr bis auf die Schultern. Sie hatte ein aufgeschlagenes Lehrbuch vor sich auf dem Boden liegen und hielt ihr Telefon fest in der Hand, Ohrhörer baumelten von ihrem Hals.

»Du hast eine so schöne Stimme«, sagte Gillian. »Ich vermisse sie.«

Maddy verdrehte die Augen und wandte sich wieder dem leuchtenden Handybildschirm zu, nur noch mehr zusammengerollt.

»Du hast Lightfoot[10] gesungen, was? Du weisst ja, dass dein Dad all seine Platten hatte. Nach der Arbeit sass er im Keller – du erinnerst dich doch an den Dampfkühler, den wir im Haus am Fluss hatten? – und hörte zu –«

»Du hast mir diese Geschichte schon mindestens tausendmal erzählt.«

Gillian musterte ihre Tochter, wie gross und schlank sie war – das war ganz Kevin. Und ihr Lächeln, das selbst jetzt in den leichten Wangengrübchen sass. Auch das war Kevin. Gott, wie dieser Mann lächeln konnte! Sie versuchte, sich zu beherrschen, aber die Jahre fielen in sich zusammen, und sie spürte, wie ihre Augen wässerig wurden.

»Oh, Mom, fang nicht an zu weinen.«

Maddy stand auf, war mit zwei anmutigen Schritten zur Stelle und schlang die Arme um ihre Mutter. Obwohl sie einige Zentimeter grösser als Gillian war, vergrub sie den Kopf aus Gewohnheit in der Halsbeuge ihrer Mutter. Gillian umarmte sie ebenso fest.

»Danke, Schatz. Du erinnerst mich einfach so sehr an ihn, weisst du. Und mit der Zeit immer mehr. Du warst noch so klein. Manchmal fürchte ich, du wirst ihn vergessen.«

Maddy entzog sich.

»Warum fahren wir nie dorthin? Nach Delphia, meine ich. Das würde mir doch helfen, ihn kennenzulernen, meinst du nicht? Zu sehen, wo er aufgewachsen ist? Und wo wir drei gelebt haben?«

Gillian seufzte tief. Obwohl Maddy schon seit Jahren nicht mehr gefragt hatte, so hatte sie es doch früher oft getan, und Gillian hatte ihre Antworten immer abwägen, einüben und anpassen müssen. Kevins Mutter, Elner, lebte in Delphia, und es war schwierig gewesen, ein kleines Mädchen davon zu überzeugen, dass es keine gute Idee war, Grandma zu besuchen. Aber Gillian hatte es getan. Sie hatte es tun müssen – weil sie wusste, dass sie nicht stark genug war, um ihnen gegenüberzutreten. Jedenfalls nicht dort. Nicht in diesen Bergen. Bevor Elner so heftig an Parkinson erkrankt war, hatte sie Gillian und Maddy ein paarmal in Billings besucht. Sie war lustig und respektlos gewesen, wie immer. Aber Gillian konnte Elners Ignoranz nicht mehr als harmlose Grillen einer alten Frau vom Land abtun. Nein, diese Ideen hatten echte Konsequenzen, und Gillian schäumte, wenn Elner wieder die Zwangsversteigerung einer Farm erwähnte und die Schuld dafür »denen« gab, die das ländliche Amerika zugrunde richteten. Gillian konnte die Kleider in Tarnfarben und Rosa nicht ausstehen, die Elner für Maddy kaufte, und ebenso wenig die GLOBALE ERWÄRMUNG: DIE LIBS WOLLEN BLOSS NOCH MEHR GELD-Aufkleber am Heck von Elners Wagen. Sie arrangierte sich, so gut sie konnte, mit den Besuchen in Billings, aber jedes Mal, wenn Maddy nach ihren Tanten fragte oder die Ranch besuchen wollte, erklärte Gillian ihrer Tochter, dass eine Familie manchmal einfach nicht mehr zusammen sein könne, das sei traurig, aber wahr, und dass ihr Vater nach dem, was ihm zugestossen war, nicht mehr gewollt hätte, dass sie jenen Ort oder dessen Bewohner kannten – inzwischen nicht mehr. Gillian wiederholte dieses Mantra jetzt nicht viel anders als damals, als Maddy mit nur sechs Jahren zur Halbwaise geworden war.

»Wir sind das, was für ihn zählte. Du und ich. Nicht jener Ort. Ich schwöre dir, dass er hier mehr bei uns ist als irgendwo anders.« Gillian legte die Hand auf ihre eigene Brust und dann auf die ihrer Tochter. »Er ist genau hier, Schatz.«

»Ich weiss«, sagte Maddy. »In unseren Herzen.«

Es war ein vertrautes Zitat. *Er ist genau hier, in unseren Herzen.* Mutter und Tochter hätten es zusammen aufsagen können, wenn sie gewollt hätten, in immer demselben Tonfall und Tempo, doch obwohl sie so vertraut waren, rührten die Worte immer noch an all die alten Freuden und Wunden. Jetzt schwammen Maddys Augen in Tränen, und sie blieb noch einen Moment länger stehen und liess Gillian sie anschauen und in sich aufnehmen, dann fuhr sie sich über die Augen, entzog sich und setzte sich wieder auf den Boden. Sie griff sich mit den Armen hinter den Kopf, drehte ihr Haar auf und steckte es mit einem Bleistift fest. Stöpselte sich wieder die Ohrhörer ein.

Sie bewegte sich wie ein Band, dachte Gillian. Ein weithin flatterndes Band. Sie schüttelte den Kopf. Dieses lange, kräftige rabenschwarze Haar gehörte nicht Kevin. Es war ihres. Als Maddy zwölf, dreizehn, vierzehn war, hatte Gillian sich gewünscht, dass sie so schmalhüftig und schlank wie Kevin würde, wusste sie noch. Aber Maddy war zwar so gross wie Kevin, doch Brust, Hüften und jede Rundung hatte sie von Gillian. Das Mädchen war bestimmt umwerfend in ein, zwei

Jahren, sobald sie gelernt hätte, das alles miteinander in Einklang zu bringen. Gillian hoffte jedenfalls, dass es noch ein Jahr oder zwei dauern würde, denn dann wäre Maddy am College und würde Leute treffen, die so klug und interessant waren wie sie. Gillian sah zu, wie die Lippen ihrer Tochter sich bewegten, zuerst ganz still und dann mit einem heiseren Flüstern. Obwohl sie gern noch geblieben wäre und zugehört hätte, machte sie die Tür ihrer Tochter zu und ging wieder zurück durch den Flur.

In der Küche wühlte Gillian in ihrer Handtasche und fand ihr Telefon. Sie goss sich ein weiteres Glas Chardonnay ein und rief dann Dave Coles an. Das Telefon klingelte endlos, dann kam das Piepsen: *»Hier spricht Dave Coles, Herausgeber, Redakteur, Chefreporter und Laufbursche beim* Colter Courier, *der besten Zeitung in Montanas Osten! Hinterlassen Sie eine ausführliche Nachricht, und ich werde mich umgehend bei Ihnen melden. Grosses journalistisches Ehrenwort!«*

»Hallo, Dave. Gillian. Hab dich in letzter Zeit gar nicht im Boiler Room gesehen. Lust auf einen Drink diesen Freitag? Und, wenn's geht, schau doch mal, was du alles über eine Tricia Wilson herausfindest. Und über einen Typen, mit dem sie liiert ist, namens Brian. Vielleicht ihr Mann, oder sie leben einfach zusammen. Ich weiss nicht genau. Vermutlich hat er die Schule in Delphia besucht. Vielleicht auch ohne Abschluss, aber einfach aus Delphia, du weisst schon. Es geht jedenfalls um Tricias Jungen, Tavin. Wir hoffen, wir können ihn an der Schule behalten. Danke und bis Freitag.«

Gillian nahm ihr Weinglas zum Sofa mit und knipste eine Lampe an. Dave Coles' Urgrossvater hatte 1908 die erste Ausgabe des *Courier* herausgegeben, und abgesehen davon, dass Dave am laufenden Band für das Wochenblatt schrieb, betreute er auch eine Art verstaubtes, unordentliches Museum von den Zeitungsbüros aus. Vor zwei Jahren, als Gillian für eine Sozialkundelehrerin eingesprungen war, die mitten im Jahr ausgefallen war, hatte sie mit ihren Schülern einen guten Teil des Halbjahrs im alten Backsteingebäude des *Courier* an der Hauptstrasse verbracht, um die Stadtgeschichte nachzulesen und daraus ein Heft zu machen. Dave war freundlich, sonderbar und voller Geschichten, und obwohl sie über seine exzentrische Art immer ein wenig den Kopf schütteln musste, lag ihm sehr an seinen Leuten. Er hatte auch ihr schon geholfen, wenn es darum ging, eine Anleihe durchzubringen oder zu verhindern, dass die Schulbehörde eine gute Lehrerin entliess, nur weil ihr deren politische Ansichten nicht passten, oder wenn man schlicht einem Kind beistehen musste. Und obwohl Dave nichts über Colter ging, hatte er durchaus nichts gegen das Stadtleben. Er genoss das Rib-Eye-Steak drüben bei Jake's und hielt häufig im Boiler Room Hof.

Gillian nahm einen Schluck Wein und dann noch einen und stellte bald das leere Glas auf den Kaffeetisch.

Die Strassenlaternen gingen an. Eine Abendbrise wehte durch die Eschen und traf auf die Schiebetür aus Glas. Sie versuchte, ihren Roman zu lesen, konnte sich aber nicht konzentrieren, wegen des Weins hinter ihren Augen und weil sie die Stimme ihrer Tochter hörte, undeutlich zwar, aber von Zeit zu Zeit schwang sie sich auf zu einem reinen, kräftigen Ton.

Verl

Tag sechs der Neuen Ordnung
Wie ihr seht hab ich dem hier einen schönen neuen Titel verpasst. Ich hab nein gesagt zu euren Gesetzen die einem Mann verbieten wollen auf seinem eigenen Land ein bösartiges Tier zu schiessen. Da wäre er auf seinem eigenen Land kastriert. Ihr habt die Wölfe wieder ausgesetzt in diesem Land hier das sehr gut ohne sie sein konnte. Und ich habe nein gesagt und bin hier in diesem Land das mich geboren hat und getragen hat und das mir lieb ist.

Ich lebe nach dieser neuen Art. Dies ist eine neue Ordnung.

Und lasst euch gesagt sein dass ich es nicht meinetwegen tue. Das ist nicht eine Art Tagebuch wie die Mutter meines Jungen eins führen würde. Ich brauche das hier nicht aufzuschreiben. Täuscht euch nicht. Ich könnte mutterseelenallein hier draussen leben auf dem Land für den Rest meiner Erdentage und so verdammt vergnügt sein wie ein Ziegenbock.

Später
Ich hab nachgedacht. Ich bin den ganzen Tag gelaufen. So viel wie in letzter Zeit hier bin ich gottverdammt lange nicht mehr gelaufen und auch wenn mein fettes Herz hämmerte hab ich nachgedacht und bin stehen

geblieben und hab durchgelesen was ich geschrieben hatte (denn was anderes als das hab ich nicht zu lesen bis auf meine Louis L'Amours[11] im Trailer drüben) und da hatte ich noch einen Gedanken. Nämlich ich ~~kabier~~ kapier nicht warum ich das schreibe. Was soll ich das den gottverdammten Feiglingen erzählen? Nützt ja keinen Dreck. So krank im Kopf wie die sind. Denen würde rein gar nichts einleuchten. Ich denke das sollte für die bestimmt sein die auch was davon haben.

Dann ist dies hier also für meinen Jungen.

Für dich Junge. Ich rede jetzt mit dir. Hör zu. Es braucht Übung ein freier Mann zu werden. Dein Fernseher und deine Lehrer werden dir allen möglichen Mist eintrichtern. Du sollst durchschauen was Mist ist. Selbst noch nach Jahren sollst du wissen was für einer dein alter Dad war. Ein freier Mann. Ein Mann von Rat und Tat. Ein Mann der Berge. Aus diesen Bull Mountains hier. Hörst du mich?

Hör zu damit du es verstehst. Nimm meine Stimme mit dir im Kopf.

Ich habe meine .270er und eine Dreissigerschachtel Patronen das ist das Wichtigste. Ich habe meine Schnürstiefel mit Stahlkappe ein Paar Wollsocken feste Carhartts ein T-Shirt Flanellhemd Segeltuchjacke Schottenmütze. Ein Wolfszahn und zwei Wolfsklauen baumeln an einem Stück Angelschnur von meinem Hals. Ich hab zweiunddreissig Dollar (obwohl ich so was Schräges wie Geld nie mehr brauchen werde könnte die Scheine auch einrollen und rauchen) eine Zwei-Liter-Feldflasche aus rostfreiem Stahl und ein Klappmesser. Meine Jackentaschen sind prall gefüllt mit Schokoriegeln und Copenhagen und Hirschtrockenfleisch und da und dort einen Hühnerstall auszunehmen ist auch keine Schande. Einem Huhn dreht man im Nu den Hals um und wenn man es mit den Federn unter einem Steinhaufen brät entsteht fast kein Rauch. Ich schlürfe auch mal ein Ei. Wie ein alter Hund. Da überleg ich nicht lange denn ein Ei ist vitaminreich und nahrhaft und tut jedem gut wenn man an der Spitze ein kleines Loch in die Schale macht und schlürft.

Das mit den Vitaminen hab ich mal in einer der Morgensendungen gesehen die deine Mutter guckt. Darum weiss ich das.

Es ist spät inzwischen Junge. Und dunkel bis auf die Sterne. Die Luft bitterkalt. Während ich dies schreibe denke ich an dich. Und an deine Mutter.

Wendell

Obwohl der Junge auch Wochen später noch kein Wort sagte, hörte er doch ganz gut zu. Wenn Wendell ihn zu mehr Tempo ermahnte, hob Rowdy die Knie und hetzte richtiggehend durch das trockene Gras und den Mulm.

Mitte September, frühmorgens und kühl, der Himmel so blau wie Vogeleier – gestern hatten sie abgeerntet. Weil Glen sie an den letzten beiden Wochenenden durcharbeiten hiess, hatte er Wendell diesen Donnerstag und Freitag freigegeben. Und da waren sie nun, er und der Junge, an ihrem ersten ganzen gemeinsamen Tag, seit sie zusammen im Getreidelaster gefahren waren, und seifiger Beifussgeruch durchdrang die Luft, und Wiesenstärlinge[12] stimmten ihre flötenden Sechstongesänge an.

Wendell schloss die Holztür der Werkstatt auf, die sich etwa fünfzig Yard hinter dem Trailer duckte, und sie gingen hinein und wurden sofort vom Moschusgeruch nach Fett und Rost und stiller Dunkelheit umfangen. Wendell machte die Werkbank bereit und trug Rowdy auf, ihm die Nummern drei und vier aus dem Gewirr der Fallen zu holen, die an der Schnurrolle hingen. Rowdy zögerte nicht. Er sah sie durch und hob die Fallen an ihren dunklen, klirrenden Ketten an – stemmte seinen schmächtigen Körper gegen ihr unhandliches Gewicht, während die Backen und Federn gegen seinen Bauch schlugen –

und schleifte sie zu Wendell hinüber. Er strengte sich an, um sie auf die ölverschmierte Werkbank zu wuchten.

»So ist es recht, leg die hierauf. Wir werden den Schmutz mit dieser Bürste abfegen und den ärgsten Rost mit Stahlwolle wegscheuern. Willst du die Bürste oder die Wolle? Okay, die Bürste. Das heisst, du machst den Anfang. Also los. Wenn du fertig bist, schieb sie zu mir rüber.«

Sie schrubbten die Fallen Seite an Seite, und von Zeit zu Zeit stiess die knochige Schulter des Jungen gegen Wendells Mitte. Als sie fertig waren, gab Wendell die Dreier dem Jungen und nahm die Vierer selbst. Sie blinzelten und schreckten einen Moment lang zurück, als sie aus der dunklen Werkstatt ans Licht traten, dann gingen sie über den geschotterten Hof und hängten die Fallen an Sechszollnägel, die Wendells Vater vor langer Zeit spiralförmig um den Stamm einer ansehnlichen Kiefer eingeschlagen hatte.

Wendell stellte den Propanbrenner auf, und der Junge sah mit grossen Augen zu, als er mit einem Gasanzünder Feuer machte und die Flammen orangerot und golden in die Höhe schossen und zu einem Ring blau schimmernder Messer wurden, als sie sich legten. Wendell hiess den Jungen den Gartenschlauch aufdrehen und den grossen rauchschwarzen Topf füllen. Dann hob Wendell ihn auf den Brenner.

»Kiefernnadeln, Kumpel. Wir brauchen Kiefernnadeln.«

Der Junge blickte zu Wendell auf, dann lief er los in den Wald.

Wendell grinste und zog eine Dose Copenhagen aus seiner Gesässtasche. Noch ein Wiesenstärling rief. Der Wind in den Bäumen drehte. So weit sein Gedächtnis reichte, traf er darin auf das ölige Dunkel der Werkstatt, das Federblau des Himmels und den blubbernden Beizetopf für die Tellereisen. Da war sein Vater mit scharfem Blick, schwarzem Schnurrbart und langgliedrigen, sicheren Händen und seine Mutter, schlank, mit offenem Haar trat sie aus der Hintertür und fröstelte in ihrem Nachthemd, als sie sie hereinwinkte zum Frühstück mit Eiern, Hirschwurst und schwarzem Kaffee, der schon auf dem Tisch stand. Hatten sie nicht einige solche Jahre gehabt? Manchmal war er sich da nicht sicher, weil er sich nie an jene guten Jahre erinnern konnte, ohne daran zu denken, was danach kam.

Der Junge kam den Hang heruntergestapft, die Arme voller Kiefernzweige.

»So ist es recht. Bring sie hierüber, und dann werfen wir die Nadeln in den Topf.«

Die siedenden Kiefernnadeln rochen frisch und berauschend, und Wendell nahm die Fallen und gab sie eine um die andere in den Topf, wo sie klirrten und aneinanderstiessen.

»Manche Trapper beizen und wachsen. Aber mein Alter hat sie immer nur gebeizt. Das sollte wohl gut genug sein für unsereinen. Was meinst du?«

Der Junge starrte auf den Topf, die Finger an den Wangen, doch als hätte er vergessen, dagegen zu trommeln. Von irgendwo in den Bäumen hörte man das *Hack-hack-hack* einer Hudson-Elster.

»Jetzt lassen wir die rund eine halbe Stunde lang sieden, und dann vergraben wir sie hinter dem Schuppen draussen. Und wenn wir sie dann wieder ausgraben, in ein paar Tagen vielleicht, können wir unsere Fallen stellen gehen. Klingt das gut?«

Der Junge blickte vom Topf zum Schuppen und wieder zu Wendell, dann streckte er beide Hände aus, nahm eine von Wendells Händen und heftete den Blick auf ihn.

Als die Fallen vergraben waren, suchten sie Wendells Waffen zusammen, wenigstens die paar, die er nicht verkauft hatte, um die Arztrechnungen zu bezahlen, die er nach dem Tod seiner Mutter entdeckt hatte: eine .243er mit justierbarem Neunfach-Zielfernrohr für Rot- und Steinwild; eine .30-06er mit Sechsfach-Fernrohr für noch grössere Ziele; und die alte .22er Kleinkaliberwaffe seines Grossvaters für Schädlinge und zum Rumballern.

Sie gingen hinter dem Trailer durch, kamen an den zerfallenden Bauernhäusern vorbei, die einst Wendells Urgrossvater und Urgrossonkel gehört hatten, und wandten sich südlich die Senke hinunter und durch Beifuss und Büschelgras[13], bevor sie zu Strauchkiefern und Wacholder aufstiegen. Zu ihrer Rechten ragte ein

Sandsteinrücken empor. Links von ihnen weitete sich die Abfallgrube und fiel steil ab.

Wendell war mit dem Jungen noch nie hier oben gewesen, und als er zurückschaute, stand Rowdy stocksteif am Rand der Abfallgrube und bestaunte das Chaos, als würde er Zaubersprüche oder Weissagungen lesen. Wendell schwang die Gewehre von seiner Schulter und warf selbst einen Blick hinab, den ersten richtigen, langen Blick seit Jahren. Hier lag der Schrott, der von einem knappen Jahrhundert newmanscher Besiedelung zeugte. Ganz oben die jüngsten verstossenen Güter: ramponiertes Spielzeug, Pappschachteln und Berge von Kleidern mit Mäusefrass; ein lächerlich grosser Projektionsfernseher; ein Toaster in Form eines Trans Am[14]; mindestens drei Mikrowellen, die eine annähernd so gross wie ein Lehnsessel; zwei richtige Sessel in Erbsengrün und verwaschenem Blau; ein Set ausgefranste und verblichene Gartenmöbel; und zertrümmerte Paletten, defekte Bewässerungsrohre, alte Zaunpfosten aus Holz und unzählige Autobatterien und Reifen. Dann, in einer tieferen Schicht: ein Ford-Geländewagen mit Schlagseite, eine Wäscheschleuder und die Mangel dazu, ein Kühlschrank mit langem silbernem Griff und die vermodernden, kunstvoll geschnitzten und furnierten Bretter von etwas, das vielleicht einmal ein Reisekoffer gewesen war, wie man sie in alten Westernfilmen sieht, in denen sie aus den Zügen entladen werden. Zuletzt, nur noch knapp sichtbar und tief im Schlund: ein

Dampftraktor, eine Sämaschine, ein Untergrundpacker und noch ein halbes Dutzend altes Landwirtschaftsgerät wie von einem andern Planeten, von abenteuerlichem Aussehen, mit längst vergessenen Namen und Zwecken, obwohl ein Farbklecks auf ein paar Zinken immer noch rot wie eine Wunde leuchtete.

Da standen sie am Rand von Zeit und Ferne, als Nachkommen und Erben – und der Wind bewarf sie mit Staub, dessen Körnchen sich in ihren Augenwinkeln sammelten. Auf dem Bergkamm über ihnen geriet ein flacher Zehn-Zoll-Sandsteinbrocken, der dort seit Jahrtausenden balanciert war, ins Rutschen und kam die Klippe hinunter über den Weg gerollt, wo er geradewegs in eine Mikrowelle krachte.

Der Junge schreckte auf und fiel auf den Rücken, mit pfeifendem, dünnem Atem. Er sass im Dreck und trommelte gegen seine Wangen.

»Hey, Kumpel, dir ist nichts passiert. Ist doch nur ein Stein. Wart mal, ich sage dir, was du hier an der Abfallgrube tust.«

Wendell drehte sich um und öffnete den Reissverschluss seiner Hose. Er machte sich frei und liess einen dicken Strahl über den Grubenrand los, der auf den Moder und Rost drunten spritzte. Rowdy starrte einen Augenblick hin, dann rappelte er sich auf, öffnete den Reissverschluss, griff in seine Jeans und pisste mitten über einen geplatzten Autoreifen.

Sie hatten ihr BLM[15]-Land, drei gute Parzellen mit viel Gras und einer Trinkwasserquelle, 1995 verloren. Und weil ihnen das Weideland fehlte, hatten sie dann auch den Rest ihres Viehbestands verkaufen müssen. Sein Alter fluchte, wie tief sie gefallen seien.

»Wir sind jetzt wohl Schafhalter«, sagte er. »Verdammte Wollsocken.«

Aber monatelang assen sie noch Steaks von den letzten paar Ochsen, die sie geschlachtet hatten, und auch wenn Wendell aus den nächtlichen Streitereien und dem morgendlichen Schweigen seiner Eltern erriet, dass sie das Land aufgrund irgendeines Versäumnisses seines Vaters verloren hatten – wegen einer Klausel im Pachtvertrag, die er nicht erfüllt hatte, was ihm noch mehr Scherereien eintragen könnte –, so schien es ihm immer noch eine gute Zeit zu sein. Ohne das Vieh verlegte sein Alter sich mehr auf das Fallenstellen und nahm Wendell nach der Schule und an den Wochenenden mit in die Berge. Und seine Mutter arbeitete immer noch an vier Tagen zehn Stunden lang als Hauswartin in der Ofenfabrik von Roundup, was hiess, dass es Geld für neue Schuhe und Gatorade-Pulver gab.

An den Abenden war Wendell bis Sonnenuntergang mit seinem Vater in den Bergen draussen, und am anderen Morgen weckte ihn seine Mutter früh mit ihrer sanften Hand auf seiner Stirn. Täglich ausser am Freitag, wenn sie ihr Wochenpensum erfüllt hatte und er den Südbus nahm, fuhren Wendell und seine Mutter zusammen nach Delphia, während der Himmel von Ost nach West ständig wechselnde Blautöne annahm. Sie redeten nicht viel oder nur von Stundenplänen und Naheliegendem – bis wann sein Basketballtraining gehe, von einem neuen Rezept, das sie am Abend ausprobieren wolle, einer schlechten Note im Mathetest –, aber Wendell hatte diese Morgenstunden geliebt. Die Ruhe und Frische bei Sonnenaufgang und wie seine Mutter immer zweimal hupte, wenn sie ihn bei der Schule abgesetzt hatte und im Cavalier davonfuhr.

Er war damals in der fünften Klasse und mochte seinen Lehrer, Mr. Whearty, den die meisten Leute einen Hippie oder Baumumarmer nannten, und das war er ja vielleicht auch, aber er war ein guter Lehrer, bei dem man wusste, dass man seine Hausaufgaben auch machen musste. Mr. Whearty duldete keine Faulheit und kein Theater, aber er war auch lustig – und führte eine Tabelle im Klassenzimmer mit kleinen gelben Smileyklebern für jedes Buch, das man gelesen hatte, und Wendell war zwar nicht stark in Mathe oder Physik, aber die Spitze dieser Tabelle hatte er als Erster erreicht. Mr. Whearty machte eine grosse Sache daraus und heftete sogar noch ein Blatt an, nur damit Wendell die Übersicht darüber behielt, wie viele Bücher er gelesen hatte. Und im April hatte Mr. Whearty ihnen als letztes Klassenprojekt eine gekürzte Fassung des *Macbeth* für die ganze Schule zugemutet. Der Schulleiter nannte Whearty verrückt, weil er so etwas mit Fünftklässlern versuchen wollte –

die Highschool-Theatergruppe begnügte sich stets mit dümmlichen Einaktern –, aber Mr. Wheartу liess nicht locker. Also lasen alle das Stück und sprachen darüber, und Mr. Whearty schrieb die Wörter *Ehrgeiz, Wahl, Gewalt, Männlichkeit* und *Moral* an die Tafel, und sie alle mussten Zitate und Szenen aus dem Schauspiel unter jedes davon schreiben. Wendell spielte schliesslich Banquo – *Wie, spricht der Teufel wahr?*[16] – und erschien auf der Bühne mit Rotmaissirup, der ihm von den Fingern tropfte, und sass auf dem Königsthron mit einem Fleck süssen Bluts über seinem Geisterherzen.

In jenem Sommer schlug jedoch die Dürre zu, bei weitem und wolkenlosem Himmel, und die Hitze nahm Tag für Tag zu. Kein bisschen Niederschlag den ganzen Juni – bloss Virga, diese trockenen Regenschleppen, die fast bei jedem Nachmittagsgewitter fielen, jedoch verdampften, bevor sie auf den Boden trafen. Im Juli hatten sie zwei durch Blitzschlag ausgelöste Feuer bekämpft, das eine verbrannte die Hälfte ihres besten Weidelands.

Während die grasige Asche des zweiten Feuers noch schwelte, weckte Wendells Vater ihn eines Nachts. Sie fuhren ohne Scheinwerfer tief in die Südweide, parkten über einem trockenen Prallhang und kletterten in die dunkle Schlucht hinab, wo der Regierungszaun wegen der Bodenverwerfungen schon locker war und die Holzpfosten so wackelig wie faulige Zähne aufragten. Mit Wendells Baseballschläger schlugen sie die Pfosten ganz aus der Erde, nahmen dann eine Zaunzange und schnitten einige Drähte durch. Es sollte so aussehen, als wären Wapitis hier mittendurch gerannt und hätten den Zaun niedergetrampelt. Wenn man die Schafe nur ein wenig abtrieb, würden sie die Lücke morgen finden. So würden die Woollies zu gutem Gras und Wasser auf Regierungsland kommen, das einst ihnen gehört hatte und noch immer gehören sollte, vielleicht eine Woche lang, bis er und Wendell die Sache angeblich erst entdecken, die Schafe zurücktreiben und die Lücke schliessen würden. Nach ein paar Tagen würden sie dann erneut auf ein Stück schadhaften Zaun stossen, und alles finge von vorn an.

Sein Alter war aufgedreht und glücklich auf der Rückfahrt, zog halbe Donuts auf der staubigen Strasse und gab Fetzen seines Lieblingssongs von Tennessee Ernie Ford zum Besten: *You load sixteen tons, what d'you get? Another day older and deeper in debt.*[17] Er pfefferte sein leeres Rainier aus dem Fenster und griff unter den Sitz nach einer zweiten Dose. Er riss sie auf und schlürfte den Schaum. Augenzwinkernd bot er sie Wendell an. Wendell führte sie an die Lippen, das Bier schäumte wild in seinem Mund. Er kam nicht klar damit. Er wusste, dass er glücklich sein sollte, aber er war verlegen. Es erinnerte ihn an *Macbeth.* Wie gründlich alles schiefgehen konnte. Man zieht nicht ungestraft durch die Nacht und tut, was man will.

Eine Drittelmeile von der Abfallgrube kamen sie zum Schiessplatz der Farm – eigentlich bloss einem hüfthohen Sandsteinfelsen, über den man sich beugen konnte, fünfzig Schritte von einem Erdwall entfernt, an dem Wendell mit Tannenzweigen saubere Papierscheiben festgesteckt hatte. Er atmete ein und schoss, und je nachdem, wo die Kugel landete, bewegte er das Zielfernrohr der .243er und der .30-06er auf oder ab, nach links oder nach rechts, bis allmählich alles justiert war. Rowdy beobachtete die Sache und steckte nicht mal die Finger in die Ohren gegen den Lärm und zuckte auch nicht zusammen. Auch diesen Tick mit den Fingern an den Wangen liess er sein, wie Wendell bemerkte.

Als die Gewehre ausgerichtet waren, zeigte er dem Jungen, wie er den Kolben gegen die Schulter drücken, atmen und justieren sollte, und er liess Rowdy mit der .22er ein paar Schüsse abfeuern. Seine ersten paar Versuche waren wild – die Schüsse krachten und schlugen im Fels ein –, aber er traf das Ziel öfter, als er es verfehlte. Ein Schuss landete genau scharf rechts von der Mitte.

Wendell kauerte nieder und legte dem Jungen die Hand auf die Schulter. »Sieh dir das an. Du bist ein echter Newman. Ein Naturtalent.«

Rowdy blickte auf die .22er in seinen Händen. Und erneut auf die Scheibe.

Wendell ging zum Erdwall hinüber und zog die beiden Tannenzweige heraus, die das Papier festgehalten hatten, dann brachte er Rowdy das zerfetzte Blatt.

»Hier«, sagte er. »Nimm das als Erinnerung mit. Und als Ansporn. Nächstes Mal triffst du vielleicht schon ein paarmal ins Rote.«

Der Junge reichte Wendell die .22er und nahm das Blatt. Er hielt es ans Gesicht und spähte durch ein Schussloch zu Wendell hoch. Dann versuchte er ein Knallen wie von der .22er. Es war das erste Geräusch bis auf das Geschrei auf dem Acker, das Wendell von ihm vernahm, und es klang natürlich, genauso wie man es von einem Jungen erwartete.

»So ist es recht, Mr. Scharfschütze. Und jetzt schnell zurück. Ich lass mir jetzt eine Nudelsuppe gefallen.«

Rowdy spähte immer noch durch die Scheibe, machte kehrt und marschierte durch die Beifusssträucher und das trockene Gras zum Trailer zurück.

»Peng, peng!«, imitierte der Junge das Geräusch erneut.

»So ist es recht«, wiederholte Wendell.

Rowdys hohe, krächzende Stimme gefiel ihm. Er legte dem Jungen die Hand auf die Schulter beim Gehen. Die Sozialarbeiterin würde am Samstag wiederkommen, um nach Rowdy zu sehen und zu entscheiden, ob er reif für die Schule war. Wendell fand, ja, und zugleich dachte er daran, dass er besser den Trailer aufräumen und tüchtig einkaufen sollte, um den Kühlschrank zu bestücken, wenn er morgen in Billings war.

Billings. Lacys Urteilsverkündung. Er hatte kein Wort davon zu Rowdy gesagt, hatte selbst kaum daran denken mögen. Wendell nahm an, der Junge hätte nichts dagegen, einen weiteren Tag mit Carol zu verbringen; dafür mochte er die Gummischlangen, die sie immer bei sich hatte, zu sehr. Trotzdem sträubte sich Wendell immer noch gegen den Gang, obwohl er wusste, dass es sein musste.

Rowdy rannte davon und entglitt seiner Berührung, und einen Moment lang wusste Wendell nicht, was er mit seiner linken Hand anfangen sollte, die hilflos flatterte wie ein Flügel in der trockenen, harzig-würzigen Luft. Er schob die freie Hand in die Tasche seiner Jeans, rückte die Gewehre auf seiner rechten Schulter zurecht und folgte dem Jungen nach Hause.

Verl

Tag sieben der Neuen Ordnung
Hast du kürzlich einen hageren Teufelskerl mit schütterem Bart gesehen der sich haargenau in der Mitte der Bull Mountains einen Felsrücken hinunterkämpfte so war ich das Junge. Dort kommt man schwer voran aber ich halte mich an die Felsen falls sie Hunde haben oder Suchgeräte die ein völliger Mist sind. Sieben Tage. Wenn ich es noch richtig weiss. Was wohl trotz all dem Gerenne der ersten Stunden und Tage der Fall ist. Eine volle Woche Freiheit. Tag sieben der Neuen Ordnung. So nenne ich es. Das heisst dass ein Neuer das Sagen hat. So habe ich es in der Schule gelernt. Lerne das Nützliche das sie dir beibringen Junge aber lerne auch anderes Nützliches. Davon gibt es hier in den Bergen mehr. Wo dein alter Dad König ist.

Der Himmel ist jetzt pechschwarz und taugt nicht mehr zum Herumklettern also hab ich mich vor einer Weile hingesetzt und zu schreiben begonnen und dachte hier wäre vielleicht auch ein Ort zum Schlafen. Doch das ist kein Ort dafür. Weit weg in der Ferne ich verarsche dich nicht kann ich den Highway sehen. Man würde nicht glauben dass man so weit in den Bulls drin sein kann und ihn immer noch sieht. Aber dort ist er. Gelbe Lichttropfen säumen den Horizont. Ich werde noch tiefer in die Berge hineingehen heute Nacht.

Später

Hier in der Nacht Junge höre ich einiges.

In meinem Rücken die Felsen. Vor mir ein dunkler Hang Beifuss und welkes Gras. Und Stimmen da draussen im Dunkeln. Verdammt.

Vielleicht narren mich die Berge ja hoffentlich. Weiss Gott ich hoffe es und sie sind meilenweit weg. So wie Kojoten sich hinsetzen und jaulen und ihr Geheul durch die Schluchten hallt.

Der Mond ist gross genug heute Nacht dass er einen Schatten wirft aber ich sehe nichts.

Ich höre sie. Ich halte mein Gewehr in Bereitschaft.

Später

Wenn es das jetzt gewesen ist sollst du wissen Junge dass ich dich liebe. Was ich dir hätte sagen sollen als ich bei dir war. Sag es auch deiner Mutter. Sie ist mir ja vielleicht noch böse weil ich tat was ich getan habe aber sag es ihr. Das alles tut mir ja leid aber es gibt einen richtigen Lebensweg und einen falschen und nie kommen die zwei zusammen.[18] Nie. Dieses Wissen sollst du in deinem Herzen tragen bis es so hell glänzt wie dieses Mondlicht.

Ich werde mich jetzt aufmachen und weggehen von hier. In die Nacht hinein. In die Berge.

Gillian

Tavin war nicht in der Schule an den nächsten drei Tagen, aber am frühen Freitagmorgen, einen Tag bevor man ihn versetzen konnte, erschien er in Mrs. Barnes' Sozialkundeunterricht. Gillian konnte es kaum fassen. Durch die offene Tür zum Klassenzimmer beobachtete sie, wie der Junge auf das geöffnete Lehrbuch auf seinem Pult starrte, die Fäuste in die Wangen gebohrt, und dann zur Tafel hinaufschielte. Ein Schatten, vielleicht eine dunkle Verfärbung vom Sonnenbrand, lief über die rechte Kinnbacke des Jungen und seinen Hals hinunter, bis sie unter dem Kragen seines T-Shirts verschwand.

Mit Staubkörnchen versetztes Licht fiel von der rechteckigen Fensterreihe hoch über den blauen Schliessfächern ein. Gillians Schuhe quietschten auf dem gebohnerten Linoleum, als sie zu Kents Büro eilte. Sie hatte hier eine Chance, eine echte Chance. Das packte und begeisterte sie so, dass sie sich an ihre ersten Jahre im Schuldienst, unmittelbar nach ihrem Abgang vom College, erinnert fühlte: an diese hellen, glasklaren Momente, wenn beim Unterricht alles lief wie geschmiert und es ausser Frage stand, dass das eigene Tun zählte – aber Kent zog sich nur eilig die Brille ab und kniff sich in den Nasenrücken, als ob er von der reinen Vorstellung eines Treffens mit dem Jungen Kopfschmerzen bekäme.

Kent Leslie war ein rotgesichtiger, beleibter, gutgekleideter Mann, an dessen Haltung sich ablesen liess, dass er mehr als ein bisschen Geld auf der Bank hatte. Ausserhalb von Billings, der einzigen Grossstadt in der ganzen östlichen Hälfte des Bundesstaats, waren bezahlte Jobs schwer zu ergattern, ausser Aushilfen zum Mindestlohn an den Highway-Tankstellen, saisonale Unterhaltsarbeiten beim Strassendienst oder in der Landwirtschaft natürlich, wo man oft weniger als das Minimum, aber manchmal Kost und Logis bekam. Ein Lehrerlohn war im Vergleich dazu komfortabel, und ein Schulleitergehalt reichte, um Kent Leslie trotz seiner Scheidung – nebst Glen Hougen und ein paar anderen Grundbesitzern mit genug Öl oder Kohle unter ihren Feldern, was ihnen das gewohnte Rancherleben finanzierte – zu einem König der ganzen Gegend um die Bull Mountains zu machen.

Kent schnalzte, lehnte sich in seinem Stuhl zurück und wühlte in seiner Schublade. Gillian wartete und studierte die Fotos auf seinem Schreibtisch. Eins von Kent, der in einem Bergbach stand, eine Forelle mit offenem Maul hochhielt und krampfhaft grinste. Ein zweites von Kent an der Schulleiter-des-Jahres-Feier des Bundesstaats, wo er es unter die Finalisten geschafft, aber nicht gewonnen hatte. Auch ein paar Familienfotos, die in Gillians Augen den Mann treffend darstellten: Kent, seine Exfrau und die drei Töchter am Mount Rushmore, in Disneyland, vor dem mächtigen gemauerten Kamin in ihrem Heim auf dem Felsen über dem Yellowstone, das inzwischen der Exfrau gehörte. An der Wand hinter seinem Schreibtisch hingen drei Bilder im Eichenrahmen, jedes mit dem Schulabschlussfoto einer seiner blonden Töchter samt deren Haarpracht. Die Armen – sie waren alle ähnlich unscheinbar wie ihre Mutter.

Kent fischte schliesslich eine flache rote Dose heraus und liess den Deckel aufschnappen; seine Finger waren trotz seiner Grösse feingliedrig und geschickt. Stilvoll bot er Gillian eine kleine Minzpastille an, und als sie dankend ablehnte, warf er sich die Pastille in den Mund und knallte die Schublade wieder zu.

»Also gut«, sagte er, »die Sache ist die: Ich schätze es, wie du dich um die Schule sorgst. Jeder Schüler ist ein Schüler mehr, und Gott weiss, dass wir jeden Einzelnen brauchen können, aber wenn ich dich richtig verstehe, ist der Stiefvater nicht besonders scharf auf Bildung – stimmt's?«

Kent hielt inne und schob die Pastille im Mund herum, die Hände ausgestreckt in der Luft.

»Wir können einen verlieren und es verkraften«, fuhr er fort, »aber was, wenn wir zu viel Druck machen und dieser Stiefvater seinen Sohn aus der Schule nimmt und Terror macht und seine hinterwäldlerischen Nachbarn auf seine Seite kriegt und noch ein paar weitere Familien ihre Kinder auch nach Delphia schicken – oder sie selbst unterrichten wollen, was noch schlimmer wäre? Da gibt es selbst hier in der Stadt einige, die ebenso denken. Diese ganze Tea-Party[19]-Sache ist richtiggehend erschreckend. Da wählen wir einen neuen Präsidenten, und keine zwei Monate später marschieren diese Leute schon nach Washington? Und geben dem Neuen nicht mal eine Chance. Sie wollen anscheinend das ganze Bildungsministerium loswerden! Die sind verrückt! Komplett verrückt! Aber genau damit haben wir es hier zu tun. Lassen wir den ziehen!«

Kent lehnte sich in seinem Stuhl zurück und schlug eins seiner dicken Beine über das andere, offenbar ziemlich zufrieden mit seinen Argumenten. Nach seiner Scheidung vor einem Jahr hatte er Gillian ein paarmal zum Essen eingeladen. Sie war mitgegangen, aber auf Distanz geblieben und geschäftsmässig und freundlich gewesen. Doch sie war sich nicht zu schade dafür, ihn daran zu erinnern, warum er sie überhaupt gefragt hatte. Sie fuhr sich mit der Hand durchs Haar und hob die schwarze Mähne hinter das Ohr.

»Es geht mir nicht darum, dass jeder Schüler ein Schüler mehr ist«, sagte sie. »Es geht mir um Tavin. Es ist ganz im Interesse des Jungen, wenn er in der Schule bleibt. Du wärst meiner Meinung, wenn du gesehen hättest, wie der Stiefvater wohnt. Das Haus ist ein einziges Chaos. Wer weiss, was der Mann tut, um über die Runden zu kommen. Vielleicht bekommt er ein wenig Naturschutzgeld.[20] Vermutlich verkauft er von dem Hirsch und Wapiti, die er wildert. Tavin muss wissen, dass die Welt noch anderes zu bieten hat.«

Kent sackte nach vorn, und die Luft aus dem aufgeblasenen Menschen war draussen. Sie strich sich ihre Bluse glatt. Jetzt hatte sie ihn an der Angel.

»Verdammt, Gillian Houlton, warum musst du die ganze Zeit recht haben?«

»So bin ich einfach gemacht, nehme ich an.«

»Du bist schön gemacht. So viel steht fest.«

Sie verdrehte die Augen, liess die peinliche Bemerkung aber kommentarlos durchgehen. Es hatte ihr gefallen, als sie zusammen aus gewesen waren. Sie mochte Kent. Wirklich.

»Okay«, sagte er dann, »machen wir es so. Zitiere den Jungen zu dir, und frag ihn, wie es ihm geht mit der Schule, aber dränge ihn nicht. Wart einfach mal ab, was er sagt. Klingt das gut?«

»Sicher, ich werde tun, was du sagst.«

»Na, das glaube ich ja keine Sekunde. Aber ich höre es gern.«

Gillian hatte gewusst, dass er ein Brocken war – hatte sogar mit einer Kollegin gewitzelt, dass es an all den Wachstumshormonen und Antibiotika im Rindfleisch liegen müsse, das diese Kinder ässen –, aber trotzdem war sie, wie sie da neben Kents Schreibtisch stand, den Rücken an ein Regal alter Jahrbücher gepresst, auf den eiförmigen, massigen, leicht nach Achselschweiss riechenden Klotz von Kind nicht vorbereitet, der da den Türrahmen ausfüllte. Tavin trug schwarze Sportschuhe,

Bluejeans und ein T-Shirt mit dem Bild eines Präriehunds im Fadenkreuz einer Flinte auf der Vorderseite, und auf der Rückseite lag der Präriehund noch immer im selben Fadenkreuz, aber in rote Fleischfetzen zerschossen. Der Junge stand da, kratzte sich am Kopf und schniefte.

Kent wies auf den Stuhl neben der Tür, und Tavin setzte sich oder liess sich vielmehr plumpsen. Kent setzte sich auch und frotzelte eine Weile mit dem Jungen, der mit einem Knurren antwortete und sich weiter am stoppeligen, sonnenverbrannten Kopf kratzte. Es war Grindflechte, war sich Gillian jetzt sicher. Davon waren Gesicht und Hals des Jungen befallen, die Haut war an den Rändern gelblich verfärbt und von weissen und rötlichen Narben durchzogen, und am Kiefer, dort, wo der Grind am stärksten war, sass eine dunkle Kruste. Tavin beantwortete Kents Fragen mit einem Schulterzucken, und ein Bibbern und Kräuseln überlief die farbigen Flecken an seinem Kinn und Nacken.

Tavin räumte ein, dass er in Englisch nicht glänze, aber er möge Naturkunde, sagte er. Da sehe man sich die Tiere und Pflanzen und ihre Systeme an. Ihre Ökosysteme, präzisierte er.

Kent nickte begeistert. »Das ist doch grossartig! Was haben wir für ein Glück, an einem Ort wie dem Osten Montanas zu leben, was? Ökosysteme gleich vor unserer Haustür! Der Yellowstone und die Bulls, Hirsche und Wapitis und Kojoten und all so was.«

Tavin blickte finster und kratzte sich so heftig am Kopf, dass die verbrannte Haut abschuppte. »Wir haben uns nur die Wüste angeschaut. Und das Meer. Ich hab dabei gar nie an hier gedacht, an hier in den Bulls, meine ich.«

Bevor Kent sich dazu äussern konnte, fiel ihm Gillian ins Wort. »Schön, dass du Naturkunde magst, Tavin. Das ist grossartig. Ich habe das früher auch unterrichtet. Wir sollten dieses Interesse bestimmt im Auge behalten. Du bist ein kluger Junge. Alles A und B bis dieses Jahr.«

Kent beugte sich vor und wollte die Kontrolle über das Gespräch wiedererlangen, aber Gillian fuhr fort. Die Naturwissenschaften könnten ihm aufregende neue Welten eröffnen, sagte sie. Vielleicht könnte er Metallurgie studieren und Schweisser werden. Oder Elektronik und als Computertechniker arbeiten. Oder mit Dieselmotoren. Da gebe es Ideen und Jobs, die er noch gar nicht in Betracht gezogen habe.

»Entscheidend ist, dass du dich weiterhin anstrengen musst in der Schule«, sagte sie. »Und das heisst auch, dass du *in* der Schule anwesend sein musst. Weisst du, wie viele Tage du dieses Jahr schon versäumt hast?«

Tavin versank tiefer in seinen Stuhl, und sein Blick wurde stumpf und kühl.

»Neun. Das bedeutet fast zwei Wochen Unterricht. Du hast schon einen ziemlichen Rückstand, sagen mir deine Lehrer.«

Sie wartete, ob Kent oder Tavin darauf etwas entgegnen würden, aber Kent hatte den Jungen anscheinend schon aufgegeben; er lehnte sich zurück und schürzte die Lippen. Tavin nagte am Schmutz und an der abgestorbenen Haut unter seinen Fingernägeln.

Gillian wollte alles zu einem glücklichen Ende bringen und etwas zugleich Ermutigendes und Herausforderndes sagen, über das der Junge nachdenken konnte, aber als sie zu sprechen begann, sah sie wieder diese Jägerjacke vor sich, und vor ihrem geistigen Auge begann der dunkle Fleck am Rand sich auszudehnen und zu tropfen, dünne Blutrinnsale entstanden, liefen zusammen, stiegen um sie drei herum in die Höhe und schwappten zur Tür hinaus – bis sie nicht mehr mit Tavin redete. Sie redete jetzt mit Brian, dem Stiefvater des Jungen, und mit allen anderen selbstermächtigten, unwissenden, gewalttätigen Männern da draussen in den Bergen, die den ganzen Osten Montanas gewissermassen für sich beanspruchten, um damit zu tun, was sie wollten, und dabei geflissentlich vergassen, dass man ihren Urgrossvätern das Land überhaupt erst geschenkt hatte; dass es ihre Grossväter gewesen waren, die die Dürren herbeigeführt hatten; dass ihre Grossväter und Väter die Flüsse vergiftet und Wapiti, Gabelbock und Felsengebirgshuhn beinahe ausgerottet hatten und dass die Bundesregierung bei jeder Etappe – von der Elektrifizierung auf dem Land über günstige staatliche Weidepachten bis zu grosszügigen Mietvereinbarungen – eingeschritten war, um für diesen lächerlichen Way of Life aufzukommen, der ihnen so heilig war. Sie war es satt.

Bis auf Billings war das ganze östliche Montana ein Fass ohne Boden für die Dollars der Steuerzahler, ein Teufelskreis aus landschaftlicher Verödung, mangelnder Bildung, Alkohol, Methamphetamin und zerrütteten Familien. Und Leute wie sie, die eigentlichen Werktätigen – Lehrerinnen, Sozialarbeiter und Raumplanungsbeamte –, waren es dann, die versuchen sollten, diesen Sumpf trockenzulegen.

Sie beugte sich vor und zischte: »Die staatliche Grenze sind zehn Absenzen«, sagte sie. »Für das ganze Jahr. Wenn du auch nur noch einen Tag verpasst, könnten deine Lehrer dich ausschliessen. Einfach so.«

Tavin wurde rot, und sein Gesicht zuckte und verhärtete sich.

Sie war zu weit gegangen. Und versuchte zurückzurudern. »Ich glaube zwar nicht, dass sie das tun wollen, ich mein ja bloss …«

»Ist mir scheissegal, was Sie da sagen, Lady. Oder was der Staat zu sagen hat. Oder –«

Kent beugte sich vor und zeigte mit seinem dicken Finger direkt auf den Jungen. »Halt dich gefälligst im Zaum, mein Sohn. Für solche Sprache gibt es hier drin keinen Platz.«

Tavin blickte von Kent zu Gillian und von Gillian zu Kent. Dann stand er auf, holte, schon auf halbem Weg zur Tür, aus und wischte die gerahmten Fotos mit einem Schwung von Kents Schreibtisch, so dass das Glas am Boden zerbrach.

Wann fing sie an, den Schatten zu misstrauen und den Mäulern von Sternen? Wann begann sie den gurgelnden Schlamm, einen knackenden Zweig, den unsteten Atem des Nachtwinds zu fürchten?

Da war eine Nacht in der Wildnis von Sipsey im Nordwesten Alabamas gewesen, an Kevins erster Stelle nach Missoula. Alte erodierte Hügel und klare, sich windende Bäche, die friedlich dahinplätscherten, bevor sie sich von den Kalkfelsen stürzten, darunter blaue, tiefe Becken, die dazu einluden, die Kleider auszuziehen und hineinzutauchen. Sie waren den ganzen Tag gewandert und hatten nahe am oberen Ende des Buck-Rough-Canyons kampiert. Sie erhitzte das Chili auf dem Campingkocher, bis es Blasen warf, und Kevin machte ein Feuer. Später sassen sie Knie an Knie auf Baumstümpfen, die Schatten der Flammen tanzten über ihre Hände und Gesichter, und sie assen aus derselben Schüssel und liessen Kevins Silberfläschchen voll Bourbon hin- und hergehen. In jener Nacht im Zelt, während sie sich liebten, hörten sie ihn aufsteigen und jäh verstummen: den heiseren, hemmungslosen Schrei eines Pumas, eines raunzigen Weibchens. Ein so plötzlicher, erschütternder Laut. Sie waren still. Und begannen sich in der Dunkelheit Alabamas einander wieder zuzuwenden.

Es war nicht der Puma. Es war bloss die Erinnerung an das Schreien und dass eine brandheisse Erinnerung immer zur nächsten führte: Sie erwachten früh, und ein trübes Licht fiel durch die Bäume. Gillian ging auf der anderen Seite des Lagers pinkeln und fand Stiefelabdrücke und eine Handvoll mit dem Absatz zertretene Zigarettenkippen. Sie rief nach Kevin. Über den Fussspuren, am selben Baum, von dem ihre Rucksäcke hingen und aus dessen geschrammter Borke noch das Harz tropfte, fuhren sie mit den Fingern über die groben Umrisse einer Konföderiertenflagge, die mit dem Messer in den Stamm geritzt worden war. Sie konnte sich keinen tüchtigeren und besonneneren Mann denken als Kevin, und sich selber traute sie zu, wild entschlossen das Nötige zu tun, trotzdem floss ihr Atem wie Wasser.

Sie fuhren nie wieder nach Sipsey, obwohl sie noch weitere acht Monate in Alabama waren, bis Kevin in das nationale Wildreservat von Key West versetzt wurde. Es wurde Frühling, dann Sommer, und Gillian konnte keine Arbeit ausser als Bardame finden, und so wanderte sie über die Insel, sprach mit den Wildhühnern im bunten Federkleid und lebte von Ceviche und Sangria. Dann kam ein Jahr in Nevada, wo alle Schulbezirke so verzweifelt nach Lehrkräften suchten, dass sie schon am ersten Tag in der Stadt gleich drei Stellenangebote bekam. In Colorado arbeitete sie wie Kevin im Mesa-Verde-Nationalpark und brachte ganzen Busladungen von Schulkindern die Basketmaker und die alte Pueblo-Kultur näher. Obwohl die Dunkelheit immer da war und noch wuchs, lernte sie, sie zu bezähmen und ihr gut zuzureden, denn genauso hatten sie sich schliesslich ihre Zukunft erträumt in jenen ersten Jahren in Missoula, als sie in der Mittelstufe unterrichtete und Kevin sein Forstwirtschaftsstudium abschloss. Genauso hatten sie es sich vorgestellt – hier, dort und überall das wilde Land und all die vielen seltsamen, wunderbaren Lebewesen. Tulpenbaum, Key-Weisswedelhirsch[21], Graue Palmlilie.

Aber trotzdem – diese Trübheit, diese Finsternis.

Im Boiler Room bestellte Gillian nicht wie üblich ein Glas Chardonnay, sondern einen Wodka Tonic und kippte ihn in Rekordzeit. Sie spiesste die ertrunkene Zitronenspalte mit dem Trinkhalm auf, führte sie an die Lippen und biss in die saure Schale. Kent war wütend gewesen und hatte wortreich düstere Szenarien von massiven Abgängen und selbstgefälligen Fox-News-Moderatoren an die Wand gemalt, die aus den verlassenen Klassenzimmern der öffentlichen Schulen von Colter berichteten – aber schliesslich konnte sie ihn einigermassen beruhigen, und er begnügte sich für den Rest des Tages damit, beleidigt Trübsal zu blasen, und zog schliesslich in Betracht, am Montag die Mutter des Jungen anzurufen, um zu erkunden, ob da noch etwas zu machen wäre.

Gillian trommelte mit den Fingernägeln auf das glänzende Kupfer des Bartresens und sah zu, wie das Eis in ihrem Glas schmolz. Sie war direkt von der Schule gekommen und würde Maddy verpassen, sie aber später noch anrufen. Maddy wollte ja noch mit ihrer neuen Freundin ausgehen, dieser Collegestudentin aus ihrem

Starbucks. Gillian wusste, dass sie diese Jackie bald einmal kennenlernen musste, wenn Maddy so viel Zeit mit ihr verbrachte. Aber heute Abend musste sie sich um Wichtigeres kümmern. Sie schob den letzten Eiswürfel in den Mund und zermalmte ihn mit den Zähnen. Wenn sie wartete, würde Dave Coles ihr noch einen Drink spendieren. Aber sie konnte nicht warten. Sie hob das Kinn, um den Barkeeper herbeizuwinken.

Schon hatte sie ihrem zweiten Wodka Tonic ziemlich zugesprochen, als Dave sich zwischen den Tischen durchschlängelte, eine halboffene Aktenmappe unter den einen Arm geklemmt und eine Colter-Cougars-Fanjacke nachlässig über den anderen geworfen.

»Gillian! Hey, ich hab es geschafft! Wie geht's dir? Wow, sag mal, was trinkst du da? So einen nehme ich auch – aber nur einen! Ich muss noch fit sein für das Spiel heut Abend.«

Er schwang sich auf den Hocker neben ihr und liess einen Ellbogen auf den Tresen sinken. Mit seinem guten Auge schaute er sie an, das andere liess er, wie er es immer tat, durch den Raum schweifen. Er sah aus wie aus Tinkertoys[22] und gebogenen Federn gebaut. Dave Coles war die sonderbarste Erscheinung in ihrem Bekanntenkreis. Gillian konnte ein Lächeln nicht unterdrücken und lachte sogar.

Dave lachte gutmütig mit und schob sich die Brille den Nasenrücken hinauf. Er fragte nach Maddy und ob es ihr an der Central immer noch gefalle.

Seit sie Delphia verlassen hatten, wo Maddy am Anfang, aber nicht die ganze Zeit im Kindergarten gewesen war, hatte Gillian ihre Tochter immer auf Privatschulen geschickt. Grace Montessori zuerst, dann die St.-Francis-Oberschule und jetzt die Central Catholic. Die meisten ihrer Kolleginnen und Freunde verstanden sie; im vergangenen Jahrzehnt hatten es nur eine Handvoll Schüler aus Colter geschafft, nach weiteren vier Jahren Ausbildung einen anerkannten Abschluss zu machen, während allein in der letzten Abgangsklasse der Central drei Schüler ein National-Merit-Stipendium ergattert hatten und über zwei Dutzend weitere an Eliteuniversitäten gingen.

Gillian klagte, dass Maddy mit ihrem Job, Hausaufgaben und Collegebewerbungen so beschäftigt sei, dass sie ihre Tochter kaum zu Gesicht bekomme. Und heute Abend sei sie mit einer Freundin ausgegangen. Gillian warf einen schrägen Blick auf ihren inzwischen fast leeren Cocktail.

»Wie wär's, Dave, spendierst du uns noch einen Drink?«

Nachdem Dave den Barkeeper herbeigewinkt hatte, kam Gillian zur Sache. Was wusste er über Tricia Wilson? Und von diesem Brian?

Dave öffnete seine Mappe, stiess dabei versehentlich mit dem Ellbogen gegen den Mann auf dem Hocker neben ihm und verstreute die Hälfte seiner Papiere am Boden. Er hob sie auf, blätterte in seinen Notizen und fing wie immer am Anfang an, indem er Gillian von den Wilsons erzählte, die anno 17 beim Ansturm auf die Heimstätten spät dran gewesen seien und schliesslich tief in den Bulls gesiedelt hatten, am Bascom Creek draussen, einem versalzten Rinnsal nordöstlich von Colter. Natürlich hatten sie viele Kinder gehabt und nicht genug Land, und während am Bach immer noch einige Wilsons siedelten, hatte Tricias Granddad, der jüngste von fünf Söhnen der Familie, den Kürzeren gezogen. Eine Weile hatte er ein Lebensmittelgeschäft in Big Horn geführt – inzwischen nur noch ein paar baufällige Häuser am Rand des Highways, ohne eigene Ausfahrt – und danach einen Eisenwarenladen in Colter, der aber auch bald unterging. Tricias Dad hingegen, selbst einer von vier Jungs, schaffte es gerade rechtzeitig, vom Ölboom zu profitieren, und kam mit der Firma ins Geschäft, die die Ölquellen nördlich des Yellowstone bei Vananda betrieb. Er fiel von einem Bohrturm und stauchte sich sein Rückgrat, doch weil dies geschah, kurz bevor das Öl versiegte, war es vielleicht nicht allzu schlimm, weil er somit Anspruch auf Unterstützung hatte. Und als Tricia an der Highschool war, hatte sich ihr Alter schon ziemlich an ein Leben zwischen Rentenbezug und Trinken gewöhnt. Tricia selbst lebte jetzt strenggenommen auf einem Stück Land, das sie von der Seite ihrer Mutter, den Feeneys, geerbt hatte, und die Feeneys …

Dave redete weiter, aber Gillian blendete die Odyssee der Feeneys aus. Der Barkeeper brachte das neue Glas, und sie schwenkte das Eis und nahm einen grossen Schluck. Dave konnte die Geschichte bestimmt noch stundenlang auswalzen, trotzdem war es immer dieselbe alte Heimstättentragödie auf trockenem Land, die sie schon kannte.

»Aber was ist mit diesem Brian?«, unterbrach sie ihn. »Ich hab dort im Haus eine Jacke der Delphia Broncs gesehen, aber dann müsste ich mich doch an ihn erinnern. Immerhin habe ich dort acht Jahre lang unterrichtet. Die einzigen Brians, die ich kannte, wären zu jung für Tricia gewesen. Oder« – und hier beugte sich Gillian mit einem verschwörerischen Grinsen vor – »nicht ganz ihr Typ. Du kennst doch Brian Martin, den Jüngsten der Martins? Der war, wie sich herausstellte, schwul. Er lebt jetzt in Seattle. Erst letztes Jahr habe ich eine Urlaubskarte von ihm und seinem Partner bekommen. Sie haben einen kleinen Jungen adoptiert.«

Gillian richtete sich auf ihrem Hocker wieder auf und weidete sich an Daves verwirrtem Blick. Er war überhaupt kein Frömmler, bloss abgeschirmt und zurückgezogen, und alles Neue machte ihn nervös. Gillian liess ihn noch einen Augenblick zappeln, bevor sie ihn erlöste.

»Aber was ist mit Tricias Brian, hast du etwas über ihn herausgefunden?«

Sie hatte erwartet, dass Dave gleich loslegen würde mit dem Treck, der 08, 16 oder 23 nach Westen gekommen war, aber er tat es nicht. Er nahm einen grossen

Schluck von seinem Drink, hustete und wischte sich die Tropfen aus dem Gestrüpp seines Schnurrbarts.

»Hör mal, ich weiss nicht, wie sehr du dieser Sache nachgehen willst. Du bist hier in Billings, und vermutlich wird ja nicht viel daraus. Du brauchst dich wegen so was nicht aufzuregen. Ich würde dir raten, dich da rauszuhalten.«

Etwas wirbelte in ihr drin, ein Strudel in einem trüben Fluss.

»Dave, komm schon. Wovon reden wir hier genau?«

»Ach Gott, ich möchte dich nicht beunruhigen.«

Es stellte sich heraus, dass Brian Betts gar nicht aus Delphia oder Colter war, erzählte ihr Dave. Er war aus Oregon. Hatte sich dort, nahe der kalifornischen Grenze, einer Gruppe Freistaatler angeschlossen. Leuten, die nichts mehr von Oregon und Kalifornien wissen wollten und von einem eigenen Staat träumten. Und jetzt plante dieser Brian, der sich Oberbefehlshaber des Bull-Mountain-Widerstands nannte, eine Art Versammlung.

»Das geschieht alles übers Internet«, sagte Dave. »Oder über die Seiten im Internet, die diese Typen besuchen.«

Die Lichter und Schatten der Bar wirbelten und strudelten. Daves Stimme wurde dünner und leiser und verschwand im hohen Wimmern, das in ihrem Kopf aufstieg. Vor all den Jahren hatte sie in ihrem Kummer und Entsetzen und ohne einen echten Rückzugsort – denn ihr Vater war inzwischen schon tot und ihre Stiefmutter eine Fremde – gedacht, ein Umzug nach Billings, der bei weitem grössten Stadt im Staat Montana, mit ihren Privatschulen, Weinbars und Kinos, den geschäftigen Strassen und mächtigen Glashochhäusern und über hundertfünfzigtausend Einwohnern, würde sie vor dem Schwachsinn und der Gewalt schützen, die ihnen in Delphia widerfahren war. Sie hatte gedacht, wenn sie und Maddy bloss wieder ihren Mädchennamen annähmen, Houlton, und die Brücken zu nahezu allen Bekannten in Delphia abbrachen, würde die Stadt sie von den windgepeitschten Weiten der Prärien und den frommen Bull Mountains erlösen.

Dave nahm stirnrunzelnd seine Brille ab, sein schlechtes Auge wanderte, und seine Stimme entsprach allmählich wieder seinen Lippenbewegungen. Es tue ihm so verflucht leid, ihr dies zu eröffnen, sagte er, aber alles, was er über Brian Betts herausgefunden habe, habe mit der Wolfsjagd im kommenden Monat zu tun und mit den Geschehnissen damals im Jahr 97, als ihr Mann umgebracht worden war.

Verl

Tag zehn der Neuen Ordnung
Ich hab eine Weile nicht mehr geschrieben. Mit diesen Stimmen kehrte meine Angst zurück. Ich lief durch die Nacht. Gott ich war darauf gefasst jeden Moment eine Kugel in meinem Schenkel zu spüren. In meiner Schulter. Im Genick.

Es ist erst Ende Oktober aber es ist kälter als man denkt nachts wenn man draussen ist wie ein Tier in der Nacht. Ich kampiere versteckt in den Strauchkiefern. Oder in einem Höhlenversteck im Fels. Trotzdem. Der Wind findet mich. So ist es. Ich bette den Kopf auf ein Kissen aus Sand. Ich fröstle. Ich komme mir vor wie ein kleines Kind wenn ich fröstle aber ich fröstle trotzdem. Ich kann wohl nicht anders.

Ich hab daran gedacht mich in ein Haus einzuschleichen und was zu stehlen. Es gibt nicht viele Häuser hier in den Bulls draussen aber doch ein paar. Ein paar Ranches und Jagdhütten und Blockhäuser mit grossen Fenstern die irgendwelchen gottverdammten Kaliforniern gehören oder so ähnlich.

Aber diese Stimmen halten mich ab. Früher hab ich den Mund voll genommen aber du kennst mich ja Junge. Ich rede gern. Wenn ich ein Huhn stehle oder Klamotten von einer Wäscheleine entdeckt vielleicht jemand den Verlust und macht eine Anzeige und schon wären mir die Feds auf der Spur. Frösteln ist besser als rennen. Magenknurren ist besser. Ich werde jetzt erst mal frösteln und wölfisch knurren.

Später
Mir gefällt auch der Gedanke nicht ich wäre ein Dieb. Auch das hält mich ab. Ich bin kein Dieb. (Anders als diese gottverdammte Regierung die mir das Recht nimmt so zu leben wie ich es will und zu schiessen was ich will auf meinem eigenen Land. Oder wie die Banken die den Leuten das Land wegnehmen. Verdammmich.) Wenn ich stehlen muss sollst du denen sagen Junge dass sie es waren die mich dazu trieben. Was bleibt einem Mann im dünnen Hemd bei dieser Kälte schon anderes übrig? Das fällt denen gar nicht ein wenn sie an Diebe denken.

Ich schreibe dir dies mitten in der Nacht Junge. Es ist zu kalt um zu schlafen. Wie geht es dir Junge? Ich hoffe du hast es schön warm. Aber auch wenn dein alter Dad friert bis auf die Knochen weisst du hoffentlich dass dein alter Dad ein freier Mann ist und ein freier Mann sein wollte. Ich höre gerade einen Kojoten heulen vom Grat über Lemonade Springs. Ein paar andere weiter südlich jaulen zurück. Ich weiss nicht genau von wo.

Wendell

Auf dem Highway kündigten nur Schlieren von Neonlicht, das schnelle Aufblitzen nackter Glühbirnen den Ort an. Aber Wendell wusste, wo er war. Er fuhr mit seinem Chevy beim Antlers vor, einer alten Raststätte zwischen Roundup und Delphia, und stellte den Motor ab. Der Wagen lief im Leerlauf und ergab sich. Ein Mückenschwarm teilte sich und schwirrte herum. Über dem gedämpften Geplärre aus der Bar heulte ein Kojote. Ein zweiter antwortete.

Wendell hatte am Vorabend seine Jeans gebügelt, Rowdy am frühen Morgen zu Carol gebracht und war den Fluss entlang, durch die Berge und südlich dann die Comanche Flats – Beifusssträucher und Büschelgras, an denen der erste Frost des Jahres diamanten funkelte, während ihre blauen Blätter und trockenen Stängel sich schroff und klar gegen die aufgehende Sonne abzeichneten – und durch das Hochland wieder hinunter, um die Rimrocks auf die grauen Einbahnstrassen, die ihn stets so nervös machten, gefahren, die Hände fest und routiniert am Steuer, bevor er schliesslich zum Parkplatz hinter dem Gerichtsgebäude aus Sandstein mitten in Billings einbog. Sie führten Lacy im orangefarbenen Overall in Handschellen vor. Und verurteilten sie in null Komma nichts zu drei Jahren Haft wegen des Besitzes von Methamphetamin und einem weiteren Jahr wegen Kindeswohlgefährdung und vorsätzlicher Vernachlässigung. Lacy sah ihn kein einziges Mal an. Sah überhaupt nie auf, soweit er das sagen konnte. Ein ganz anderer Mensch sass da, das war alles, was er denken konnte. Die Lacy, die er kannte, hätte zetermordio geschrien. Hätte auf nicht schuldig plädiert, geflucht und verlangt, ihren Sohn zu sehen.

Seit sie zu seiner Mutter und ihm gezogen war, war sie immer die ganz vorne gewesen, die keiner einholen konnte. In ihrem letzten Schuljahr waren beim Leichtathletik-Bezirkswettkampf nur drei Mädchen über achthundert Meter angetreten, also hatte man sie mit den Jungs laufen lassen. Wendell hatte von der Seitenlinie aus zugesehen. Er war schon Erster gewesen im Bezirk, hatte sogar mit dem überregionalen Rennen geliebäugelt, aber dann hatte er sich den Knöchel verstaucht und ein paar Bänder gerissen, und jetzt konnte er nur hoffen, bis zur nächsten Basketballsaison in seinem Abschlussjahr ganz wiederhergestellt zu sein. Im Mittagslicht standen die Jungen und Mädchen beieinander, ruhig, konzentriert und nervös – alle jedenfalls bis auf Lacy. Sie war völlig aufgedreht, blinzelte den Jungs zu und neckte die anderen Mädchen, bis sie 2 Minuten und 9,23 Sekunden nach dem Startschuss durch das Zielband lief, besser war als jeder Junge im Feld und einen Bezirksrekord aufstellte. Im Lokalblatt von Billings erschien sogar ein Artikel über sie, samt Bild, auf dem sie ihre Hand zur Pistole formte und auf jemanden ausserhalb des Fotos schoss. Das bin ich, dachte Wendell damals, das wusste er noch, auch wenn er nicht sicher war und sich nicht vorstellen konnte, wen Lacy da im Visier hatte.

Ein paar Tage später, kurz vor dem Meisterschaftsmeeting, hüpfte Lacy in den silbernen Mustang ihres neuen Freundes – eines Dreissigjährigen von Roundup drüben – und kam in jener Nacht nicht nach Hause. Liess sich die ganze Woche nicht mehr in der Schule blicken und auch nicht beim Meeting, und am Tag, an dem sie am State Meeting hätte laufen sollen, lud Wendell sein Gewehr, verstaute es in der Ablage seines Chevy und fuhr nach Roundup. Er fühlte sich verraten, als wäre das auf einmal unwichtig, was für ihn wichtig gewesen war, als wären die Jahre, in denen sie einander auf dem Platz und auf dem Spielfeld angetrieben hatten, einfach nur Jahre gewesen und nicht etwas wie ein Versprechen. An einer Tankstelle lief er Lacys Freund, der Doritos, Mountain Dew und Sudafed[23] kaufte, über den Weg. Wendell wartete, bis er über den Parkplatz kam, und schleifte ihn dann an seinem langen, strähnigen Haar hinter das Gebäude. Als er weglaufen wollte, schlug Wendell ein, zwei, drei Mal zu. Während er sich blutend im Gestrüpp wälzte, holte Wendell sein Gewehr, legte eine Patrone ein und drückte den Lauf dem Mistkerl ins Genick. Der flennte und sagte zu Wendell, er wisse nicht, wo Lacy sei, und dass er sie auch suche und sie sein Auto gestohlen habe. Die Bullen fanden

den Mustang Wochen später verlassen am Strassenrand zwischen Billings und Laurel, aber Lacy sahen Wendell und seine Mutter erst im nächsten Winter, mitten in seiner letzten, enttäuschenden Basketballsaison, wieder, als sie mit Kurzhaarschnitt den Kiesweg zum Trailer heruntergelaufen kam. War erschöpft, halb verhungert und im dritten Monat schwanger, als sie dahergelaufen kam, und erklärte rein gar nichts – weder ihr Verschwinden noch die Schwangerschaft, noch den klebrigen Narbenfleck unter ihrem rechten Auge.

Das Klicken von Billardkugeln, raues Männergelächter, Holzofenrauch, die säuerliche Wärme des Biers und der Leiber – all das überflutete Wendell, als er das Antlers betrat. Er blieb einen Augenblick in der Tür stehen, und es fühlte sich gut und richtig, ja notwendig an. Er orientierte sich, rutschte auf einen freien Hocker und bestellte einen Schuss Beam und ein Bier. Der Whiskey floss durch ihn hindurch und blühte in seinem Bauch auf. Er schloss zufrieden die Augen. Nach dem Tod seiner Mom hatte er tüchtig in den Bars randaliert und sich eine Weile von ihnen fernhalten müssen. Aber jetzt musste er später ja noch Rowdy abholen und wollte nicht wieder mit alldem anfangen. Momentan wollte er bloss das Brennen geniessen und es mit ein paar grossen und kalten Schlucken wässrigen Biers herunterspülen. Sich dem Dreigläserrausch hingeben, mit dem sein letztes, flüchtiges Wiedersehen mit Lacy vielleicht davonrauschte.

»Wendell! Wow! Dass ich dich hier treffe! Wie geht es dir?«

Wendell drehte sich um und sah, dass Jackie Maxwell ihn anlächelte. Jackie Maxwell trug eine ärmellose Westernbluse und enge Wrangler-Jeans, sie war noch minderjährig, tat aber ihr Bestes, um wie ein Rodeo-Girl auszusehen, das im Antlers ein und aus ging.

Sie tippte leicht seine Schulter an. »Mann, hättest du je gedacht, dass zwei Südbuskids hier im Antlers in einer Freitagnacht wieder zusammenkommen?«

Jackie hob ihren Drink, Cola mit Schuss, und nippte aus einem kleinen grünen Trinkhalm daran.

Wendell konnte nicht umhin, zu denken, wie hübsch sie sei und wie verflucht nett es wäre, ein wenig an der Bar herumzualbern und abzuwarten, was die Nacht noch mit ihnen vorhatte. Doch auch wenn es Jackie, der freundlichen Tochter freundlicher Hippies und Ziegenhalter, noch verborgen blieb, er wusste, dass es etwa so wahrscheinlich war wie ein baldiger Sonnenaufgang, dass zwei Südbuskids dazu kämen, miteinander im Antlers durch die Nacht zu treiben. Warum diese schlechte Strasse nehmen? Wendell kannte all die Sackgassen, in die sie führte. Er wollte eben einen frühen Arbeitsbeginn am nächsten Morgen vorschieben und gehen, als ein anderes Mädchen zu Jackie trat. Sie war gross, fast so gross wie er, mit langem Haar so schwarz wie die Nacht und knochig breiten, nackten Schultern. Auch sie trug Stiefel, Jeans und eine tief ausgeschnittene Bluse. Aber Jackie konnte das durchziehen, dieses Mädchen nicht. Nein, sie sah aus wie aus einem anderen Land, von einem anderen Planeten – so wie er sich Cherry aus *The Outsiders*[24] vorstellte. Sie glitt zu Jackie hinüber, und es erinnerte ihn an die Pappeln am Fluss, deren silbrige Blätter im Wind rascheln.

Jackie hakte sich bei ihrer Freundin ein und stellte sie Wendell als Maddy vor. Dann blickte sie sich in der Bar verschwörerisch um und beugte sich vor, um zu flüstern. Maddy sei ja noch ein Baby, sagte sie. Noch an der Highschool! An dieser Privatschule in Billings – aber *pssst,* sag's nicht weiter! Sie arbeiteten zusammen im Starbucks an der Grand, und – hm, was konnte sie noch sagen? – sie waren beide wohl so ziemlich die grössten Fans der Avett Brothers[25] in ganz Montana. Egal, aber als Jackie hörte, dass Maddy noch gar nie, noch kein einziges Mal in einer Bar gewesen sei, habe sie genau den richtigen Ort für sie gewusst!

Jackie senkte den Kopf, um an ihrem Drink zu nippen, und stach sich mit dem Trinkhalm in die Nase. Sie schnaubte kichernd und vergrub ihr Gesicht einen Augenblick lang in Maddys Nacken. Dann holte sie Atem und fächelte sich mit gespreizten Fingern Luft zu.

»Und Wendell hier, puh, okay, Maddy, ich kann dir auch was von Wendell erzählen. Als ich nach Delphia kam, war Wendell der grosse Basketballhirsch und ich eine langweilige Gans mit alberner Brille und blöden Zöpfen, und einmal im Bus schnippte er einen Kaugummi, der mich mitten im Nacken traf – und mir war es so was von peinlich! Ich mein, es ist genau so was, was ich laut meiner Mom meiner Therapeutin hätte erzählen sollen, aber das mit der Therapeutin war noch in Boulder, und meine Eltern hatten zu viel zu tun mit ihren Ziegen, und ich glaube wirklich, dass ich darum jetzt so über die Stränge schlage, weisst du, und bin zwar noch minderjährig, aber saufe in einer Cowboybar rum am Ende der Welt.«

Jackie setzte einen verletzten Blick auf, liess seufzend das Kinn fallen und nippte an ihrem Drink, aber Maddy schien sich echt zu empören um Jackies willen, als hätte sie etwas von der Geschichte begriffen, das Jackie entging.

Wendell lehnte sich gegen den Rand der Theke und nahm seinen guten Ausgeh-Cowboyhut ab. »Ich hatte ja gehofft, du wüsstest das nicht mehr«, sagte er. »Ich war ein ziemlicher Arsch damals.«

Jackie spielte noch einmal kurz die Beleidigte, dann sprang sie auf die Zehenspitzen und strahlte. »Ich weiss, wie du es wiedergutmachen kannst! Holst du mir noch einen Rum mit Coke?«

Wendell nahm ihr Glas und wandte sich an Maddy. »Geht in Ordnung. Möchtest du auch einen?«

Maddy sah Wendell direkt ins Gesicht und musterte ihn. Flüchtig erinnerte sie ihn an Lacy mit ihrem energischen Kinn und dem harten Leuchten in ihren Augen. »Nein, danke«, sagte sie. »Ich fahre.«

Die Stunden glitten vorüber. Würzig-süsser Kiefernrauch durchzog den Raum. Jemand hatte auf der Jukebox mehrere George-Strait[26]-Songs gewählt. Zwei Männer, die Wendell nicht kannte, vermutlich hatte die Klein-Creek-Mine sie vorübergehend entlassen, zogen ihre Hemden aus und begannen miteinander zu raufen, hörten aber nach ein paar Schlägen wieder auf, und der eine nahm sein eigenes Hemd, um das Blut aus der Nase des anderen zu stillen. Wendell trank mehr, als er beabsichtigt hatte. Erst nach ein paar weiteren Whiskeys ging er zu reinem Bier über und schien selbst dann noch bei jedem zweiten Schluck auf den schaumigen Flaschenboden zu starren. Niemand hatte getanzt, aber als Jackies Songs in der Jukebox an die Reihe kamen, kreischte sie auf, zog Wendell auf die Füsse und schwang ihn um den Holzofen herum. Sie schmiegte sich eng an ihn. Die anderen Männer in der Bar schauten zu, und eine Mischung aus Spott und Eifersucht leuchtete immer stärker in ihren Augen. Jackie hielt ihn noch an der Hand, als sie zu ihren Hockern zurückgingen, und dann legte sie sich seinen Arm über die Schulter. Es fühlte sich gut und einfach an – seine Hand auf der blossen Haut ihres Arms, ihr Leichtgewicht an seinen Rippen.

Erst als Jackie nach Rowdy fragte und Wendell ihr erzählte, dass Rowdy Nudelsuppe ass wie verrückt und in einer Woche wohl zur Schule gehen würde, beugte Maddy sich vor. Sie und Jackie hatten ab und zu die

Köpfe zusammengesteckt, und er hatte sie ein paarmal dabei erwischt, wie sie ihn anstarrte, obwohl sie sich jeweils rasch abgewandt und begonnen hatte, alles mitzuträllern, was die Jukebox gerade spielte. Aber jetzt hörte sie zu.

»Ist das dein Sohn?«, fragte sie.

»Nein, der Sohn meiner Cousine. Sie wurde verhaftet. Heute verurteilt. Und es hat sich herausgestellt, dass ich der nächste Verwandte bin. Es heisst also ich oder ein Wohnheim.«

Jackie gab einen kehligen Klagelaut von sich und schmiegte sich umso enger an seinen Arm. »Ich bin so froh, dass er bei dir ist. Der Arme muss schon ganz schlimme Dinge mit angeschaut haben. Du solltest ihn sehen, Maddy. Er ist spindeldürr, aber so niedlich.«

Maddy schüttelte stirnrunzelnd den Kopf. »Vielleicht ist es nicht das, was er gesehen hat, sondern das, was er nicht gesehen hat. Das, was er vermisst.«

Benebelt von Bier und Whiskey, Holzrauch und Countrymusik, versuchte Wendell die Fäden ihres Kommentars zu entwirren. Sollte das heissen, er habe Rowdy schon irgendwie enttäuscht? Dass er tun konnte, was er wollte, und es wäre nie genug? Dass Leute wie er – seine Eltern und Lacy – einfach nie genügen könnten? Er spürte, wie sich sein Kiefer verkrampfte. Er wollte ihn wieder loslassen, aber an den Grenzen seiner Sehkraft brannte die Welt. Da waren diese altbekannte Scham, dieser Zorn und die Wut, gezählt, gewogen und für zu leicht befunden zu werden. Wie in den Tagen und Monaten, nachdem sein Alter abgehauen war, wie in der Nacht des College-Meisterschaftsspiels, wie in den letzten Monaten seines Abschlussjahrs, als Lacy endgültig verschwand, wie immer wenn er nach Billings musste, um bei einem Anzugmenschen auf der Bank vorzusprechen, wie in jeder zweiten Nacht seiner Barbesuche, seit er seine Mutter zusammengesackt auf dem Vordersitz ihres Cavalier gefunden hatte, wo ein Gartenschlauch vom Auspuff zum Fenster hereinhing.

»Und was verstehst du denn davon, Miss Privatschule? Was weisst du schon von meiner zugedröhnten Cousine und ihrem Jungen, der kein gottverdammtes Wort sagt? Hast wohl viel Erfahrung damit? Hast es vielleicht vom Fernsehen? Aus einer Sondersendung im Nachmittagsprogramm? Wenn du schon die verdammte Expertin bist, sollte ich jetzt wohl dich anrufen, wenn ich Fragen habe.«

»Wendell, hör auf. Sie hat es doch nicht so gemeint.« Jackie hielt ihn noch immer am Arm, hatte sich aber auf ihre eigenen Füsse gestellt.

Wendell entzog ihr seinen Arm mit einem Ruck und stiess dabei eine Bierflasche um, die klirrend über den Tisch rollte und dumpf am Boden aufschlug. Er klappte seine Brieftasche auf, warf ein Bündel Geldscheine auf die Theke, fuhr herum und stiess gegen einen zweiten Tisch. Die Überschwemmung und das Getöse von Flaschen und Dosen. Die hellen, harten Lichter schmerzten seine triefenden Augen. Er fiel beinahe über einen Stuhl, schaffte es aber doch noch zur Tür, die jemand für ihn öffnete, auch wenn ihn das nur noch mehr aufbrachte.

Mit acht hatte er die Spielzeugpistole eines anderen Jungen gestohlen. Gott, was für eine schöne Steinschlosspistole.

Der Junge, ein Stadtkind namens Daniel McCleary mit Pomade im knapp über dem rechten Ohr gescheitelten Haar, hatte vorn an der Tafel gestanden, die Pistole zur Vorführung herumgereicht und dazu von seinem Familienurlaub in den Black Hills erzählt – vom Reptilienzoo, von den Wasserrutschen und dem Souvenirladen, wo seine Mom ihm die Pistole und eine Waschbärmütze gekauft hatte. Wendell liess seine Finger über das schimmernde Holz und den kalten, glatten Lauf spazieren. Er spannte die Hähne und zielte auf die Tafel. Drückte ab. *Klick, klack.* Die beiden Hähne fielen einer nach dem andern. Das Mädchen in der Bank hinter ihm stiess ihn in die Schulter. Wendell staunte noch einen Moment und gab ihr dann die Pistole weiter.

Er hatte sie nicht nehmen wollen. Er war einfach in der Pause hineingegangen, auf die Toilette – und da lag sie, in Daniels Fach. Seine Muskeln schienen seine Glieder selbständig zu betätigen. Er schob die Pistole in den Bund seiner Jeans und zog sein T-Shirt darüber. Draussen fiel es im Getümmel des Pausenhofs niemandem auf, als er die Pistole in die immergrünen Sträucher vor der Schule warf, wo er sie Stunden später nach dem letzten Glockenläuten, als die Kinder in alle Richtungen stoben und sich auf die Busse verteilten, heimlich in seinen Rucksack steckte.

Das war jedoch nach einem ganzen Tag Seelenqualen, denn als sie alle nach der Pause wieder drin waren, hatte Daniel – dessen Vater Prediger bei den Kongregationalisten und dessen Mutter Präsidentin des Elternbeirats und des republikanischen Frauenvereins von Delphia war – Freddie Benson des Diebstahls bezichtigt. Freddies Familie war einige Jahre zuvor in die Stadt gekommen und mit ihren vier Jungs, einem halben Dutzend Vögeln in Käfigen und einem Sammelsurium von Lampen in eines der zerfallenden viktorianischen Häuser eingezogen, in dem achtzig Jahre zuvor ein Eisenbahnbaron residiert hatte. Freddies Mutter, die ihre Haare zwei-, dreimal im Jahr knallorangerot färbte, war Bardame im Snake Pit, der einzigen Bar, die es im Zentrum von Delphia noch gab, und sein Vater, ein enorm fettleibiger Mann, verbrachte seine Tage zumeist in einem Lehnstuhl auf der Vorderveranda, wo er Zigaretten rauchte, Western- und Liebesromane las, manchmal mit offenem Mund darüber einschlief und alle Welt ihn sehen konnte. Freddie klaute die Hefte oft und brachte sie mit in die Schule. Dann scharten sich alle Jungs in der Pause um ihn, unter dem Klettergerüst, wo sie mit vereinten Kräften versuchten, sich auf die Sexszenen einen Reim zu machen. Freddie klaute seinem Alten auch die Zigaretten und war schon ein paarmal dabei erwischt worden, wie er im Drugstore Süssigkeiten stahl. Einmal hatten ihn seine Leute auch in der Obhut seines älteren Bruders gelassen, der ständig im Vorgarten an seinem Trans Am herumbastelte, und Freddie hatte Schüsseln mit rohen Hamburgern rausgestellt, um Katzen aus der Nachbarschaft anzulocken. Der örtliche Deputy Sheriff kam schliesslich vorbei und sorgte für Ordnung, aber es gab wilde Gerüchte, was Freddie diesen Katzen alles angetan habe, bevor der Deputy kam. Sie in Kissenbezüge gestopft und in Regentonnen ersäuft. Aneinandergeklebt. Und angezündet.

An jenem Morgen nach der Pause plärrte Daniel und schrie und zeigte mit dem Finger auf Freddie, und der Lehrer rief Freddie hinaus auf den Flur, befragte ihn und schickte ihn schliesslich hinunter in das Büro des Schulleiters. Freddie wehrte sich nicht. Er sah nicht einmal erschrocken aus. Wendell war entsetzt. Er konnte sich den ganzen Tag nicht mehr konzentrieren, aber am Ende standen zwei Kontrollhäkchen hinter seinem Namen an der Tafel. Sein Alter hatte ihn einmal mit einem Ledergürtel versohlt – und zwar derart, dass er in den beiden folgenden Nächten auf dem Bauch hatte schlafen müssen –, weil er einen Dollar und ein paar Münzen eingesteckt hatte, die auf dem Küchentresen liegengeblieben waren.

An jenem Nachmittag, als die Steinschlosspistole schwer wog in seinem Rucksack, stieg Wendell aus dem

Bus, wartete, bis er die Landstrasse hinunter entschwunden war, und wanderte in die Bulls hinein. Auf einer Kuppe, auf einem mächtigen Sandsteinfelsen, nahm er die Pistole heraus und legte sie mitten auf den Stein, wie eine Opfergabe. Er hatte noch nie ein so hübsches Spielzeug gehabt und würde bestimmt auch nie mehr so eins haben. Er wusste – aufgrund seiner Jeans aus dem Secondhandladen, der dünnen Wände ihres Trailers und der einfachen Kartoffelchips, die seine Mutter kaufte –, dass seine Familie zu einer Sorte der Armen gehörte. Er wusste auch, dass die Bensons zu einer anderen Sorte gehörten – zu einer traurigeren, schäbigeren Sorte. Er war sich nicht sicher, was die McClearys waren, ob reich oder nicht, aber arm waren sie jedenfalls nicht. Sie hatten einen kastanienbraunen Minivan und einen grünen Rasen, und Daniel bekam zweimal im Jahr neue Turnschuhe. Sie könnten durchgehen als Leute, die man im Fernsehen sah. Das könnten er und sein Alter nicht, das wusste Wendell, und vermutlich nicht einmal seine Mutter, trotz ihres glänzenden Haars und ihrer Rezepte aus den Morgensendungen. Jedes Mal wenn sie nach Billings einkaufen fuhren oder um eine Ladung geschlachteter Schafe auf den Viehhöfen zu verkaufen, fühlte Wendell sich ausgesetzt. Gescheuert und windgepeitscht, kantig und steif. Er war ein paarmal in der Shopping-Mall gewesen und hatte andere Gleichaltrige gesehen, Stadtkinder, und sie hatten ihn gesehen. Da gab es Distanzen, die man nicht überwinden konnte, allzu verwinkelt, veränderlich und kaum zu kartieren war dieses Terrain. An jenem Nachmittag auf der Kuppe stand Wendell im Wind und fuhr noch einmal über die blanken Rundungen der Pistole, dann schichtete er Steine darüber auf zu einem Grabmal.

Jahre später, nachdem Freddie aus dem Basketballteam ausgeschieden war, sich die Haare wachsen und die Ohren stechen gelassen hatte und als man ihn allgemein Softpack Freddie nannte, krachte er eines Abends, als er mit allen anderen in der Hauptstrasse um die Häuser zog, mit dem Trans Am seines Bruders und achtzig Sachen betrunken durch die Fassade des Schulhauses. Freddie überlebte, aber der Schock löste etwas in Wendell aus. Am andern Tag versuchte er das Grabmal zu finden. Er und Lacy wanderten durch die ganze Gegend, und sie fragte ihn ständig, wonach er denn suche, und er wollte es ihr nicht sagen, und sie fanden es nicht. Lacy war stocksauer. Am Abend fuhr sie ohne ihn mit dem Chevy in die Stadt, obwohl er ein Heimspiel hatte. Er musste auf seine Mutter warten und kam beinahe zu spät. Auf der Fahrt in die Stadt fragte er sich, ob er sich alles bloss ausgedacht habe und seine Erinnerung ihn vielleicht täusche. So vieles hatte zu wanken und zu schwanken begonnen, dass es ihm schwerfiel, die Welt nach Wirklichkeit und Traum zu trennen, nach Erwünschtem und Erlebtem. Hatte er diese Pistole wirklich gestohlen? Hatte Daniel McCleary, inzwischen Spielmacher und Klassensprecher, wirklich so geplärrt?

Stimmte es, dass Toby Korenkos Vater demnächst die Familienranch verlieren würde? Und wenn er nach Billings fuhr, lag Freddie jetzt dort im Krankenhaus mit kollabierter Lunge und Alkoholvergiftung? Und würden sie die staatsweite Meisterschaft dieses Jahr wirklich gewinnen?

Er berührte seine Mutter leicht an der Schulter, wenn sie nach dem Abendessen aufräumten. Er stiess mit Lacy zusammen, wenn sie durch die Bulls wanderten, ihre Ellbogen und Hüften trafen aufeinander, ihre Finger streiften sich. Er wartete auf den Pass von Toby oder Daniel, spürte den Aufprall des Balls in seinen Händen, hörte ihn durch das Netz schnellen und das Gebrüll der Menge. Dann wusste er einen Augenblick lang, das alles war wahr, und das Trudeln der Welt hörte auf. Doch es verblasste jedes Mal: das Wissen, das Gebrüll, die Berührung. Die doppelläufige Pistole glänzte in seinen Fingern, und schon war sie weg.

Tage nach jener Nacht im Antlers, am Mittwochnachmittag, als der Wind Staubteufel aufwirbelte, lehnte Wendell an seinem Chevy. Er kramte in seiner Gesässtasche nach seinem Copenhagen. Erwischte stattdessen das Silbermedaillon, das er am Morgen nach der Zufallsbegegnung mit Jackie und ihrer Freundin mitten auf dem Küchentisch entdeckt hatte. In seinem benebelten Drang, Rowdy bei Glen und Carol abzuholen und den Jungen zum Trailer zurückzubringen, bevor an dem Samstag die Sozialarbeiterin erschien, musste er es eingesteckt haben. Jetzt drehte er es rundum in der Hand, diese Silhouette eines heulenden Wolfs in einem geviertelten Kreis. Er erkannte das Medaillon nicht und hatte den seltsamen Gedanken, jemand müsse in seiner Abwesenheit in seinen Trailer gelangt sein und es dort für ihn hingelegt haben. Kalter Schweiss trat ihm auf die Stirn und lief ihm den Rücken hinunter.

Nein, da würde doch niemand einbrechen, bloss um diesen Schnickschnack zurückzulassen, und es war ihm nicht aufgefallen, dass etwas gefehlt hätte. Die Gewehre, das einzig Wertvolle im ganzen Wagen, waren alle noch immer im Schrank – das hatte er erst heute Morgen festgestellt. Vielleicht hatte der Junge es in einer Ecke des Trailers aufgestöbert. Es mochte seinem Alten gehört haben oder sogar aus seiner eigenen Kindheit stammen: aus einem Tauschhandel auf dem Spielplatz. Es war ein hübsches Ding. Wendell rollte es zwischen Daumen und Zeigefinger hin und her, und der Wolf schweifte durch Beifuss- und Salzbüsche. In der Ferne wirbelte Staub von der Strasse auf, der erste orangefarbene Schimmer des Südbusses von Delphia, der Rowdy von seinem dritten Schultag nach Hause brachte.

Die Sozialarbeiterin hatte betont, wie kritisch diese Zeit sei. Rowdy habe sich gut, besser, als sie erwartet hätte, an das Leben bei Wendell gewöhnt, aber der Schuleintritt, obgleich nötig, würde den Jungen wieder stärker belasten. Da sei er auf Wendells Beständigkeit angewiesen, er müsse da sein für ihn. Wendell hatte die ganze Zeit genickt, die Hände in den Hosentaschen vergraben. Er erwähnte nicht, dass er erst letzte Nacht stockbetrunken vergessen hatte, Rowdy bei Glen und Carol abzuholen. Oder dass Carol ihn am Vormittag, als er es endlich zu ihnen geschafft hatte, im Morgenrock empfangen und ihm eröffnet hatte, dass Rowdy randaliert und sich geschlagen habe, als ihm aufging, dass er nicht nach Hause konnte, und er sich erst lange nach Mitternacht ausgeschrien habe und eingeschlafen sei. Carol musterte Wendell von Kopf bis Fuss und roch noch die Alkoholschwaden, die er verbreitete, da war er sich sicher. Sie hielt ihren Morgenrock am Hals zu, drehte sich um und ging ins Haus, um Rowdy hinauszuschicken. Da stand der Junge in seinem fleckigen T-Shirt und Bluejeans auf der Schwelle. Er blinzelte zu Wendell hoch und fröstelte in der Morgenkälte. Mit dem Jungen schien alles in Ordnung zu sein und wie immer, und Wendell ging die Brust auf, und sie platzte fast vor Traurigkeit und vor Scham. Wie viele Nächte hatte Rowdy gewartet, dass Lacy nach Hause käme? Wie viele Nächte hatte Wendell selbst sich gesehnt, dass sein eigener Vater wieder aus den Bergen hervorkriechen möge? Keine einzige Nacht mehr, schwor er sich, als er da im fahlen Licht stand und der Junge mit den Fingern auf seine Wangen trommelte. Nicht eine verdammte Nacht.

In einer Staubwolke hielt der Bus vor ihm an, und die Türen klappten auf. Rowdy kam Stufe um Stufe heruntergehüpft und wirbelte selbst Staub auf, als er auf den Boden sprang und zum Chevy rannte. Wendell wollte ihm folgen, aber der Busfahrer – inzwischen glatzköpfig und noch fetter, als Wendell ihn von seiner Zeit als Südbuskind in Erinnerung hatte – rief ihn zu sich, hievte sich halbwegs von seinem Sitz und streckte ihm ein gefaltetes Blatt entgegen. Der Schulleiter wolle sicherstellen, dass Wendell dieses Schreiben bekomme, sagte er. Wendell betrat den Bus, der wie früher nach Kunstleder und Schweiss roch, nahm die Notiz und dankte dem Fahrer.

Der Bus ächzte davon, und ein heftiger Wind fuhr über die Strasse und wirbelte Kieselsteine auf. Rowdy hüpfte schon auf der Ladefläche des Pick-ups auf und ab. Wendell entfaltete das Blatt.

Beim Essen trommelte er auf seine Wangen, zappelte im Stuhl herum und stiess seine Milch um. Darauf schloss er die Augen, verkniff das Gesicht und fing an zu brüllen. Brüllend warf er sich nach vorn und nach hinten und trat um sich.

»Hey, ist doch bloss Milch, Kumpel. Nur ein Versehen.«

Rowdy nahm die Finger von seinen Wangen und begann auf den Tisch zu hauen. Warf seinen Teller um, spritzte Ketchup an die Wand und streute die Kartoffelkroketten über den Boden.

»Mein Gott, Gottogott.«

Wendell griff sich den Jungen und liess sich mit ihm in den Lehnstuhl sinken. Rowdy brüllte noch lauter und bockte gegen ihn. Wendell umklammerte ihn. Rowdy stiess mit den Ellbogen gegen ihn, rammte seine kleinen, spitzen Fersen gegen Wendells Schienbeine. Wendell sass nur da, schaukelte und hielt den Jungen fest.

Er solle morgen nach Delphia fahren und sich mit dem Schulleiter treffen. Das stand auf dem Blatt. Ein paar Jungs hätten Rowdy in der ersten Pause gehänselt, und in der Mittagspause habe sich Rowdy von hinten angeschlichen und einen von ihnen kopfüber vom Klettergerüst gestossen. Der Junge brach sich den Arm, und bevor der Lehrer zur Stelle war und während der Junge noch weinend am Boden lag, hockte sich Rowdy mit gespreizten Beinen auf ihn, spannte den Finger und – *peng! peng!* – tat so, als schiesse er dem Jungen ins Gesicht. Im Büro hatte er es wieder getan. Hatte dem Schulleiter direkt ins Gesicht geblickt und geschossen. So etwas konnte man heutzutage nicht mehr tun. Nicht einmal mehr hier draussen.

Rowdys Atem beruhigte sich, und seine Hände erschlafften, während seine tausend zornigen, kleinen Muskeln sich entspannten. Wendell schaukelte den Jungen. Lieber hätte er nicht gewusst, wie so etwas geschehen konnte, aber er wusste es sehr gut. Ein Lehrer brauchte eine Zigarette oder war gerade in Scheidung oder scheute einfach das Eingreifen, wandte sich ab und liess ein paar Jungs einen wie Rowdy hänseln, weil das gerade einfacher war. Aber das Einfache war verdammt noch mal so gut wie immer das Falsche. Das hatte sein Alter immer gesagt. Wendell wusste noch, wie sein Vater ihm dabei direkt in die Augen geblickt hatte, und war irgendwie stolz, dass Rowdy es sich nicht leichtgemacht hatte.

Aber wie sollte er in die Stadt zum Treffen mit dem Schulleiter fahren, wenn sie Rowdy für den Rest der Woche vom Unterricht ausgeschlossen hatten? Er konnte nicht Carol bitten, sich um den Jungen zu kümmern. Nicht nach den Geschehnissen des vergangenen Wochenendes. Und er konnte Rowdy auch nicht allein lassen. Das hatte Lacy getan.

Wendell schaukelte unaufhörlich, und Rowdy fiel in einen tiefen, unruhigen Schlaf, und sein kleiner Körper zuckte im Traum. In Wendells Kopf spukten die beiden Zeilen aus *Macbeth* herum, die er noch am besten wusste. *Wie spät, mein Sohn?,* fragt Banquo seinen Sohn Fleance, der Wache hält. Und Fleance antwortet: *Der Mond ging unter, schlagen hört ichs nicht.*

Wie spät, mein Sohn? Der Mond ging unter, schlagen hört ichs nicht.

Wie spät, mein Sohn? Der Mond ging unter, schlagen hört ichs nicht.

Wie spät, mein Sohn? Der Mond ging unter, schlagen hört ichs nicht.

Das Klickklack dieser beiden Zeilen und wie der Vater sich nicht nach dem Sohn, sondern nach der nächtlichen Stunde erkundigt und der Sohn ihm genau dies gibt, die Nacht – all das stürmte so wunderbar auf sein Herz ein. Fast anderthalb Jahrzehnte waren vergangen, seit Mr. Whearty das Stück mit ihnen aufgeführt hatte, und seitdem hatte Wendell die Zeilen gemurmelt, wenn er den Zaun ausbesserte, den Mähdrescher fuhr oder verirrte Tiere suchte. Freddie Benson hatte Fleance gespielt, und in beiden Aufführungen hatte er gebrummelt und sich bei den Worten *Der Mond ging unter, schlagen hört ichs nicht* verhaspelt, und Wendell war wütend auf ihn gewesen. Und war es irgendwie immer noch. Nach dem Theater, auf der dunklen Heimfahrt, hatte er sich bei seiner Mutter über Freddie beklagt. Er hatte versucht, ihr zu erklären, wie viel ihm diese Zeilen bedeuteten, und obwohl sie zuhörte, fuhr sie ihm nur mit der Hand über den Kopf und beschwichtigte ihn; er sei doch ein so guter, furchterregender Geist gewesen.

Er hatte weder Glen noch Carol gesehen, seit er Rowdy am vergangenen Samstagmorgen abgeholt hatte. In der Woche davor hatte er mit Glen abgemacht, dass er in der Nähe von zu Hause Zäune ausbessern würde, was bedeutete, dass er die ersten paar Tage Rowdy nach der Schule vom Bus abholen konnte. Morgen jedoch sollte er Glen dabei helfen, die Korrale für die Einpferchung und den Verkauf bereitzumachen. Wendell spielte mit dem Gedanken, ihn anzurufen und sich krankzumelden, um dann morgen mit Rowdy in die Berge aufzubrechen und Fallen stellen zu gehen. Er dachte auch daran, die Schule in Colter anzurufen und Rowdy dort anzumelden, was wohl einfacher wäre, aber mehr fiel ihm nicht ein. Er dachte auch an die elenden, sich prügelnden Jungs, an elende, harte Worte und daran, wie wir unsere Fäuste auf einmal zu Waffen machen.

Der Stuhl ächzte unter ihnen. Staubkörner rieselten durch den Lampenschein. Die Bergfinsternis sammelte sich an den Fenstern.

Tag elf Neue Ordnung
Bin vielleicht sechs Meilen in den frühen Abendstunden gelaufen und geklettert und habe dann hier haltgemacht im Licht bei diesen von der Sonne gewärmten sandigen Felsen und mich dagegengelehnt weil es so angenehm ist und weil ich mir was ausgedacht habe. Es ist jetzt schon eine ganze Weile her dass ich hier draussen bin. Sie sind noch hinter mir her aber wenn der Winter kommt werden die Feds denken ich sei tot und verwese da irgendwo und werden die Suche aufgeben. Dann werde ich frei sein. (Obwohl ich natürlich schon frei war und man mich ja deswegen jagt.) Jedenfalls werde ich hier leben können als wäre dies meine wahre Heimat wenn sie erst abgezogen sind. Dann kann ich einen Mulihirsch[27] mitten ins Herz treffen und brauche mich nicht um den Lärm zu sorgen. Ich kann Hirschkoteletts über einem Kiefernfeuer räuchern. Ich kann Häute trocknen und sie um mich hüllen wie ein alter Indianer. Oh dann werde ich schwelgen. Dann brauchst du dich um deinen alten Dad nicht zu sorgen.

Ich muss aber noch diese kalten Wochen überstehen. Sie suchen noch nach mir in diesen kalten Wochen.

Oder du könntest etwas für mich hinterlassen. Ja verdammt noch mal Junge du könntest lange Unterhosen für mich hinterlassen und gefütterte Hosen und Handschuhe und Pullover und eine gute Schirmmütze. Gott einen Fingerknöchel wäre mir eine richtige Wollmütze wert. Und so machst du es. Du legst eine Wollmütze und eine Flanelljacke in den Fond des alten dreirädrigen Ford in der Abfallgrube auf der Südparzelle und gibst mir ein Zeichen zum Beispiel mit einem Bindfaden um den Seitenspiegel dass die Luft rein ist und keine bösen Überraschungen drohen und dann hole ich mir diese Mütze und die Jacke und die Feds werden sich wundern wie ich es schaffe trotz Schnee und Kälte und nicht wissen dass ich es schaffe dank dir Junge. Jawohl ich werde nicht warten. Ich werde gleich anfangen zu schwelgen.

Aber verdammmich.

Wie überbringe ich dir das? Wie gelangt dieses Blatt zu dir? Du musst das lesen damit du Bescheid weisst. Dieses Blatt auf dem ich schreibe. Es ist aus einem Schulheft von dir das ich mitgenommen habe um Feuer zu machen aber da war ich nicht klar im Kopf. Ich kann kein Feuer machen. Ich hätte so gut vorbereitet sein sollen im Kopf wie mit den Händen. Lass dir das eine Lehre sein Junge.

Aber warum überhaupt ein Blatt Papier mit meinen Anweisungen darauf den ganzen Weg zu dir schmuggeln? Ein Junge sollte seinen Vater immer hören können. Und immer wissen was sein Vater denkt. Aber ich bin eben so weit hier draussen und du und deine Mutter seid im Trailer. Zwischen uns die Feds.

Verdammte Feds.

Da kann einer nachts nicht mal bei seiner Frau liegen. Da kann einer nicht mal seinen Sohn rufen. Wenn ich daran denke wie sie euch beiden jetzt näher sind als ich sehe ich rot. Ich packe mein Gewehr und habe im Sinn sie zu überfallen und ein Ende zu machen. Aber das wollen sie ja gerade verdammt noch mal das kann ich nicht wollen.

Wie überbringe ich dir das? Wie sollst du mich erkennen?

Später
Ich will dir erzählen Junge ich habe noch überlegt wie ich dir das überbringe denn es ist dein und ich bin dein als ich den Ort auf der Rückseite dieses Notizhefts sah wo du deinen Namen hingeschrieben hattest. Deinen Namen. Den Namen den ich dir gegeben habe und den schon dein Granddaddy trug. Wendell. Ich kann dir sagen das hat mich entflammt. Ich spürte es in meinen müden Knochen und war nicht mehr müde und stand auf und ging eine Meile über den dunklen Bergkamm ohne Angst entdeckt zu werden oder auszurutschen oder sonst was. Nichts als dein Name Junge. Ich bleibe hier für die Nacht und schreibe dir dies im Sternenlicht.

Gillian

Als Maddy in der achten Klasse war, an der St.-Francis-Oberschule, hatte sie an der Wissenschaftsmesse der Städte das blaue Band gewonnen. Den ganzen Spätwinter und in den Frühling hinein war sie mit ihrem Rad jeden Nachmittag in den Two Moon Park am Ostrand von Billings gefahren – eine breite Halbinsel, die in den Yellowstone hineinragte. Der Park glich einem Tränentropfen voller Kiesbänke und grasbewachsener Auen, Weiden, Pappeln und Wildrosen, und Maddy radelte bis zum entferntesten Punkt und setzte sich, die Stromschnellen des breiter werdenden Flusses vor sich und das Steilufer im Rücken, auf eine umgestürzte Pappel und katalogisierte die Vögel. Gemäss Projekt sollte sie jeden Abend ihre Erhebung mit einer Liste vergleichen, die in den frühen 1950er Jahren bei Two Moon von der schon etwas älteren Tochter eines längst verstorbenen Eisenbahnmagnaten erstellt worden war. Die ersten paar Male hatte Gillian darauf bestanden, sie zu begleiten, und auch danach fuhr sie, wann immer sie konnte, mit, meist an den Wochenenden. Weiter oben am Fluss röhrten und rülpsten Ölraffinerien, und der süsslich-chemische Gestank verarbeiteter Zuckerrüben wehte mit dem Wind herüber. Aber Two Moon zwitscherte und plätscherte – das Nachmittagslicht von Pappelflaum, Mücken und irisierend schnellem Vogelflügelschlag verschleiert –, und als die Tage länger wurden, wucherte im Park das Grün.

Wenn Gillian Maddy begleitete, legte sie sich ins Gras und machte ein Nickerchen. Maddy sass vor ihr, Feldstecher um den Hals, Bleistift in der Hand, und widmete sich ihrer Liste. Bis zur Wissenschaftsmesse hatte sie über hundert Arten dokumentiert. Verglichen mit dem früheren Two-Moon-Verzeichnis kreisten mehr Raubvögel über dem Fluss, aber weniger Reiher stelzten durchs Wasser, weniger Stärlinge sangen, und nur vereinzelte Moorhühner flatterten auf. Maddy ging möglichen Gründen für jede dieser Beobachtungen nach und verfasste mehrere Naturschutzempfehlungen. Auf der Wissenschaftsmesse hörte Gillian etwas abseits Maddys Posterpräsentation zu und staunte, wie ihre Tochter mit den Preisrichtern sprach, ihre Grafiken erklärte und sich sogar traute, von der Meinung eines der Experten höflich abzuweichen.

Danach feierten sie, indem sie den gläsernen Lift ins oberste Stockwerk des Crowne Plaza nahmen, wo sie sich im Speisesaal einen Drink genehmigten – einen Cava für Gillian, Sprudel mit Limone und einem Schuss Limonade für Maddy. Sie stiessen an, grinsten und unterhielten sich über Vögel, Politik, die allgemeine Lohnerhöhung für das Lehrerkollegium, die Gillian kürzlich bei ihrer Schulbehörde durchgeboxt hatte. Später kochten sie zusammen – Lachs mit Zitrone und den ersten frischen Frühlingskräutern, in Butter geschwenkte Kartoffeln mit geröstetem Knoblauch und Parmesan und Blattsalat. Sie assen draussen auf der hinteren Terrasse, schwelgten nochmals in Maddys Sieg beim Wettbewerb und hörten Songs von Lightfoot. Nach dem Geschirrspülen wollte Maddy länger aufbleiben, um zu sehen, wie viel Sternenhimmel man trotz der hellen Lichter der Stadt entdecken konnte, und obwohl Maddy Schule hatte, sagte Gillian ja. Als es dunkel wurde, holte sie eine Decke und wickelte sie beide ein. Und als sie ihre grosse Tochter in den Armen hielt, dachte sie, sie hätten es endlich geschafft und wie die Bussarde und Adler bei Two Moon – trotz der aschgrauen Luft und der dann und wann schillernden Abwässer im Fluss – den heftigen Winden getrotzt und könnten zusammen durch den grossen, weiten Himmel segeln und endlich wieder sicher und sorglos leben.

Gillian hörte Dave Coles ihr noch hinterherrufen, als sie in einem Nebel von Wodka Tonic den Boiler Room verliess. Sie überfuhr ein Stoppschild auf der Rückfahrt und wurde zweimal angehupt. Sie nahm sich nicht die Mühe, nachzusehen, ob Maddy zurück war, sondern schloss sich bloss mit einer Flasche Wein in ihrem Schlafzimmer ein und sah sich bis zum Abwinken *The Wire*[28] an, damit die Sorgen und Ungerechtigkeiten des Grossstadtlebens von Baltimore sie aus Montana entführten, weg von den dunklen Zeiten vor einem Dutzend Jahren in den Bull Mountains Montanas – bis sie erwachte. Benommen und durchfroren in ihren Kleidern erwachte, die Flasche auf dem Nachttisch leer, während der Markenname des DVD-Players stumm über den dunklen Fernsehbildschirm glitt.

Sie fröstelte und schluckte. Rasende Kopfschmerzen pochten in ihren Schläfen. Maddy war schon auf und ging summend im Wohnzimmer auf und ab, von Zeit zu Zeit sang sie ein paar Liedzeilen sogar laut. Richtig, es war Samstag. Gillian zwang sich aus dem Bett und spritzte sich Wasser ins Gesicht. Zog ihre Joggingsachen an. Sie hatten eine feste Abmachung, jeden Samstagmorgen, solange das Wetter es zuliess, eine Stunde laufen zu gehen. Mit Runden in der Nachbarschaft hatten sie begonnen, genehmigten sich manchmal auf dem Heimweg in Maddys Starbucks einen Bagel oder machten noch einen Abstecher in die Stadt und assen in dem neuen Lokal, das Gillian gefiel, eine Quiche, aber zuletzt hatte Maddy ihre Mutter überzeugt, die vielen Wege durch den Park unter den Rimrocks auszuprobieren, der achtzehn Meilen langen Sandsteinwand, die sich tausend Fuss hoch über dem Yellowstone-Tal erhob und die Stadt Billings durchschnitt. Auch wenn die Häuser und Strassen schnell verschwanden, wurden die Wege eifrig benutzt, sagte sich Gillian, und man hatte fast überall Handyempfang. Trotzdem griff sie, wenn sie zugedröhnte Drogensüchtige im Gestrüpp antrafen oder heruntergekommene Typen, die vor sich hin murmelnd durch das Geröll schlurften, nach Maddys Hand und hielt sie fest. Maddy schien Verständnis zu haben und ging meist gar nicht auf die Angst ihrer Mutter ein.

Der Morgen war hell und kalt, der Himmel weissblau in der Höhe und steinblau am Horizont. Sie rannten und unterhielten sich zuerst noch, soweit sie genug Luft dafür hatten – über die Chancen von Obamas neuer Gesundheitsreformvorlage im Repräsentantenhaus und Maddys aktuelle Collegevorlieben: ob Gonzaga, Lewis & Clark oder Linfield[29] – aber sowohl Mutter wie Tochter schienen anderes im Kopf zu haben, und als sie vom Gehsteig auf die staubigen Pfade unter den Rims abbogen, verstummten sie allmählich, bis man nur noch ihren Atem und das Knirschen von Kies und Sand hörte.

Gillians Herz hämmerte. Ihre Arme fühlten sich wie aus Granit an. Sie begann nachzulassen. Aber Maddy wurde nicht langsamer oder wartete wie sonst, sondern lief weiter, mit jedem Schritt vergrösserte sich der Abstand zwischen ihnen, und ihr langer, dünner Schatten waberte, als sie über einen yuccabüscheligen Hügel verschwand. Gillian ging noch langsamer hinauf und blieb oben stehen, verschränkte die Finger hinter dem Kopf und atmete durch. Der Pfad wand sich abwechselnd nach links und nach rechts durch Beifussgestrüpp, Sandsteinfelsen und Büschelgras, bevor er eine weitere staubige Anhöhe erklomm. Von Maddy keine Spur. Vermutlich war sie schon über dem nächsten Hügel und auf halbem Weg zum Starbucks. Gillian konnte nicht genug Energie aufbringen, um wütend auf sie zu sein oder auch nur verärgert. Sie war ja auch lieber allein an diesem Morgen, in ihrer eigenen juckenden Haut, und liess ihre üblen Gedanken durch ihren pochenden Schädel hämmern. Die Hände in den Hüften, nahm sie den Abstieg in Angriff, und der kühle Wind trocknete den Schweiss in ihrem Nacken und Rücken.

Sie wusste, dass Dave vermutlich recht hatte und aus dieser Sache mit der Wolfsjagd wohl nicht allzu viel werden würde. Diese hinterwäldlerischen Schwachköpfe konnten ihr oder ihrer Tochter nichts anhaben. Und wenn sie sich nicht darum kümmerte, wenn sie sich einfach abwandte und wegsah, wäre es wohl so, als hätte es all das nie gegeben. Sie wusste das. Trotzdem sah sie zwangsläufig den Fluss unterhalb ihres alten Hauses vor sich, desselben Flusses, der sich dann nach Norden zum Rodeogelände am Rand von Delphia wandte. Sie sah all ihre früheren Nachbarn vor sich, die sich da zu einer dieser idiotischen sogenannten patriotischen Versammlungen eingefunden und ihre tonnenschweren Pick-ups kreuz und quer geparkt hatten, Westernhemden, drapiert wie Flaggen, und Redner, die viel Unsinn über Selbständigkeit, harte Arbeit und Privateigentum verzapften. Pam und Larry, Kevins Schwester mit Ehemann, wären dort, da war sie sich sicher. Gott, aber dass Elner auch dort war, mochte sie sich nicht vorstellen. Sie würde doch nicht hingehen, oder doch? Und würde Verl Newmans Name fallen? Würden die Vokale und Konsonanten seines Namens in den blechernen Lautsprechern knistern und überlaufen – und würde niemand auch nur mit der Wimper zucken? Und keiner es wagen, sich zu einem *Das ist nicht in Ordnung, überhaupt nicht in Ordnung* aufzuraffen?

»Hey, Lady, hast du 'nen Dollar für mich?«

Gillian zuckte zusammen, stolperte, und ihr rechtes Knie schlug auf den Kies und die festgestampfte Erde des Wegs. Sie hielt sich an einem zähen Büschelgras fest, um nicht weiter den Hang hinunterzurutschen, und rappelte sich wieder auf. Blut lief in einem dünnen Faden über ihr Schienbein. Der Mann oder Junge – das konnte sie wegen der schlotternden dunklen Kleidung und des straff um seinen Kopf gebundenen fleckigen Bandanas mit amerikanischer Flagge nicht genau sagen – schlug sich zwischen den Felsen und Kakteen auf der windgeschützten Schattenseite der Rimrocks durch. Er trat ins Licht und rieb sich die Augen. Er war mager und unrasiert, und sein Gesicht bestand nur aus Ecken und Kanten. Ein Junkie, dachte sie. Vielleicht zwanzig oder auch siebenunddreissig. Es war schwer zu sagen. Ein gebücktes Skelett mit markanten Handgelenkknochen. Er kam noch einen halben Schritt auf sie zu.

»Hey, sorry. Ich hab ja bloss schon ein paar Tage lang nichts gegessen.«

Sie griff hinter sich nach dem Gürtel, den sie um die Mitte trug, unter ihrem Laufshirt. Das entlockte dem Mann ein müdes, dankbares Lächeln, und er kam noch näher und machte die hohle Hand.

Aus vielleicht einem Meter Entfernung verpasste Gillian ihm eine Ladung Pfefferspray mitten ins Gesicht. Wie eine Comicfigur wirbelte sein ganzer ihr eben noch zugeneigter Körper um seine eigene Achse, und die erste Ladung legte ihn um auf den Rücken. Sie erwischte ihn noch mal mit dem Spray, mit einem schnellen, zischenden Stoss. Er schrie und rollte sich wie ein Fötus zusammen, schlug mit Händen und Füssen um sich, rieb seine nassen Augen und bohrte sein Gesicht regelrecht in Fels, Gestrüpp und Staub.

Gillian stand über ihm da. Vorübergehend schaffte er es auf Knie und Hände, unter seiner heruntergerutschten schwarzen Jeans sah man die kreideweisse Haut seines Hinterns, und er begann in kurzen, pfeifenden Atemzügen zu husten und warf seinen Kopf hin und her. Gillian hatte den Drang, ihn in den Bauch zu treten, und spürte, wie sich ihre Muskeln anspannten, aber dann rutschten seine Hände unter ihm weg, und er fiel wieder zu Boden.

Sie schob die Dose ins Holster an ihrem Gürtel zurück, drehte sich um und rannte den Weg hinunter – weg von den Rimrocks, zurück in die Stadt.

Alabama, Key West, Nevada, Colorado, und am längsten waren sie am letzten Ort geblieben: in Alpine, Texas. Kevin war in Big Bend stationiert, an der Grenze drunten, und sie unterrichtete an der Highschool nur drei Blocks von dem kleinen Adobehaus entfernt, das sie am Stadtrand gemietet hatten, wo sich im Norden die Davis Mountains erhoben und die Chisos im Rahmen des nach Süden orientierten Küchenfensters wie mehlig-düstere Schemen wirkten, wenn sie abends Schulter an Schulter das Geschirr schrubbten. Einmal fuhren sie in der untergehenden Sonne nach Süden, bogen auf eine und dann noch eine Schotterstrasse ab und hielten schliesslich bei einem mit Stacheldraht geschützten Tor, das zu einem abgelegenen Stück öffentlichen Lands führte, das von der Parkbehörde verwaltet wurde: einem Wildtierkorridor, wo seit kurzem die Beweidung verboten war. Sie stiegen aus Kevins grünem Arbeitsjeep aus und wanderten durch die ausgetrockneten Bachbetten und die Kreosotbüsche[30] der Hügel. Kevin griff immer wieder nach ihrer Hand. Sie war im vierten Monat schwanger. Sie breiteten eine Decke auf dem spröden Wüstenboden aus und legten sich hin, als die Sterne in der Dunkelheit deutlicher wurden. Obwohl Kevin ihr beteuerte, dass die Sterne im Osten Montanas ebenso hell und zahlreich seien, hatte Gillian noch nie etwas Vergleichbares gesehen wie hier, wo der Erdboden sie in das vollkommene schwarze Halbrund der Nacht emporzuheben schien. Wie Zucker und Salz im Übermass.

Stunden später, nachdem sie im Schein der Taschenlampen den Rückweg angetreten und dazu gelacht, Pläne geschmiedet und sich wunderbar alberne Babynamen, wie Evelyne, River, Gracie Ann, Cuthbert, ausgedacht hatten, fanden sie ihren Jeep mit vier aufgeschlitzten Reifen und zertrümmerten Scheinwerfern vor. Und in die Tür auf der Fahrerseite waren die Worte geritzt: *Geh zum Teufel Fed. Ich leg dich um Fed.*

Ein Schwindel erfasste sie – drehte sie rundum und rundum. Da war jemand, das wusste sie. Jemand beobachtete sie und kam jedes Mal näher, wenn sie den Rücken kehrte.

Solche Drohungen waren nicht neu – aber dies war die unverschämteste. Auf die eine oder andere Weise hatten sie in den ganzen letzten zehn Jahren mit langsam bröckelndem Respekt vor den Wildhütern, Nationalpark- und Landverwaltungsangestellten zu kämpfen gehabt, von Reagans Unterstützung der Sagebrush Rebellion bis zur weitgehenden Salonfähigkeit der gerade aufkommenden und noch radikaleren Wise-Use-Bewegung.[31] Und natürlich hatte es vorher schon Ärger gegeben – ein Gouverneur, der mit rotem Kopf die Privatisierung öffentlichen Lands einforderte, ominöse Leserbriefe nach der Verhaftung eines Ranchers, der seine Weidepacht nicht bezahlen wollte, und erst kürzlich die in Brand gesteckten Abfalleimer hinter der Rangerstation. Aber jetzt waren sie auf einer Schotterstrasse in Texas gestrandet, verloren im tiefsten Dunkel, das sie je gekannt hatte, und da draussen trieb sich ein gewalttätiger Irrer mit einem Messer herum oder noch Schlimmeres.

Kevin wollte sie an den Schultern packen, doch sie entzog sich ihm fluchend. Er versuchte, sie noch einmal zu umarmen, und sie drehte sich um und fiel hin. Auf den Knien im Geröll, hielt sie sich den Bauch und weinte. Sie liebte ja dieses Leben. Aber so konnte sie nicht mehr leben.

Kevin stand über ihr, breitete seine unnützen Hände aus und sagte: »Tut mir leid. Tut mir ja so leid, so leid.«

Auf der Heimfahrt in dieser Nacht redeten sie – sie mussten Texas verlassen und einen Ort finden, an dem sie sich vorstellen konnten, ein Kind grosszuziehen. Schon am nächsten Tag begann Kevin sich nach einer neuen Stelle umzusehen. Das Beste von dem, was in Frage kam, war Montana, wo sie immer noch eine Lehrbefugnis hatte und sie sich, wenn nicht heimisch, so doch einigermassen sicher gefühlt hatten. In der Nähe von Missoula, das ihre erste Wahl gewesen wäre, gab es nichts, aber in Roundup, gleich westlich von Delphia, wo Kevin aufgewachsen war, war eine Stelle als Wildhüter ausgeschrieben. Kevins Mutter wohnte noch in seinem Elternhaus, und auch seine beiden älteren Schwestern, denen er allerdings nicht besonders nahestand, mit ihren Ehemännern und einer Handvoll Nichten und Neffen lebten dort. Die Bezirksschule taugte nicht viel, aber Gillian konnte die Ausbildung ihres Kindes vervollständigen. Ein Wildhüter arbeitete zwar auch für die Regierung, aber für die des Bundesstaats und nicht die des ganzen Lands. Ausserdem kannte Kevin fast alle, die in jenen Bergen draussen lebten. Es würde keine Überraschungen geben. Er war zwar aufs College gegangen und hatte dem Rancherdasein – und schon gar dem Leben als Farmer in diesem Ödland – den Rücken gekehrt, aber es war doch der Ort, an dem er geboren worden und aufgewachsen war. Es war Heimat.

Sie verkauften fast alles, luden ihren übrigen Besitz in ihren zweitürigen Tercel und fuhren endlos durch das Buschland von Texas, durch den Oklahoma Panhandle und die schmerzlich flachen östlichen Niederungen von Colorado, über das abfallende Land und vorbei an den jähen Flusscanyons Wyomings – so viel Wyoming –, und dann glitten sie durch die Schatten von Raffineriekaminen und bauchigen Öltanks mit Wendeltreppen in den heruntergekommenen Vororten von Billings. Es war Frühling, die Hochebenen wogten grün, und blauer Flachs hellte die Gräben auf. Als sie nach Norden in die Bull Mountains mit ihren Bergrücken und Box Canyons, Yucca und haufenweise Feigenkakteen fuhren, fühlte sich Gillian stark, allzu stark an die weite Wüstenlandschaft erinnert, die sie hinter sich gelassen hatten. Eine Leere griff nach ihrem Herzen.

Dann begann Kevin zu erzählen.

Seine Hände am Steuer bewegten sich hin und her, während er durch die Berge kurvte und ihr die Geschichte fast jeder Behausung erzählte, wer hier und wer dort gelebt hatte und für wie lange und was sich irgendeine Grossmutter oder ein Onkel alles hatte einfallen lassen – zum Beispiel eine Glastür im Nebengebäude wegen der schönen Aussicht ins Tal! –, und während sie zuhörte, schloss sich dank seiner kenntnisreichen Geschichten die Leere.

Sie bogen zur Kincheloe-Farm ein, ausgedehnten Alfalfafeldern und Weiden südöstlich von Delphia, bei der nördlichen Biegung des Musselshell River, in den Ausläufern der Bulls. Kevin ermahnte sie noch einmal, nicht von Politik oder Religion anzufangen, betonte aber gleichzeitig mit Nachdruck, dass sie willkommen sein würden und dass seine Angehörigen gute, vernünftige und freundliche Leute seien.

Und er hatte recht. Seine Schwestern Billie und Pam waren behutsam, aber herzlich, machten sich viel Mühe und nötigten sie gleich zu einem Glas Eistee nach dem anderen. Ihre Ehemänner, Roy und Larry, waren rundgesichtig, schüchtern und praktisch veranlagt, beide noch etwas verlegen, weil Kevin seinen Schwestern, ihren Frauen, das Kincheloe-Land nach dem Tod seines Vaters vor ein paar Jahren überlassen hatte. Wortlos schleppte Larry seinen Kompressor an und pumpte ihren linken Hinterreifen auf, der nach seiner Beobachtung Luft verloren hatte. Kevins Mutter, Elner, die Gillian bei ihrer standesamtlichen Trauung vor zehn Jahren kaum kennengelernt hatte, war eine feurige kleine Irin, die lieber zu Pferd sass als die Wäsche machte. Gillian mochte sie alle und Elner ganz besonders.

Als sie und Kevin damals ein altes Farmhaus unweit der Strasse von Delphia nach Colter mieten konnten, in einem Pappelwäldchen am Fluss auf Land, das Glen Hougen gehörte, legte sich der ganze Kincheloe-Clan ins Zeug, um das Haus auszuräumen, zu schrubben und anzustreichen und überhaupt wieder bewohnbar zu machen. Sie mähten das Unkraut vor dem Haus, stopften die Löcher im Dach und strichen die Küche kanariengelb. Nach Billies und Pams Mittagspicknick – kaltes Roastbeef in Scheiben mit dunklem Brot, Radieschen und Gurken und dunkler Blechkuchen mit gebräunter Zuckerglasur zur Nachspeise – schleppte Elner einen alten Schaukelstuhl aus dem Hinterzimmer an und trug ihn auf die Vorderveranda, wo sie ihn abstaubte und zur Sicherheit auf alle Streben klopfte. Sie traf Gillian in der Küche an, wo sie die Schränke ausschrubbte, nahm sie an der Hand und führte sie zum Stuhl.

»Jetzt setzt du dich mal hier, Mama. Und legst die Füsse hoch.«

Ein paar hundert Meter unterhalb der Veranda, an wuchernden Traubenkirschsträuchern vorbei, lichteten sich die Pappeln und Weiden und gaben eine Flussbiegung frei, eine flache Stromschnelle mit Kiesgrund. Jenseits des Gewässers wurde der Wald dichter, und die buckligen, abschüssigen und zerklüfteten Bulls erhoben sich, und über ihren ersten Gipfel ergoss sich das Blaugrün der Bäume, die allgemein Zedern genannt wurden, aber eigentlich ein Wacholder waren, wie Gillian mit Sicherheit wusste. Sie setzte sich dankbar, und der Stuhl knarrte unter ihrem Gewicht. Sie schloss die Augen und warf den Kopf zurück. Wie müde sie war – sie hatte es nicht einmal bemerkt.

Elner legte eine Hand auf ihre Schulter. »So ist es recht. Ruh dich mal aus. Wir bringen diesen Ort hier auf Vordermann. Er wird dir im Nu zum Zuhause werden.«

Das Kühlschranklicht schnitt durch die nächtlichen Schatten des Wohnzimmers. Gillian musterte die vielen glänzenden Packungen, die hellen Flaschen und Behälter. Als sie nichts fand, machte sie den Kühlschrank zu und zog das Gefrierfach auf, mit einem leisen Plopp gab die Tür nach. Da stand eine Plastikflasche mit gefrorenem Orangensaft. Falls Maddy erschien, würde sie sagen, das sei für das Sonntagsfrühstück. Wie wär's mit einem French Toast? Aber bis auf den matten Lichtschimmer unter Maddys Tür und die leise Musik blieb im Flur alles dunkel und still. Gillian schüttete das Konzentrat in einen Krug, füllte mit Wasser auf und rührte, dann goss sie sich ein hohes Glas halbvoll ein und gab zwei Eiswürfel dazu. Aus der Vitrine auf der anderen Seite des Kühlschranks nahm sie einen Wodka mit Plastikgriff – ihre letzte Flasche Chardonnay hatte sie schon am frühen Abend getrunken –, schraubte den Deckel auf und kippte ihn in ihr Glas. Liess ihn ein paarmal gluckern.

Sie streckte die Hand mit dem Glas aus, um nichts zu verschütten, und tappte den Flur hinunter zu ihrem Arbeitszimmer, wo sie die Tür hinter sich zumachte und sich vergewisserte, dass das Schloss zuschnappte, dann liess sie sich in ihrem Sessel mit der hohen Rückenlehne nieder. Der erste Schluck schmeckte vor allem nach Wodka, der ihr wässrige Augen machte und sie zum Husten reizte. Sie nahm noch einen Schluck, räusperte sich und erweckte den Computerbildschirm mit einem Klick zum Leben. Vor einem schwarzen Hintergrund mit einem Spritzer Tarnfarbe blinkte ein Banner auf, das ein Viertel des Bildschirms einnahm: ***SCHLIESS DICH DEM BULL-MOUNTAIN-WIDERSTAND AN***

Bei geschlossenen Jalousien, damit die Strassenlaternen und die mächtigen schwarzen Schatten der Rimrocks nicht störten, versenkte sich Gillian in ihren Computer, gab acht, ihr aufgeschürftes Knie nicht anzustossen, und versuchte erneut, sich einen Reim auf das zu machen, was sie da sah. Es war wie eine Fremdsprache. Von der Tyrannei von EPA, IRS[32] und BLM las sie da. Von der Umweltlüge und dem Vorrang des Eigentums. Angestammte Rechte und freie Bürger. Christliche Identität, Adamiten und Jedes nach seiner Art[33]. Die Zehn Gebote. Pfandrechte, die mit Waffengewalt bei der Bundesregierung und Barack HUSSEIN Obama geltend gemacht werden sollten, wegen verfassungswidriger Enteignung. Das Siegel des Bull-Mountain-Widerstands war ein heulender Wolf im Fadenkreuz in einem Silberring. Es gab auch Links zu anderen Gruppen: Posse Comitatus, Three Percenters, Pacific Patriots Network, Miliz von Montana, Miliz von Idaho und Jefferson-Freistaatler.[34] Dazu ein Dutzend Links auf Waffenmessen und Waffengeschäfte, mit Reihen von Kugeln an den Rändern der Websites. Gillian las vom bevorstehenden Krieg um das Land, von einer Zeit der Prüfungen und des Leidens und vom Blut, das vergossen werden müsse, bis zum sicheren Sieg der freien, lauteren, gottesfürchtigen Menschen und der neuen Ordnung.

Die wechselnden Lichter huschten über ihr Gesicht. Sie nahm einen Schluck vom gespritzten Wodka, scrollte und landete auf einem Bild von Brian Betts, dem Oberbefehlshaber, in schwarzen Stiefeln, ausgebeulter Tarnhose und enganliegendem khakifarbenem T-Shirt, eine Art Sturmgewehr in den Armen. Sein Haar war kurz geschoren und der dunkle Schnurrbart scharf abgezirkelt, was zu erwarten war, aber er war klein, hatte kurze, dicke Arme und einen Schlabberbauch. Tavin war vielleicht schon gleich gross. Wie hatte Tricia bloss mit einem solch kinnlosen Würstchen von Mann enden können? Wie hatte sie zulassen können, dass er ihren Jungen vergiftete?

Als Gillian auf den Link unter dem Foto klickte, fand sie den Aufruf, von dem Dave gesprochen hatte. Alle *Freien und Unabhängigen Bürger* sollten sich am 25. Oktober, dem ersten Tag der ersten legalen Wolfsjagd in Montana seit über dreissig Jahren, dem Bull-Mountain-Widerstand anschliessen. Aber in einem *Patriotischen Akt des Widerstands gegen die TYRANNEI,* wie es im Aufruf hiess, solle niemand eine Jagdlizenz erwerben, weil dies nur das von der Regierung angemasste Recht legitimieren würde, freie Menschen davon abzuhalten, ihren Besitz gegen schadenstiftende Tiere zu verteidigen. Ohne jede andere Ermächtigung als ihren eigenen Willen und ihre Gewehre hatten sie vor, sich auf Betts' Grundstück zu versammeln und von dort in die Bull Mountains zu ziehen und jeden Wolf, Kojoten und andere Schädlinge abzuschlachten, die sie aufspüren konnten.

Gillian scrollte bis zum Ende des Aufrufs hinunter, und dort, unter der grellen blutroten Überschrift MÄRTYRER in Kursivschrift prangte sein Bild. Verl Newman. Kevins Mörder. Sie versuchte, aufzustehen und zu entfliehen, stiess aber mit dem verletzten Knie gegen den Korpus des Schreibtischs und fiel wieder zurück in ihren Stuhl, wobei sie verschüttete, was von ihrem Drink übrig war, so dass das Eis über die Tischplatte schlitterte und auf dem Teppich dahinschmolz. Bevor sie den Namen richtig erfasst hatte, klickte sie mit der Maus. Das kleine Rädchen drehte sich, und sie zoomte hinein – zoomte immer stärker hinein, bis sein Gesicht in Pixel zerfiel und explodierte.

Das erinnerte sie an die Pfefferspraywolke, die das Gesicht des Jungen ausgelöscht hatte. Und daran, wie gut sich das angefühlt hatte. Wenn sie das bloss auch Brian Betts antun könnte.

Verl

Tag zwölf
Sie sind nicht mal in der Nähe. Ich hab sie vor Tagen abgeschüttelt und einen Bogen zurück gemacht. Wahr und wahrhaftig Junge ich bin gar nicht so weit weg von dir. Ich muss lächeln wenn ich daran denke. Ich schlafe jetzt immer am Nachmittag wenn die Sonne voll und warm scheint. Schreibe diese Worte am Abend. Bin nachts und frühmorgens unterwegs wenn es kalt ist und mein Herz pocht und pocht um mich warm zu halten. Heute Nachmittag hab ich gedöst wie ein grosser alter Bär und mich nur umgedreht um Sonne auf die andere Seite zu kriegen. Gibt es noch Bären hier in den Bulls? Ich glaube nicht. Mein alter Granddaddy und seinesgleichen haben die Wölfe erlegt und den Bären nachgestellt obwohl die sich in die Rockies hinauf verzogen hatten. Ich bin jetzt wohl der einzige alte Bär hier oben in diesen Bergen.

Der Osthimmel heut Abend so dunkel und blau wie die Augen deiner Mutter. Zur einen Seite von mir ist dieses nächtliche Blau. Auf der anderen glänzen die Berge rot und golden in der untergehenden Sonne. Wusstest du dass zwischen Rot und Gold eine ganze Palette von Farben liegt? Ich habe das nicht gewusst. Oder vielleicht vergessen. Jedenfalls kann ich dazwischen jetzt ein gutes Dutzend Schattierungen sehen.

Später
Ich mach mir Gedanken. Hier in der Nacht. Ich denke an den Sonnenuntergang über den Rockies die richtige Berge sind ich weiss und nicht bloss bizarre Hügel wie hier in den Bulls. Aber die hier sind da wo ich bin. Die gehören mir.

Wie kommt einer an ein Land? Bestimmt gehören diese Bulls hier mir weil die Dinge nicht anders sind als sie sind. Was ich sagen will hätte ich mir dieses Land ausgesucht? Ich meine wenn ich ein Siedler gewesen wäre im Treck oder ein Trapper wie noch früher bei Louis L'Amour. Würd ich hier vorbeistreifen und sagen ja das ist für mich gemacht. Das frage ich mich. Es ist alles viel schöner wenn man weiter nach Westen kommt zu den Rockies. Und es ist gottverdammt trocken hier. Windig und heiss im Sommer. Windig und kalt im Winter. Westlich von hier schnappen sich die Berge den Regen und sie können dreimal das Gras schneiden ohne einen Tropfen Bewässerung. Hätte ich bloss auf den Boden gespuckt und meinen Weg fortgesetzt? Wäre ich hier nur durchgezogen? Was ich sagen will vielleicht hab ich mich einfach allmählich an diese Gegend gewöhnt?

Nein. Ich hab's zwar eine Weile versucht aber dieses Denken passt nicht zu mir. Ich denke ungern so. Ich denke ungern dieses Land das ich meins nenne sei bloss ein Zufallstreffer. Es gibt ein Land für jeden von uns das uns Heimat bedeutet bis ins Mark. Ein Gelände in das wir hineinpassen. Diese Prärien und Hügel. Die wuchernden Traubenkirschsträucher in der Senke unten beim Haus wo wir Kirschen pflücken bis wir blaue Finger haben. Wiesenstärlinge singen weil sie einsam und ängstlich sind und die Sonne brennt herunter und weicht der Nacht. Weiss ein Bär in den Rockies droben noch dass er einst durch diese Prärien und Hügel streifte und klagt um sie? Ich sage ja. Sie sind alle ein Teil davon. Wie ich. Wie du Junge. Wie dein Granddaddy mein Daddy und unsere Gross- und Urgrossväter. Wir sind das Land. Wir kennen es seit Urzeiten. Wie eine Hand die Phantomschmerzen macht wenn sie fehlt.

Oder vielleicht ist das verkehrt. Vielleicht sind wir nur ein Werkzeug des Landes. Vielleicht sind wir die Gespenster und wenn wir gehen trauert das Land um uns. Ist es so? Grämt sich das Land um meinen alten Granddaddy? Und die entschwundenen Grizzlys? Beweint es sie beide?

Wendell

Sie verliessen den Pfad. Die Kiefern schlossen sich um sie zusammen. Wendell musste sich auf allen vieren einen Weg durch Geissblatt- und Wildrosenranken bahnen, und kleine Blutstropfen liefen ihm über die Handrücken. Rowdy folgte in Wendells Fussstapfen und musste sich bloss ab und zu niederkauern. Auf einem Felsvorsprung über der Schlucht stiessen sie auf eine kleine Lichtung mit einer knorrigen Strauchkiefer am Rand als Anker, und Wendell stand wieder auf und klopfte sich den Staub von den Knien seiner Jeans. Er hiess Rowdy beim Baum graben und trat auf die Federn, worauf das Maul der Falle aufklappte, dann steckte er den Stift unter den Pfannenschaft.

»Gut gemacht, das reicht. Das Loch ist jetzt tief genug.«

Wendell legte die Falle in das flache Loch, das Rowdy gegraben hatte, und zeigte dem Jungen, wie man sie nun unter genug Erde vergrub, aber nur leicht, und sie wechselten sich dabei ab, Staub und Gras über die Falle zu streuen, und Wendell trieb einen Dorn durch die Kette des Eisens tief in die Wurzeln des Baums und vergrub auch die Kette.

Er nahm seine Baseballkappe ab und wischte sich die Stirn. Rowdy trug keine Mütze, trotzdem wischte auch er sich den Schweiss ab. Sie standen da und bewunderten ihr Werk. Es war zwar klar, dass da gescharrt worden war, aber man musste schon wissen, wo die Falle war, um nicht daraufzutreten. Wendell hatte tatsächlich die Arbeit sausenlassen und den Jungen für den Tag aus der Schule genommen – er hatte in Colter angerufen und Rowdy dort angemeldet –, und jetzt war er über all dies sehr froh.

»Wir brauchen einen Knochen«, sagte er zu dem Jungen.

Rowdy blinzelte zu ihm auf und begann am Rand der Schlucht zu suchen, die Schultern zur Erde geneigt. Es lagen immer Knochen herum – in den Strassengräben, im toten Haufen beim Haus, hier in den Bergen. Als Junge hatte Wendell Knochen gesammelt und sie zur alten Farm gebracht, ins Beinhaus, das sein Grossvater im Keller angelegt hatte. Seine Mutter sah ihn ungern in dem unbewohnten, einsturzgefährdeten Haus, aber sie wollte die Knochen auch nicht alle im Trailer haben. Als Kompromiss durfte er sein Ossarium auf der überdachten Veranda der alten Farm einrichten. Es war eine beeindruckende Sammlung gewesen. Zarte Vogelknöchelchen. Die schmalen Sichelmonde der Präriehundeschädel. Kurze, harte Kojotenknochen. Der Unterkiefer eines Pumas mit Zähnen wie Zackenmesser. Auch Kuh- und Schafknochen. Und die vergilbten Knochen, unglaublich dick, vom letzten Bären, den sein Urgrossvater in den Bulls draussen erlegt hatte. Sein liebstes Stück war der grosse, lange Pferdeschädel, den er sonnengebleicht und zerbröselnd meilenweit draussen in den Bergen gefunden hatte. Er erträumte sich ihn oft wieder mit Fleisch und Flechsen, Haut und Haar: als Kriegspferd eines Crow oder als Siebzehnhänder[35] im Siebten Kavallerieregiment.

Rowdy kam durch die Bäume zurückgestapft, mit einem kleinen weissen Oberschenkelknochen fest in der Hand.

»Gut so. Nehmen wir den.«

Wendell nahm den Knochen, vermutlich von einem Reh oder einem Gabelbock, und brach ihn. Das eine Stück gab er dem Jungen zurück, und das andere vergrub er so zwischen Tellereisen und Baum, dass man nur noch das zersplitterte Ende sah. Dann zog er ein kleines Glasfläschchen aus der Tasche.

»Das hier ist eine Mixtur aus Pisse und was mein Alter sonst noch aus einem Kojoten rausgemolken hat. Das haut dich fast um. Komm schon, du kannst riechen.«

Der Junge machte grosse Augen. Er streckte die Hand nach dem bernsteinfarbenen Fläschchen aus und schwenkte es unter der Nase durch. Blinzelnd verzog er das Gesicht.

»Ja, das ist hässliches Zeug, aber die Kojoten lieben es.«

Wendell gab ein paar Tropfen der Tinktur in das zersplitterte Knochenende, dann verschloss er das Fläschchen und verstaute es.

»Gut so. Vier bleiben uns noch. Was meinst du? Ein Mann der Berge, ist das was für dich?«

Rowdy grinste, zähnebleckend und schief, fing an zu rennen und lief kreuz und quer durch den Wald.

Er hatte seine Mutter in jenem letzten Jahr nicht oft gesehen.

Wendell hatte das Community College[36] in Glendive drüben nach eineinhalb Semestern abgebrochen, um sie nach ihrer ersten Operation zu pflegen. Er hatte gedacht, sie werde sich wieder erholen. Hatte gedacht, er werde zurückkehren und sein Basketballstipendium wieder beanspruchen. Das geschah nie. Er schlug sich ein paar Jahre mit Gelegenheitsarbeiten durch, bis Glen ihn fest einstellte, was dann bedeutete, dass Wendell frühmorgens ging und erst wieder zum Trailer zurückkehrte, wenn das letzte Tageslicht sich über die Bäume neigte. Immer öfter fand er sie von ihren Pillen zugedröhnt vor dem Fernseher. Sie war erst dreiundvierzig, aber sie hatte schon lange Schmerzen. Er erinnerte sich an Abende aus seiner Kindheit, als sein Vater seiner Mutter die Knoten in den Schultern massiert hatte, während die beiden ein Bier tranken und auf KGHL die Countryklassiker-Stunde hörten. Die Schmerzen überfielen sie einfach so, und dann blieb sie der Arbeit einige Monate fern und war vorübergehend erwerbsunfähig. Als sie bei der Ofenfabrik ganz aufhörte, im Winter nach Wendells Schulabschluss, konnte sie kaum schlafen vor Schmerz. Sie sagten, etwas stimme nicht mit ihren Diarthrosen, dann wurde Spinalkanalstenose der Lendenwirbelsäule diagnostiziert, aber Wendell war sich nicht sicher, ob irgendeiner der Ärzte wirklich wusste, was ihr fehlte. Sie hatte einige und laufend umfangreichere Operationen, die zunächst zu helfen schienen, aber jedes Mal, wenn Wendell schon daran dachte, nach Glendive zurückzukehren, trat eine neue Komplikation ein. Schliesslich verstaute sie ihre Übungsvideos und Trainingsgeräte im Schrank. Schlurfte vom Bett zum Sofa und wieder zum Bett. Und fuhr hin und wieder in die Stadt, um ihre Medikamente zu holen.

Wenn Wendell von der Arbeit nach Hause kam und sie zugedröhnt auf dem Sofa fand, stützte er sie und half ihr den Flur hinunter in ihr Zimmer. Sie stolperte und lallte, dankte ihm manchmal, und manchmal schimpfte sie. Oft nannte sie ihn beim Namen seines Vaters. Einmal, als er sie auf ihr mit Rüschen besetztes Bett legte, küsste sie ihn auf den Mund und griff ihm in den Schritt seiner Jeans. Er wich zurück und liess sie beinahe fallen, peinlich berührt, dass sein Glied von ihrem Griff anschwoll. Wieder sagte sie den Namen seines Vaters – *Verl* – und schlug ihren Morgenrock auf, unter dem ein alter Sport-BH und ihr schlaffer weisser Bauch zum Vorschein kamen. Als sie nach den BH-Trägern griff, drehte er sich um und hetzte den Flur hinunter, schnappte sich seinen Hut, schlug die Trailertür hinter sich zu und sprang in seinen Chevy. Beim Fahren griff er unter die

Sitzbank und packte eine Flasche Jack Daniels am Hals. Ein Zollbreit der bernsteingelben Flüssigkeit schwappte noch am Boden der Flasche, und er setzte sie mehrfach an und schleuderte sie dann leer aus dem Fenster. Sah, wie sie an einem Zaunpfosten zerbrach. Eine alte Freundin, Starla Collier – die zwar inzwischen mit Toby Korenko verheiratet war und sogar ein kleines Kind hatte zu Hause –, war im Antlers am Rauschtrinken. Sie blieben, bis dichtgemacht wurde, und fickten schliesslich, an seinen Wagen gelehnt, auf dem Parkplatz. Ein paar alte Säufer mit Knollennase standen herum und sahen zu, zwischendurch johlten sie, und Starla biss ihn in den Hals und sagte, sie habe ihn immer schon geliebt.

Wendell fühlte sich danach so beschissen – als steckte er bis zu den Ohren in Scheisse und sei so tief darin eingesunken, dass er die Welt nur noch durch einen schmutzigen Vorhang sah und den Dreck in seinen Lungen spürte –, dass er in der folgenden Woche noch mehr Arbeitsstunden haben wollte. Er ass jetzt manchmal bei Glen und Carol und hielt sich einige Monate lang fern von den Bars. Und wenn er wieder nach Hause kam und seine Mutter auf dem Sofa fand, warf er einfach eine Decke über sie und schaltete den Fernseher aus.

Vor etwas weniger als einem Jahr, im Oktober, als die frostige Abendluft das trockene Gras mit Reif überzog, kehrte er von der Arbeit zurück und sah ihren Cavalier im Leerlauf vor dem Trailer stehen, mit beschlagenen, tropfenden Fenstern. Es war dunkel genug, dass der

Schlauch ihn verwirrte, aber als er die Fahrertür öffnete und ihm ein Schwall Abgase entgegenschlug, wusste er, was da geschehen war.

Sie trug ihren Morgenrock, hatte ein Kissen mitgebracht und den Sitz zurückgestellt. Er beugte sich über sie und stellte den Motor ab.

Sie legten ihren zweiten Satz Fallen am Ufer eines ausgetrockneten Bachs, den dritten bei einem Wildwechsel im Wald und den vierten über einer steilen Schlucht. Auch wenn Wendell es gar nicht bedacht hatte, wurde er doch bald nervös angesichts der Höhe, die sie erreicht hatten, und Rowdys Interesses am Abgrund; aber der Junge war meistens vorsichtig, und als sie die Falle gestellt hatten, liess Wendell es zu, dass er sich auf den Bauch legte und den Kopf vom Felsrand baumeln liess wie ein Senkblei. Wendell legte sich neben ihn und tat es ihm gleich, und nur mit ihren runden Köpfen da draussen in der Luft, grinsten sie sich zu. Wendell rief ein paar Hallos, die sich an den Wänden des Box Canyon brachen, und wie ganz selbstverständlich rief auch Rowdy hallo, und seine hohe, dünne Stimme hallte leise wider.

Wendells Herz pochte am Boden. Er wollte schon etwas sagen und eine grosse Sache aus diesem Hallo machen, doch dann besann er sich. Er schob sich vom Felsrand zurück und auf die Knie, und Rowdy machte es ihm nach. Er lächelte und nahm den Jungen an der

Hand, und Hand in Hand blieben sie stehen. Wendell wies zum Kopf der Schlucht, wo der Wind das Gras schor und niederlegte.

»Da war mal eine Quelle dort unten. Lemonade Springs nannte man sie. Mein Alter sagte, dass das Wasser gleichzeitig süss und sauer war.«

Sie sei jetzt ausgetrocknet, erzählte er dem Jungen. Eine anständige Schneedecke im Winter könnte für einen kleinen Bach im April und Mai reichen, aber nicht viel mehr. Rowdy musterte die Schlucht und den ausgetrockneten Wasserlauf, drückte sich gegen Wendells Arm und lehnte seinen Kopf an ihn. Wendell spürte, wie sein Puls im Kopf des Jungen widerhallte. Der schnellere Flügelschlagpuls des Jungen war federleicht an seiner Hüfte.

Dann übertönte kiesiger Motorenlärm ihren Herzschlag und auch den Wind. Wendell drehte sich um. Im Tal hinter ihnen, jenseits der Mündung der Schlucht, brausten zwei Quads grollend heran und kamen am Zaun schleudernd zum Stehen. Noch bei laufendem Motor griff einer der Fahrer nach etwas, das im Holster an seiner Hüfte lag. Als er das schwarze Ding an die Augen führte, sah Wendell, dass es ein Feldstecher war.

Er packte Rowdys Handgelenk und zog ihn zu Boden, hinter einen kleinen Felsvorsprung. »Unten bleiben, und rühr dich nicht!«

Wendell zählte bis dreissig und schob sich wieder vor. Der andere Fahrer war inzwischen abgestiegen und zu seinem Kameraden getreten, und die beiden besprachen sich. Der eine noch auf seinem Gefährt war ein Mann, nach seinem Schnurrbart zu urteilen, und der andere ein Junge, dachte Wendell – ein grosser Junge, aber noch ein Junge –, nach seiner Rundlichkeit und seinen glatten Wangen zu urteilen. Der Mann nahm etwas – eine Zaunzange – aus dem Werkzeugkasten, der mit Draht an seinem Quad festgemacht war, direkt vor einem Waffenständer, der mindestens drei Gewehre enthielt.

Das ist dieser Betts, dachte Wendell. *Und Tricia Wilsons Junge.* Wie hiess er noch gleich? Einer dieser neumodischen Namen, die er sich anscheinend nie merken konnte. An Tricia jedoch erinnerte er sich. Sie war älter als er und Cheerleader des Highschoolteams gewesen, als er erst in der fünften Klasse war, und immer wenn Delphia gegen Colter gespielt hatte, war er mehr damit beschäftigt gewesen, sie anzuschauen als das Spiel. Auch Betts war er schon begegnet, vor etwa einem halben Jahr, beim Scheunenbau[37] für Cotton und Donna Pinkerton, nachdem man bei Cotton, der eben erst vierzig geworden war, Krebs festgestellt hatte.

Drei Grundstücksgrenzen stiessen da unten aneinander, und keines davon gehörte Betts. Im Süden, woher Betts und der Wilson-Junge gekommen waren, lag Glen Hougens Land. Das Land im Westen gehörte alles dem Staat, zu einem grossen Teil gepachtet von Glen. Und Wendell und Rowdy waren am äussersten Rand ihres

Landes, oder dessen, was davon übrig war, und dieses Land hatte Glen ebenfalls gepachtet.

Der Wilson-Junge schritt direkt auf den vierfachen Stacheldrahtzaun zwischen dem Hougen- und dem öffentlichen Land zu und schnitt sich hindurch, während die Drähte sich schwirrend hinter ihm aufrollten und schlängelten. Dann folgte er dem Zaun und durchtrennte auch den nächsten Abschnitt, und die Drähte fielen steif zu Boden, die Spannung hatte schon nachgelassen. Wendell sah zu, wie er insgesamt gegen eine Viertelmeile Zaun durchtrennte. Das konnte man nicht reparieren, da musste man neu zäunen. Einen ganzen Tag lang. Aber hier ging es nicht um den Viehtrieb. Es ging um etwas ganz anderes.

Als der Junge fertig war, gab er Betts die Zange zurück, setzte sich auf seinen Quad und fuhr auf das öffentliche Land, wo er hinter einem Bergkamm verschwand. Betts nahm seinen Feldstecher und suchte noch einmal die Gegend ab. Wendell liess sich hinter den Felsen fallen und hielt Rowdy an den Handgelenken. Er atmete tief und wartete. Die Wolken, die sich im Norden zusammengeballt hatten, segelten hoch und breit und weiss über ihnen dahin, und Rowdy fröstelte.

Wendell schob sich erneut vor und spähte über den Abgrund. Da war nur noch ein Gewirr von Drähten, und Reifenspuren durchzogen das Gras und verengten sich gegen Westen. Er liess Rowdys Hand los und richtete sich auf.

»Tut mir leid, Kumpel. Ich hab einen kleinen Schreck bekommen. Ich hatte keine Gesellschaft erwartet, aber, hey, alles in Ordnung.«

Der Junge blieb sitzen und rieb sich die Handgelenke. Er war so dünn, dass der Wind durch ihn durchblasen musste, ging es Wendell auf. Sie waren noch in der relativen Wärme der Mittagssonne aufgebrochen. Und der Junge hatte nicht einmal einen Mantel an.

»Ist dir ein bisschen kalt? Wir haben noch eine Falle. Sollen wir sie noch stellen oder zurückwandern?«

Der Junge steckte die Hände in seine Achselhöhlen und fröstelte erneut. Wiegte sich, wo er gerade war, im Kiefernmulm und -staub hin und her.

Wendell sagte, das sei vermutlich genug für heute. Sie würden jetzt heimgehen. Der Junge hatte auch Schule morgen – der erste Tag an seiner neuen Schule. Wendell half ihm auf, und sie machten sich auf den Weg.

Wendell beugte sich vor und steckte den Heizstrahler ein – die Raumheizung im Zimmer des Jungen war aus –, und die dünnen Heizelemente wurden rot. Er zog die Decke fest um den Jungen und setzte sich auf die Bettkante. Sie würden zehn Meilen fahren müssen, um vor Colter den Nordbus zu erwischen, sagte er, aber trotz dieses Umstands denke er, Rowdy werde es an dieser neuen Schule besser haben. Hoffentlich. Die neue Schule könnte richtig gut sein, bestimmt, aber er müsse sich Mühe geben. Wenn ihn jemand hänsle, müsse er zum Lehrer gehen. Er könne nicht mehr so tun, als ob er jemanden erschiesse.

Rowdy hob die Hände an seine Wangen. Man sah schon einen Bluterguss unter seinem linken Handgelenk.

Wendell berührte die weiche Haut dort. »Tut mir leid deswegen, Kumpel. Diese Typen haben mich nervös gemacht.«

Er kannte zu viele Männer wie Betts. Sie waren reizbar und höhnisch und stets darauf aus, etwas zu beweisen. Er habe sich Sorgen gemacht, was einer wie Betts tun könnte, seine Gewehre bequem in Reichweite, wenn er plötzlich jemanden den Kopf über die Felsen hervorstrecken sah.

Rowdy blinzelte, und Wendell dachte schon, der Junge würde etwas sagen. Doch er tat es nicht und gähnte und schluckte bloss. Sein Gesicht wurde endlich ein wenig voller. Dank vieler Buttercracker und Nudelsuppe, dachte Wendell. Gut so.

»Hier. Ich habe etwas für dich.« Wendell kramte das silberne Wolfsmedaillon aus seiner Hosentasche hervor und streckte es Rowdy hin. Er solle es in seiner eigenen Hosentasche gut aufbewahren. Und wenn er sich je ängstige oder sorge, müsse er bloss in die Tasche greifen und es befühlen, um zu wissen, dass alles gut sei und sein Onkel Wendell auf ihn aufpassen werde.

Rowdy setzte sich auf und nahm das Medaillon, untersuchte es und führte es dicht ans Auge. Dann lächelte er, umschloss das Medaillon mit der Hand und legte sich wieder hin. Er drückte seinen Kopf in das Kissen und schob seine Faust darunter.

Das Heizgerät schaltete ab, und Wendell las ein Buch vom Boden auf. *Bless the Beasts and Children*[38] hatte er ihm schon fertig vorgelesen, und jetzt hatte er mit *A Tree Grows in Brooklyn* angefangen. Er wusste noch nicht, was er danach lesen würde. Die meisten Bücher, die er aus der Schule mitgenommen hatte, schienen für Siebenjährige nicht geeignet. Wendell war sich nicht sicher, was Rowdy von den Büchern hatte, ausser seine Stimme und seine Anwesenheit. Aber der Junge hatte begonnen auf dem Vorlesen vor dem Einschlafen zu beharren. Vielleicht ging es nicht darum, welche Geschichte. Vielleicht ging es einfach um eine Geschichte – irgendeine Geschichte.

Das Heizgerät schaltete sich wieder ein, und Wendell fand seine Stelle und begann zu lesen:

> Für die Nolans war Kaffee etwas Besonderes. Er war ihr einziger grosser Luxus. Mama machte jeden Morgen eine grosse Kanne voll und wärmte ihn zum Mittag- und Abendessen auf, so dass er im Lauf des Tages immer stärker wurde. Es war eine Riesenmenge Wasser und sehr wenig Kaffee, aber Mama tat ein Klümpchen Zichorie dazu, wodurch er kräftig und bitter schmeckte. Jedem standen pro Tag drei Tassen *mit Milch* zu. Ansonsten

> durfte man sich jederzeit, wenn einem danach war, eine Tasse schwarzen Kaffee nehmen. Manchmal, wenn man gar nichts hatte und es regnete und man allein in der Wohnung war, war es herrlich, zu wissen, dass man wenigstens *etwas* hatte, selbst wenn es nur eine Tasse schwarzen, bitteren Kaffees war.[39]

Wendell war überrascht, wie viel er nach all den Jahren noch wusste und wie nah ihm diese Geschichten schienen, wie aus seinem eigenen Leben und in seiner eigenen Sprache. Rowdy bewegte sich im Bett und sank umso tiefer hinein, die Augen fielen ihm zu. Wendell zog ihm die Steppdecke noch einmal hoch bis zum Hals, und seine Finger streiften die kleine Ohrmuschel. Er war allein in jener Wohnung eingesperrt gewesen, dachte Wendell. Grosser Gott. Er schluckte. Der Junge hatte viel erleiden müssen, von dem er nie etwas erfahren würde, aber dass er sich jetzt immerhin Buttercracker nehmen konnte, fand er ein wenig tröstlich. Wie Francie Nolan konnte er wenigstens *etwas* haben. Francie war Wendell stets gleichzeitig nah und unmöglich fern erschienen. Sie war ein armes Mädchen, und er kannte sie in- und auswendig, aber sie lebte weit weg in New York City. Sie war wie Lacy. Oder wie sein Vater. Er konnte die Augen schliessen und die Rundung ihrer Schultern exakt heraufbeschwören und den Druck ihrer Hände spüren, aber in seinem Leben in dieser Welt, das aus Arbeit, Rechnungen und ein, zwei Bier am Abend bestand, kamen sie beide nicht mehr vor.

Leise Atemstösse drangen aus Rowdys geöffneten Lippen. Wendell las noch ein paar Minuten, dann knickte er die Seite um und legte das Buch auf den Boden. Er steckte das Heizgerät aus, verliess geräuschlos das Zimmer und machte die Tür hinter sich zu, der fensterlose Flur war pechschwarz. Er erreichte das Wohnzimmer und tastete nach dem Lichtschalter, als das Telefon läutete. Ein lautes, schrilles Klingeln. Er stürzte dorthin, wo es an der Wand hing, neben der Tür, stiess dabei mit dem Schienbein an einen Beistelltisch und schlug beinahe mit dem Kopf gegen die Schrankwand. Als er es schon packen wollte, klingelte das Telefon wieder. Als er antwortete, war seine Stimme scharf.

Die zögernde Mädchenstimme am anderen Ende fragte nach Wendell.

»Am Apparat.«

Pause.

»Hier spricht Maddy. Wir sind uns neulich im Antlers begegnet. Jackie hat mir deine Nummer gegeben.«

Wendell wollte schon wieder auflegen, besann sich jedoch. Das letzte Mal, als ein Mädchen ihn angerufen hatte, war gleich nach dem Tod seiner Mutter gewesen. Lacy hatte nicht viel gesagt, sondern grösstenteils einfach geweint. Was hatte er zu ihr gesagt? Dass sie heimkommen solle? Dass, was immer geschehen sei, nicht zähle? Er wusste es nicht mehr. Er wünschte, er wüsste es noch.

»Ich wollte sagen, dass es mir leidtut«, fuhr Maddy fort, »wegen meiner Bemerkung. Du hast recht. Ich weiss ja nichts von dir oder deinem kleinen Cousin.«

Abgesehen von der Überraschung des Anrufs an sich und der Entschuldigung lag es auch an der Dunkelheit, der völligen Dunkelheit und ihrer Stimme, die über die Drähte durch viele Meilen Prärie- und Bergland bis an sein Ohr drang. Wendell wurde von demselben Gefühl wie beim Wandern durch die Berge mit Rowdy erfüllt – Erleichterung fiel auf ihn nieder wie Regen, eine plötzliche Dankbarkeit, so ungeschützt und verletzlich zu sein.

»Kein Problem«, sagte er. »Ich war betrunken. Ich hätte nicht so laut werden dürfen.«

»Ist Rowdy im Bett?«

»Ich habe ihn soeben schlafen gelegt.«

»Hoffentlich hat der Anruf ihn nicht geweckt.«

»Ich höre nichts.«

Ein kurzes Schweigen trat ein. Wendell lehnte sich an den Türrahmen.

Maddy fuhr fort. Sie frage sich, ob sie irgendwie helfen könne, sagte sie. Nicht dass er ihre Hilfe benötige. Das habe sie nicht gemeint. Sie sei sicher, dass er gut zurechtkomme. Es sei nur so, dass ihre Schule einen Spielzeug-, Bücher- und Kleiderbasar für katholische Hilfswerke mache, und sie könne eine Kiste voll Sachen – schöne Sachen – für Rowdy besorgen, wenn er sie brauchen könne.

Der Hörer hing in Wendells Hand. Er wusste genau, was sein Alter auf ein solches Angebot antworten würde, und die ablehnenden Worte artikulierten sich schon in seiner Kehle – aber dann sah er Rowdy im Wind frösteln und dachte an sein bescheidenes Brett mit den geklauten Büchern.

»Ich könnte das Zeug vielleicht sogar mal an einem Wochenende rüberbringen«, bot Maddy an, und ihre Stimme verebbte.

Wendell sah sie vor sich im Wald: eine grosse, markante Erscheinung.

»Rowdy könnte einen Wintermantel brauchen«, sagte er und schluckte. »Und ein paar Kinderbücher. Er mag es, wenn ich ihm vorlese.«

»Oh, wunderbar!«, sagte Maddy, und ihre Stimme war hell vor Erleichterung. Das könne sie übernehmen, kein Problem. Sie fragte ihn nach Rowdys Mantelgrösse. Wendell zögerte. Daran hatte er gar nicht gedacht.

»Verflixt«, sagte er, »ich bin nicht sicher. Als sie ihn herbrachten, hatten sie seine Klamotten einfach in ein paar Plastiktüten mit dabei. Ich muss nachsehen.«

Wendell wurde rot, als er das zugab, und sein Körper machte sich schon auf das Verdikt gefasst, aber Maddys Stimme war warm und verständnisvoll. Sie sagte, er solle ruhig mal nachsehen und sich wieder melden, und er kritzelte ihre Nummer auf eine Werbesendung auf dem Küchentisch.

Vor dem schmalen Fenster der Eingangstür glommen ein paar Sterne in der Dunkelheit auf und die Umrisse der Felsen und Kiefern. Er wollte ihr erzählen, dass Rowdy heute gesprochen habe; vom ersten Wort, das er ihn sagen hörte, aber er hielt sich zurück. Später, dachte er. Er würde es für später aufheben. Sie verabschiedeten sich verlegen, und sie hängte auf. Es klickte und summte in Wendells Ohr. Er stand da und starrte zum schmutzigen Fenster hinaus, bestaunte dieselben auffälligen Sterne, dieselben schroffen Bergrücken und Bäume, die er schon sein Leben lang kannte.

Vierzehn

Du isst Hamburger und Hotcakes die deine Mutter bäckt und würdest es kaum glauben Junge dass dein alter Dad heut zum Abendessen einen Feigenkaktus ausgeschlürft hat. (Etwas Trockenfleisch und ein paar Schokoriegel hebe ich für den Notfall auf.) Er war jedenfalls fleischig grün und süss. Ich fand ihn nicht schlecht aber teuflisch schwierig da ranzukommen. Ich weiss nicht wie viel Energie und Vitamine und dergleichen ich aus ihm bezogen habe. Deine Mutter wüsste es. Sie schaut doch tagsüber diese Medizinsendungen.

Ich sage dir eins: Kaktusfleisch essen und eine Handvoll Trockenfleisch kauen ist viel besser als Sozialhilfe oder eine Behindertenrente. Ich will verdammt sein wenn ich die je wieder beziehe. Ich weiss deine Mutter findet das nicht. Findet das schuldet man ihr weil sie doch so hart gearbeitet und diese Hauswartarbeit ihr den Rücken ruiniert hatte. Trotzdem. Wir müssen so leben wie wir es sagen. Sie hat unterschrieben. Man hat sie bezahlt für ihre Arbeit. Ja ich weiss sie wird sagen die haben auch unterschrieben. Aber wer sind die? Also deine Mutter ist auf einer Seite das ist sonnenklar aber auf der anderen Seite steht nicht mal mehr derselbe Boss der sie eingestellt hat und ist der neue Boss schuld oder die Ofenfirma die hinter beiden her ist? All so was weiss ich nicht.

Also ich war den ganzen Morgen unterwegs und hab mich hier fast den kompletten Nachmittag verkrochen und gedöst und diese Gegend rundum skizziert. Vor mir liegt ein Stück Grasland mit Beifuss. Dort in der Ferne ist der Bald Knob. Du weisst wie der aussieht mit seiner geballten Felsenfaust oben. Sie holt aus. Wie weggeblasen. Als ob ein Wind darüber hinwegfegen würde. Darauf wollte ich auf meinen Bildern hinaus. Auf dieses Windgefühl. Ich finde ich hab es nicht schlecht getroffen. Ich würde es dir eines Tages gern zeigen.

Später

Wie geht es dir Junge? Was macht die Schule? Bist du jetzt in deine Basketballsaison gestartet? Erzähl mir von deinem Alltag Junge. Das würde mir weiss Gott gefallen. Von deinem Alltag zu hören. Um aus meinem Trott herauszukommen. Ich gehe und gehe und mein Atem ist leicht stimmt aber mein altes Herz prescht immer noch bei jedem Gedanken davon. Ich hab eine Weile gedacht ich könnte dir diese Aufzeichnungen irgendwie schicken. Ich hab mir den Kopf zerbrochen aber jetzt weiss ich dass ich sie in den Wind werfen müsste. Oder sie könnten im Licht segeln.

Es gibt verdammt noch mal Dinge die ich dir sagen möchte Junge etwa dass du den Jährlingen das Eis aufhacken sollst an diesen immer kälteren Morgen oder dass um meinen Hals dieser Wolfszahn hängt ~~aber ich kann dir jetzt verdammt noch mal gar nichts sagen du wirst warten müssen bis~~

Später

Ich denke daran warum ich eigentlich hier draussen bin. Es wird Zeit dass ich es dir sage. Hör mir zu Junge. Ich hatte etwas mit meinem Mund gesagt und etwas anderes mit meinen zwei Händen. Ich hatte die Invaliditätsschecks deiner Mutter eingelöst um Essen Benzin und all so was zu kaufen. Ich hatte Naturschutzgeld eingestrichen für diese alte Weide am Bach. Ich hatte Gras gemäht das nicht meins war. Ich hatte mich belogen. Das geht ganz leicht. Hier ist ein Tipp Junge. Wenn etwas leicht geht dann ist es meist falsch. Und meistens unredlich und feige. Darum bin ich hier draussen. Weil ich nicht mehr lügen wollte. Weil ich kein Feigling mehr sein wollte. Weil ich Feiglinge und all solche Scheisskerle nicht ausstehen kann.

Ich denke mir du hörst alle möglichen Lügen dabei solltest du doch die Wahrheit hören von deinem alten Dad der dich gemacht hat. Es stimmt dass ich einen Wolf getötet habe. Das leugne ich nicht. Spring nicht so um mit mir Junge wie Petrus mit Jesus. Wenn ein Freund dich etwas fragt so gib ihm Antwort. Ich schäme mich nicht. Die haben diese Wölfe ausgesetzt im Yellowstone drunten ohne an uns zu denken. Die haben nicht daran gedacht wie wir hier unser Bestes geben um Rinder und Schafe und Familien von diesem Land zu ernähren. Da war ein Wolf auf unserem Land. Meinem Land. Ein Wolf wird allen Lämmern den Garaus machen. Ein Wolf würde uns den Garaus machen. Was soll's dass wir noch keine Wolfsrisse hatten? Es war nur eine Frage der Zeit. Ich sage dir als ich die Zeit hatte nutzte ich sie. Ich hatte den Wolf auf der Wiese unten entdeckt wo die Wapitis und Mulihirsche morgens herkommen um an der Alfalfa zu knabbern und schoss ihm mitten ins Herz. Später habe ich am Blau ihrer Zitzen erkannt dass es eine Wölfin war.

Mich dort neben sie hinzuknien. Das war etwas.

Wir reden von Wölfen. Man hört von ihnen in den Nachrichten und jeder gibt im Café seinen Senf dazu aber wer hat je einen gesehen? Ich nicht. Jedenfalls nicht bis dato. Ich zitterte. Ich weiss noch dass ich zitterte. Lag es daran weil ich etwas getan hatte wofür sie mich einsperren könnten? Nein so was habe ich in all den Jahren mehr als ein paarmal getan. Ich sage dir Junge ein Wolf ist ein prächtiger Anblick. Ich denke mir jetzt wenn ich bloss ein Fell so dick wie ein Wolf hätte würde ich hier draussen leben und mir wäre nicht kalt wenn die Sonne untergeht.

Aber der Wolf war auf meinem Land. Das ist das Entscheidende. Diese Wölfin hätte mir ebenso gut ein Loch ins Herz fressen können.

Das reicht ja schon. Aber es ist nicht alles. Ein Wolf ist mehr als ein Wolf. Er steht auch für das Gesetz. Und was ich zutiefst hasse sind Gesetze die einen Mann zum Sklaven machen auf seinem eigenen Land. Wenn ich dem Wolf das Feld hätte überlassen wollen wäre es ja gut. Und wenn nicht auch gut. Aber so steht es nicht im Gesetz. Im Gesetz steht dass ein Wolf nur bei nachweislichen Rissen von Nutztieren geschossen werden kann und dazu braucht es die richtigen Papiere und weiss Gott was. Das Gesetz lässt mir keine Wahl. Brandmarkt mich als unwissend. Macht mich zum Feigling. Das Gesetz ist ein gottverdammter Frevel. Dieses Land gehört mir. Gott hat es mir durch meine Vorväter gegeben.

Kevin hätte das verdammt noch mal wissen sollen.

Er mag ja ein Mann der Regierung sein aber doch auch ein Mann. Er mag Wildhüter sein aber vor allem ist er ein Mann. Ein paar Tage nachdem ich den Wolf geschossen und nur die beiden ~~Frauen~~ Klauen und einen Zahn mitgenommen hatte die mir an einem Stück Angelschnur vom Hals baumeln und ich den ganzen Rest in der Abfallgrube verscharrt und einen alten Kühlschrank auf den umgewühlten Dreck bugsiert hatte kam Kevin Kincheloe an und klopfte an unsere Trailertür und erschreckte deine Mutter halb zu Tode. Als ich an dem Abend nach Hause kam habe ich Kevin Hölle Tod und Teufel gewünscht aber sie sagte es sei nicht Kevins Schuld. Warum musstest du das tun fragt sie mich. Warum tust du nicht ausnahmsweise mal das was für deine Familie am besten ist. Verl was zum Teufel sollen wir tun wenn sie dich einbuchten. Das fragt sie mich alles. Dann bricht sie in Tränen aus.

Du hast es vermutlich gehört. Diese Trailerwände sind dünn. Es gab eine Zeit als du ein kleiner Knirps warst da hat es mich nicht gekümmert was du gehört hast. Wenn ich betrunken nach Hause kam. Wenn deine Mutter betrunken nach Hause kam. Wenn sie tagelang auf dem Sofa sass und kein Wort zu einem von uns sagte und ich gekocht und saubergemacht hab ohne zu wissen warum sie so dasass. Ich denke du weisst es. Ich jedenfalls wusste über meine Familie Bescheid. Und ob.

Zuerst wollte ich mit ihr streiten aber dann sagte ich gar nichts. Was sollte ich auf all das antworten? Wie kann sie sagen das Beste für mich ist nicht auch das Beste für meine Familie? Ich gab ihr gar keine Antwort. Ich machte bloss eine Bierdose auf und setzte mich hin und las meinen Louis L'Amour.

Am nächsten Morgen gehe ich raus um Wasser für die Jährlinge zu pumpen und da kommt Kevin an in seinem grünen Regierungs-Pick-up und steigt aus und rupft einen Grashalm und fängt an darauf rumzukauen als wüsste ich nicht wozu er da ist. Ist das denn zu glauben? Vielleicht hat das den Ausschlag gegeben. Dass er so ein Feigling war. Als ich getränkt hatte begann ich Strohballen zu laden und schliesslich kommt Kevin rüber und sagt ich habe den Wolf gefunden. Sagt ich will es zwar nicht Verl aber ich muss dich mitnehmen.

Und während er das sagte tat er so als ob ihm das alles sehr leidtäte und liess den Kopf hängen und so fort. Und ich glaubte ihm fast. Liess mich fast für dumm verkaufen. Aber ich bin nicht dumm. Ich sah Kevin Kincheloe ins Auge den ich schon so viele Jahre kannte und wollte ihm sagen du musst verdammt noch mal rein gar nichts tun was du nicht willst denn in deinem Herzen bist du ein freier Mann Kevin. In deinem Herzen musst du dich nicht gegen einen auflehnen der dein Bruder war und sich mit dir geprügelt hat auf dem Pausenhof. Das war es was ich dachte aber ich stand einfach da. Ich sagte nichts. Ich erschoss ihn.

Es war einfach. Meine .270er lehnte an der Führerkabine.

Ich hebe sie hoch. Kevin schnappt nach Luft wie ein Fisch und sagt Verl was zum Teufel. Verl das ist doch mein Job. Verl ich habe noch deinen Daddy gekannt. Zuerst nehme ich ihn nicht richtig aufs Korn und treffe ihn in den Bauch. Dann schultere ich die Waffe und ziele und durchschiesse ihm den Kiefer.

Etwa zehn Gallonen Blut sind ins Gras geflossen. Ich hoffe du hast es nicht sehen müssen. Oder deine Mutter. Es war kein schöner Anblick aber ich hab es getan und ich stehe dazu. Ich weiss nicht wie ich das in Ordnung bringen kann. Aber ich weiss dass ich keinen Zollbreit mehr weichen will. Sie haben mich gedrängt und gedrängt. Ich habe es vor dir und deiner Mutter verborgen und dachte ich komme selber zurecht damit aber jetzt sage ich es einfach frei heraus.

Sie versuchen uns das Land wegzunehmen.

Diese gottverdammte Bank. Ich wünschte Daddy hätte sich nie für Maschinen verschuldet. Verdammt. Als wir den Teil deines Onkels verloren war es schon fast zu viel. Mitanzusehen wie dieser Lackaffe aus Kalifornien mit seinen braunen Halbschuhen einfährt und die Zäune niederreisst und kein einziges verdammtes Schaf oder Rind mehr weiden lässt und in der ganzen Stadt erzählt er lasse das Land sich selber heilen. Was weiss denn ein langhaariger teiggesichtiger Sonnenanbeter aus Kalifornien schon von diesem Land? Wir stecken hier gemeinsam drin. Das Land und wir. Wenn ihr uns trennt so schmerzt es. Es schmerzt mich und es schmerzt dich und ich weiss nicht was jetzt mit den Darlehen und Steuerschulden werden soll aber sie können nicht einfach immer noch mehr wegnehmen. Irgendwann wird nichts mehr da sein. Was dann? Was ist dann mit uns? Was ist mit dem Land? Wo geht das alles denn hin? Man sollte meinen es bleibt wo es ist. Aber das tut es nicht. Auf einmal ist es verschwunden. Die Regierung oder die Bank oder sonst wer sagt ein einziges Wort und es ist weg. Gottverdammmich verdammmich verdammmich ich versteh das verdammt noch mal gar nicht.

Gillian

In der frühmorgendlichen frischen Luft rempelten die Jungs sich an und rissen Witze, und die Wolken ihres heissen Atems klumpten und dünnten aus über ihren nackten roten Ohren und den mit Baseballkappen bedeckten Köpfen. Die Mädchen zogen zu zweit und zu dritt tuschelnd ihre Kreise und beäugten aus verschatteten Augen die Jungs. Auch einige Pärchen gab es, die Händchen hielten oder Hüfte an Hüfte an der Backsteinmauer der Schule lehnten. Es war der erste kalte Morgen im Wechsel der Jahreszeiten, und der Rasen draussen war mit Raureif überzogen. Gillian schloss die Augen und rieb sich die Schläfen. Sie hatte schon die Beschwerde einer Schülerin im zweiten Jahr abgewiesen, die sich beklagte, es sei Misshandlung an der Grenze zu Folter, die Schüler bei dieser Kälte draussen zu lassen. Aber es war ja erst Ende September und noch nicht richtig kalt, jedenfalls für Montana. Und Gillian wusste auch, dass ihre Kopfschmerzen, sobald sie das warme, stickige Schulhaus betrat, gleich um einige Stufen heftiger würden. Sie dachte nicht daran, die Türen auch nur eine Minute vor halb neun zu öffnen.

Wie meistens in der vergangenen Woche war sie Stunden vor dem Wecker mit trockenem Mund, Sodbrennen und Herzklopfen aufgewacht, den Stachel nagender Kopfschmerzen vom Wein im Genick und ausserstande, wieder einzuschlafen. Sie hatte in den letzten sechs Tagen nicht mehr als ein paar Stunden geschlafen. Heute Morgen hatte sie einen Toast anbrennen lassen, Maddy eine Notiz hinterlassen und war früh zur Arbeit gegangen.

Jetzt kamen die Busse aus dem Norden und Westen herangerumpelt, hielten fast gleichzeitig hintereinander an, und die gelben Türen wurden zurückgeklappt. Die Kinder aus den Bull Mountains kamen grinsend und schreiend aus dem Nordbus gehüpft. Sie wischten sich die Nase an den Ärmeln zu dünner Jacken ab, hatten fast ausnahmslos keine Wollmützen, und ihr Haar war struppig und wild. Die Kinder dagegen, die auf den kleinen Ranches und in den Vorstädten von Billings lebten, entstiegen dem Westbus in bauschigen bunten Mänteln und Rucksäcken, die mit beliebten Comicfiguren und Superhelden verziert waren, die Mädchen trugen Bänder und Spangen im Haar, die Jungs waren stämmig und glänzten im Schein der roten Lämpchen an den Rändern der Tennisschuhe.

Der Hougen-Junge, Tyler, sprang von der untersten Stufe des Westbusses und kam zum Pausenhof stolziert. Als ob das alles ihm gehörte, musterte er das Klettergerüst, den Fesselball, die kleinen Mädchen, die auf den Schaukeln kreischten. Mit seinem runden Kopf, der mächtigen Brust und den O-Beinen glich Tyler so sehr seinem Grossvater Glen, dass Gillian sich oft in Erinnerung rufen musste, dass der Junge mit Nachnamen eigentlich Meredith hiess. Sein Vater Timmy Meredith war als Runningback ein Star im Team von Colter gewesen, aber das hatte ihm nicht viel geholfen. Seine Eltern hatten ihr Land in den neunziger Jahren verloren, und nur weil Timmy mit seinem Schwiegervater gut stand, konnte er sich über Wasser halten. Eine Weile hatte er sich auf dem Land der Hougens versucht, sich aber als schlechter Farmer erwiesen, und Glen brachte ihn beim John-Deere[40]-Händler unter, wo die Firmeninhaber klug genug waren, zu wissen, dass eigentlich Kunden wie Glen Hougen das Sagen hatten.

Gillian hatte lange Mühe gehabt mit dem übermässigen Einfluss der grossen Farmer und Rancher in Montana. Sie war zwar keine Klassenkämpferin, nicht wirklich, aber geerbt hatte sie jedenfalls nichts. Nein, sie hatte sich selber durchs College gebracht, indem sie während des Studienjahrs in der Bibliothek gearbeitet und im Sommer gekellnert hatte. Sie hatte gespart und das Haus in Billings ohne Hilfe gekauft und es zudem geschafft, etwas für Maddys Collegeausbildung und ihren eigenen Ruhestand zurückzulegen. All diese Rancher hingegen lebten auf Land, das einfach so von ihren Grosseltern oder Urgrosseltern auf sie gekommen war, und anscheinend dachten sie, sie arbeiteten als Einzige hart und ihr Lebensstil sei der einzig gültige, wenn es darum ging, über die Zukunft Montanas zu entscheiden.

Gemessen an den Geschichten über ihn hätte Glen Hougen der Schlimmste von allen sein müssen. Er hatte ein richtiges Königreich geerbt, fast fünfzehn Flurstücke – jedes eine Quadratmeile, 640 Acre, gross, wie Kevin ihr einmal erklärt hatte –, aber wie alle andern war Glen Mitte der siebziger Jahre in Schwierigkeiten geraten: zu viele Kredite für Maschinen, zu viel Mais- und Weizenanbau auf zu viel trockenem Land und ein Jahr Dürre zu viel. Aber genau dann hatte man Öl auf seinem Grundstück gefunden, der Glückspilz. Doch sie musste zugeben, dass Glen gut zu ihr und Kevin gewesen war, als sie damals nach Montana zurückgekehrt waren und dieses Farmhaus am Musselshell unten gemietet hatten. Er hatte nur die halbe Miete verlangt in jenem ersten Jahr, als sie die Farm in Schuss brachten, und Carol, Glens Frau, hatte Maddy zum ersten Geburtstag eine cremeweiss-rote Steppdecke mit Stern genäht. Es war oft schwierig für sie, es zu verdauen, dass einer der reichsten Landbesitzer in den Bull Mountains in vielerlei Hinsicht auch einer der freundlichsten war, aber vielleicht lag das ja auch bloss daran, dass er nichts beweisen musste und so viel besass, dass er es sich leisten konnte, rücksichtsvoll zu sein.

Gillian machte die Augen zu und rieb sich wieder die Schläfen. Die erste Glocke ging ihr durch Mark und Bein, ihr langes, lautes elektromechanisches Schrillen löste ein Durcheinander von Rufen und eilige Schritte der Schüler aus, dazu das *Swisch* der doppelten Glastüren. Gillian kehrte dem Aufruhr den Rücken zu. Die

Kälte umgab sie wieder, als die Geräusche verstummten, und sie öffnete die Augen. Vor ihr stand ein kleiner Junge. Nein, klein war er nicht – mager. Er hatte dünne Beine, unbeholfene Arme, und sein Hals stand in einem merkwürdigen Winkel ab. Die Ohren waren hochrot vor Kälte, die Augen gross und dunkel. Kein richtiger Wintermantel. Keine Wollmütze. Er trommelte mit den Händen auf seine Wangen.

Gillian legte die Hände auf ihre Knie und beugte sich vor. Das sei die Glocke, sagte sie zu ihm. Dann müsse er sich mit den anderen Kindern beim Pausenhof drüben in die Reihe stellen.

Der Junge sah zu ihr auf und trommelte mit den Fingern immer noch auf sein Gesicht. Seine Augen waren nervös und erschrocken.

»Also gut«, sagte Gillian, »ich bringe dich rüber.«

Sie streckte die Hand aus. Der Junge gab das Trommeln einen Augenblick auf und blinzelte. Dann nahm er ihre Hand.

Kent steckte sich drei Minzpastillen in den Mund, zermalmte eine zwischen den Zähnen – Gillian konnte die feuchte Minze riechen – und knallte seine Schublade zu.

Gillian hatte sich nach dem neuen Schüler erkundigen wollen, nach diesem Kind, das nicht sprach, aber da stand sie nun, keine fünfzehn Minuten bevor der Schultag begann, und Kent eröffnete ihr, dass die Sonderpädagogin gekündigt habe. Gillian werde die Kleinen unterrichten müssen, und Mr. Stormer, der Footballtrainer, werde die mittleren und höheren Sonderschuljahrgänge übernehmen.

Das bedeute eine ganze neue Klasse, die vorbereitet werden müsse, protestierte Gillian. Kent tat es unendlich leid. Er wisse, das werde mehr Arbeit für sie bedeuten, aber es gebe sonst niemanden. Eine weitere Kopfwehwelle brandete über Gillians Augen, und sie holte Luft und kniff mit Daumen und Zeigefinger in das Gewebe. Kniff fest hinein.

»Nur damit ich da klarsehe«, sagte sie. »Wir haben in zwei Jahren drei Sonderpädagogen verheizt, und dir fällt nichts Besseres ein, als Stormer und mir das alles aufzubürden?«

Kent beugte sich vor und lächelte sogar. Sie liess ihn aber kein einziges Wort sagen.

»Und obwohl keiner von uns einen Abschluss in Sonderpädagogik hat oder die geringste Erfahrung damit?«

»Ich weiss«, sagte Kent, »aber Coach Stormer wird mindestens für Disziplin sorgen können, und du bist so ziemlich die beste Lehrerin des ganzen Kollegiums. Ich denke manchmal, es ist eine Schande, wie viel Bürokram du erledigen musst.«

Gillian rappelte sich hoch aus dem Stuhl.

»O Gott. Spar dir doch diesen gönnerhaften Scheiss für deine Exfrau. Wirklich.«

»Gillian, hör auf.«

Aber da war sie schon gegangen, schlug Kents Tür zu und stürmte an der wasserstoffblonden Schulsekretärin, Miss Kanta, vorbei, die sie mit grossen Augen und offenem Mund anstarrte und dabei den Kaugummi auf ihrer Zunge vergass. Als Gillian den Korridor hinuntereilte, stellte sie überrascht fest, dass sie den Tränen nahe war. Sie schluckte und fuhr sich über die Augen, dann verlangsamte sie vor der Tür zum Förderunterricht den Schritt. Stormer stand vorn im Raum, die breiten Schultern von der Tafel gerahmt, und schlug sich mit einem Lineal in die Hände. Die Schüler aus den mittleren und höheren Jahrgängen beugten sich mäuschenstill über die Arbeitsblätter auf ihren Pulten.

Gillians Hände begannen zu zittern. Sie versuchte, sie zu bändigen, aber es ging nicht. Sie kreuzte die Arme und klemmte die Hände in den Achselhöhlen ein. Was war los mit ihr? Schlafmangel, zu viel Wein, dieser ganze Schlamassel dort in den Bergen. Sie musste sich wieder in den Griff bekommen. Sie brauchte – Gott, ja was brauchte sie denn?

Maddy war im Juni zur Welt gekommen, in einem Dürresommer, an dem die Tage heiss und wie von hartem weissem Licht verschleiert waren, und zwar ähnlich heissen, aber trotzdem erträglicheren Nächten, bis auf die Stunde nach Sonnenuntergang, wenn die Mücken schwärmten. Trotz der Hitze waren die ersten beiden Wochen ein anstrengendes Vergnügen gewesen, als sie und Kevin sich das winzige, rotgesichtige Baby hin- und herreichten, ihm vorlasen, mit ihm turtelten und annähernd jede Minute, ob wachend oder schlafend, zusammen verbrachten. Zu dritt.

Aber dann hatte Kevin keinen Urlaub mehr übrig und musste wieder zur Arbeit gehen. Prompt wurden Maddys Koliken – die Unruhe vor dem Schlafengehen und nach dem Nickerchen – um eine Stufe schlimmer. Am Anfang reichte die Babyschaukel. Gillian liess sie auf der höchsten Stufe laufen, und Maddy schlief zwanzig kostbare Minuten darin, was ihr reichte, um zu duschen oder einen Anruf zu tätigen oder auch nur eine Tasse Kaffee zu trinken und sich zu sammeln. Als das nicht mehr half, entdeckte Gillian, dass die einzige Art, ihre Tochter zum Schlafen zu bringen, darin bestand, sie zu halten, zu wippen und mit ihr spazieren zu gehen. Sie wickelte Maddy, band sie sich mit einem Tuch an die Brust und ging dann zum Fluss – der inzwischen zu einer Reihe von stinkenden Tümpeln ausgetrocknet war, ein paar Karpfen zappelten im ruhigen Wasser und schuppten sich auf den Felsen –, und von ihrem federnden Schritt schlief Maddy schliesslich ein.

Heuschrecken warfen sich durch das dürre Gras. Die Sekunden knackten und tickten. Knochentrocken sassen sie ihr stets im Nacken und in den versengten Lungen. Bald würde sie in Schweiss ausbrechen, und Maddy lag ihr wie ein heisser, nasser Stein auf der Brust. Nach fünfzehn Minuten strammen Marschierens ging sie im Bogen zurück und hoffte, Maddy würde nicht aufwachen, bis sie wieder daheim war, wo sie sich hinsetzen und sie stillen konnte. Manchmal plante sie richtig. Und manchmal fing Maddy auch an zu wimmern, bevor sie es nach Hause geschafft hatte. Dann hob sie ihr Köpfchen von Gillians Brust, hielt einen Moment inne und schrie, worauf sie sich wieder zurückfallen liess, der schmale Schlitz ihrer Lippen wie eine Wunde. Einmal, als Gillian müde, erhitzt, eine halbe Meile vom Haus entfernt und vom durchdringenden Geschrei ihrer Tochter halb von Sinnen war, wickelte sie Maddy aus dem Tuch, riss die Windel ab und legte sie einfach auf den Boden, in den Schlick und auf die Flusskiesel, als wäre sie ein tobender roter Fisch, und stand nur noch da und weinte.

Sie hatte sich das Muttersein einfacher vorgestellt. Sie war ja schon zehn Jahre lang Lehrerin gewesen, hatte mit allen möglichen Kindern gearbeitet und war sogar einmal in ihrem Bezirk in Alpine zur Lehrerin des Jahres erkoren worden, und sie und Kevin waren kein Paar wie so viele andere in ihrer Bekanntschaft. Er kochte immer das Abendessen, und wenn es eine defekte Toilettenklappe zu reparieren galt oder eine Lampe neu verkabelt werden musste, war sie die Geschicktere. Sie hatten Jahre zusammen beim Reisen, Wandern, Fischen und Entdecken verbracht, sie beide, immer gemeinsam. Da hatte sie geglaubt, dies würde irgendwie zählen, und Muttersein wäre bei ihr etwas anderes als bei Kevins

Schwestern mit ihren Schlabberjeans und fleckigen Sweatshirts, umgeben von Kartoffelsalatdünsten und Tag für Tag den Launen eines Babys, eines Kleinkindes, eines Kindes ausgesetzt.

Es machte sie wütend, dass Kevin ihren Kampf nicht zu bemerken schien. Wenn er nach Hause kam, legte er sich sofort mit Maddy auf den Boden, trug sie überallhin in seiner Armbeuge, schwang sie durch die Luft. Und sie kreischte, griff nach seinem Bart und strahlte ihn an, wie sie ihre Mutter nie anstrahlte. Gillian war dankbar für die Pause, aber es bedeutete, dass sie das Abendessen zubereiten, die Wäsche fertigwaschen und das Geschirr spülen musste. Es bedeutete, dass es in jeder heissen Nacht, wenn sie im Bett lagen, nur von einem dünnen Laken bedeckt, Kevin war, der endlos von etwas ganz Lustigem plapperte, das ihre Tochter getan hatte, während Gillian fast einschlief und wusste, bald würde sie Maddy stillen müssen, und auch wusste, solch luxuriöse Aufmerksamkeit und Wonne gab es für sie nicht. Sie beneidete Kevin um seinen Abstand und um seine Perspektive. Er konnte eintauchen und wieder aussteigen, während sie ewig im trüben Wasser zappelte. Sie war zu müde zum Lieben, dachte sie, und zu erschöpft.

In jenem Herbst ging Kevin mit ein paar alten Freunden aus der Highschool in den Bulls auf die Jagd, und er kam ziemlich angeheitert und übermütig nach Hause, weil er eine schöne Wapitikuh erwischt hatte.

Er hängte sie an der grossen Pappel hinter dem Haus auf und wollte sie am anderen Tag schlachten, bei seiner Mom draussen, wo es einen Kühlraum gab. Er stieg Gillian an jenem Abend nach, als sie die Wäsche machte, und erzählte ihr in dem grimmig-ernsthaften, feierlichen Ton, in den er nach ein paar Gläsern verfiel, dass er bei seinem Kumpel draussen einige Hinweise auf Wilderei entdeckt habe und dass man diese Leute mahnen müsse, er sei zwar ihr Freund, aber auch Wildhüter, und für Jagdvorschriften gebe es gute ökologische Gründe. Auch die politische Einstellung spiele dann keine Rolle mehr – wenn man die Wapitijagd liebe, müsse man das Land pfleglich behandeln und darauf hören, was die Wissenschaft sage. Er riss eine weitere Bierdose auf. Gillian spürte das Plopp bis hinter ihr Brustbein, spürte, wie das Blut in den winzigen Arterien schäumte, die ihr Herz umhüllten.

In diesem Augenblick kümmerten sie Ökologie und Vernunft, Wilderei und alles, was seine idiotischen, unverbesserlichen Freunde anstellten, einen Dreck. Sie schob sich durch die Fliegengittertür und trat hinaus in die Spätnachmittagshitze, in das Summen und Schwärmen der Stechmücken, die vom Fluss aufstiegen.

Während Kevin noch nach ihr rief, stieg sie in den Tercel und fuhr davon.

Sie bog nach Westen in den Highway 12 ein und war meilenweit hinter Roundup, bevor ihre Aufregung sich legte und sie begriff, wo sie war, nämlich auf dem Hochplateau, das auf die Rockies trifft. Der Fluss wand sich nach Süden, und der Highway schraubte sich immer weiter hinauf auf die trockene Ebene: langgestreckte goldene Weizenfelder, unterbrochen von brachliegenden Streifen, das Weideland übersät mit Beifuss und Salzbüschen. Gegen Westen, über den Crazy Mountains, türmten sich Gewitterwolken – Ambosse, Pferdeköpfe, schwarze Felsgebirge. Sie fuhr in diese Finsternis hinein, und der Regen trommelte herab. Er dampfte auf der Strasse, äderte die Windschutzscheibe. Wind pfiff durch die Zaundrähte und hämmerte gegen den Wagen wie unsichtbare Fäuste. Blitze schlugen da und dort ein. Mächtige Donnerschläge grollten. Bald konnte sie nichts mehr sehen als dunklen Himmel und Regen. Sie bremste und bog vom Highway auf eine Schotterstrasse ab. Der Sturm gellte und schlug mit den Flügeln und war ebenso plötzlich vorüber.

Sie kurbelte die Fenster hinunter, um sie blank zu wischen, und entdeckte weiter oben an der Schotterstrasse ein braunes Schild, eine dieser Hinweistafeln für Touristen: DEADMAN'S BASIN 1,5 MEILEN. Sie fuhr nach Norden und hielt auf den Erdwall des Reservoirs zu; die Fenster waren heruntergelassen, und es roch nach Ozon, Gras und Kuhfladen. Sie parkte und stieg aus. Es war immer noch heiss, aber inzwischen erträglicher, eine regengespülte Hitze. Der Boden war feucht, aber jeder ihrer Schritte bohrte sich durch den Dreck bis auf den Staub. Immer dieser Staub. Im fast trockengefallenen

Stausee hatten die mineralischen Rückstände des gesunkenen Wasserspiegels konzentrische Streifen in die Erdschüssel gezeichnet. Weit drunten beim restlichen Wasser spritzte ein Mann in den Untiefen. Er hatte einen langen Stock – nein, ein Netz. Er zog es durchs Wasser, hierhin und dorthin, und hob es auf einmal hoch. Ein Karpfen oder Wels zappelte in den Maschen. Er ging die Böschung hinauf und liess den Fisch auf die Erde klatschen, wo er mit seinem glatten Schwanz gegen den Schlamm und Staub schlug, dann schnellte er fünfzehn, zwanzig Zentimeter in die Höhe, fiel und blieb reglos und nach Luft schnappend liegen.

Sie weinte jetzt. Stieg in den Tercel ein und fuhr zum Highway zurück, wo sie eine Weile sitzen blieb. Dann wandte sie sich nach Hause.

Kent hatte gleich nach dem Mittagessen mit einem Eistee – und Zitronenspalte, genau wie sie es mochte –, einer Entschuldigung und sämtlichen Akten über die Sonderschüler der Unterstufe an ihre Bürotür geklopft. Gillian hatte sich inzwischen wieder gefasst und bat ihn ihrerseits um Verzeihung. Kent habe ja in einem Punkt recht: Sie sei wirklich eine gute Lehrerin. Und sie schaffe das.

Gillian ging noch einmal die Akten ihrer neuen Schüler durch und machte sich dann in den Grundschultrakt auf. Die Sonderschüler der unteren Jahrgänge verbrachten den grössten Teil des Tages mit ihren Klassenkameraden und wurden am Nachmittag für ein paar Lektionen »Förderunterricht« zusammengezogen, wie man dies im Schulbezirk nannte. Für alle, die mehr Betreuung oder weniger Ablenkungen brauchten, war dies sinnvoll. Doch es gab andere, für die kein Förderunterricht je genug wäre, Kinder mit so schwierigen Problemen, dass man nur mit Unmengen von Ressourcen an sie herankäme, um allenfalls ihre Zukunft in wenn nicht bessere, so doch weniger üble Bahnen zu lenken. Zum Beispiel den Fünftklässler, der nicht lesen konnte und am ganzen Nacken Brandmale hatte von einer Brandstiftung, vermutlich im Drogenrausch. Oder die Drittklässlerin, die kein Buch, keinen Stift und kein Arbeitsblatt behalten konnte und alles verlor, was man ihr gab; die manchmal barfuss zur Schule erschien, sich immer an kleine, dunkle Orte verkroch – unter Tische, in Vorratsschränke, hinter die Hecken auf dem Pausenhof – und in die Hosen machte.

Als Gillian an die Tür des Schulzimmers der Zweitklässler klopfte, streckte Miss Allen den Kopf in den Flur und komplimentierte drei Kinder hinaus. Gillian warf einen Blick auf ihr Formular und sagte, sie erwarte eigentlich nur zwei Schüler.

»Das sind diese beiden hier«, sagte Miss Allen. Sie wies auf ein mondgesichtiges Mädchen mit Topfschnitt und einen unglaublich fettleibigen Jungen mit braunem Haar. »Aber du wirst auch den da nehmen müssen.«

Miss Allen legte die Hand auf den schmalen Rücken des dritten Kindes und schob es nach vorn. Es war der Junge vom Morgen, der immer noch auf seine Wangen trommelte. Er sei erst seit heute hier, erklärte sie. Sie habe gehört, er sei ein Pflegekind. Dann beugte sich Miss Allen zu Gillian vor. »Ganz klar autistisch«, flüsterte sie, »aber vermutlich noch ein Trauma dazu. Sagt kein Wort. Nicht – ein – Wort.«

Gillian musterte Miss Allens schmales Gesicht, das widerspenstige Haar an den Schläfen, das Gelb ihrer Bluse. Sie wusste, was diese Herkulesarbeit im Klassenzimmer bedeutete, im Bemühen, alles zusammenzuhalten und hoffentlich nach und nach ein wenig voranzukommen.

»Ich habe noch keine Papiere, aber natürlich kann er am Nachmittag zu uns stossen.«

Miss Allen legte die Hand auf ihre Brust. »Oh, danke. Diese letzten paar Tage sind etwas turbulent gewesen.«

Gillian lächelte Miss Allen zu. Dann beugte sie sich zu dem Jungen hinunter. »Und wie heisst du denn, Kleiner? Ricky vielleicht? Oder Bartholomew? Ja, jetzt weiss ich's: Eustace. Ich wette, du heisst Eustace.«

Der Junge hielt mitten im Trommeln inne und bedachte sie mit einem schiefen Grinsen. »Ich heisse Rowdy«, sagte er.

Seine Stimme war brüchig und knirschte, wurde offensichtlich kaum gebraucht. Aber sie klang auch hoch und sanft. Der Junge schluckte, verschränkte die Hände vor der Brust und blickte zu Gillian auf, die den Arm ausstreckte und seine Schulter berührte. Ein Kribbeln wie von Schmetterlingen im Bauch überlief sie, und auf einmal kam ihr der Gedanke, dass vielleicht genau dieses Klassenzimmer das war, was sie brauchte.

Verl

17

Ich habe es in letzter Zeit schwer gehabt Junge. Als ich die Geschichte für dich niederschrieb sah ich rot und preschte nach Norden zum Fluss und schoss einen Mulihirsch der ans Wasser kam bloss um ihnen zu zeigen dass ich keine Angst hatte. Du hast davon vermutlich aus den Zeitungen oder in den Radionachrichten gehört. Dass sie mich fast geschnappt hätten. Verdammt. Ich rannte. Rannte in der Nacht und durch die Nacht. Schlief nur ein paar Minuten hier. Und ein paar dort. Ich weiss nicht einmal mehr wo in den Bergen ich bin.

Wendell

Er drehte die Heizung im Chevy auf, trotzdem fröstelte Rowdy in der frühmorgendlichen Kälte, bis der Bus nach Colter den Hügel heraufgekeucht kam. Es war ein älteres Modell als der aus Delphia – mit runder Schnauze in verblasstem Gelb und niedrigen, durchsichtigen, breiten Fenstern –, und Wendell fühlte sich schlecht deswegen. Die Busfahrerin mit einem straffen Helm rotbrauner Löckchen warf einen schrägen Blick auf die beiden und forderte Rowdy auf, sich zu beeilen, es kämen noch mehr Haltestellen. Die Tür klappte hinter dem Jungen zu, der Bus ächzte und stöhnte und verschwand die Strasse hinunter nach Süden. Wendell musterte die dunkelgoldenen Hügel und das trockene Gras, die blauen Schatten, die sich in den Prallhängen sammelten. Land, das er schon sein Leben lang kannte. Und er wünschte Rowdy einen guten Schultag, einen guten Lehrer und vielleicht sogar einen Freund.

Das frühe Morgenlicht kam hell von der Seite, ging von Osten nach Westen, und auch Wendell erschauerte im kalten, fernen Glanz. Er dachte an den Wintermantel, den Maddy versprochen hatte. Er hatte ihr gestern noch die Kleidergrösse des Jungen durchgegeben, nachdem er Rowdy ins Bett gebracht hatte, und sie hatte gefragt, ob Rowdy eine Lieblingsfarbe habe. Er war zerknirscht, weil er auch darauf nicht geachtet hatte – es war ihm ehrlich gesagt nicht einmal eingefallen –, und weil er keinen zweiten solchen Fehler zugeben wollte, sagte er einfach Rot. Er hörte, wie sie es sich notierte, das Kratzen des Bleistifts drang durch die Telefonleitungen, und es setzte ihm zu, so zu lügen, nachdem er schon eine milde Gabe angenommen hatte. Aber er wusste ja nicht, wann er wieder nach Billings kommen würde, um einen Mantel zu kaufen. Und ob es im Walmart Bilderbücher gab, wusste er auch nicht so genau. Er hatte noch nie einen Grund gehabt nachzusehen. Wenn er sich überhaupt etwas leisten konnte nach den Lebensmitteleinkäufen und nach der nächsten Steuernachzahlungsrate. Aber ob der verdammt noch mal rot war oder eine andere Farbe hatte, Rowdy brauchte jedenfalls einen Mantel. Das war eine nackte Tatsache, egal was sein Alter davon gehalten hätte.

Wendell fuhr wieder nach Norden und bog beim gezimmerten Tor westlich in die Bulls ab, zur Hougen-Ranch. Er stellte den Wagen unweit der Werkstatt bei den Benzintanks ab und liess viel Platz, damit Glens Tieflader und Carols Buick hinausfahren konnten. Er steckte sein T-Shirt in die Jeans, stellte sicher, dass sein Hosenschlitz zu war, nahm die Dose Copenhagen aus seiner Gesässtasche und warf sie auf das Armaturenbrett seines Trucks. Obwohl er sich denken konnte, dass sein Ruf nach dem Fehltritt vom letzten Wochenende so gut wie dahin war, trug er Carols Missbilligung des Tabakkauens Rechnung. Man musste den Bogen ja nicht überspannen. Er überquerte den Kiesplatz und näherte sich dem Haus auf einem geschwungenen Weg durch einen Vorgarten, der selbst so spät im Jahr noch grün war, und klopfte an die Tür.

Carol erschien in einem Hauskleid und Pantoffeln. Sie beäugte ihn einen Moment und winkte ihn dann herein. Wendell nahm seine Mütze ab und betrat den Vorraum. Carol wartete nicht, sondern ging weiter, und er zog seine Flanelljacke und seine Stiefel aus. Er trödelte im Flur und betrachtete die Wildwestkunst – ein einsamer Indianer, zusammengesackt auf seinem Schecken, hoch über einem tiefen Canyon; ein Wapitibulle, der sich auf einem Berggipfel in die Brust warf; drei Cowboys, die vor einem roten Sonnenaufgangshimmel geduckt um ein Frühstücksfeuer sassen. Er mochte das Gefühl des weichen cremefarbenen Teppichs unter seinen besockten Füssen, die grosszügig getäfelten braunen Wände und wie die Wandlampen das Haus mit dickflüssigem, butterweichem Licht erfüllten. Es roch nach Speck. Dabei hatte er gar nicht bemerkt, wie hungrig er war. Er hatte Rowdy im Chevy einen seiner Frühstücksriegel gegeben, selbst aber keinen genommen.

Glen sass am Küchentisch, schlürfte Kaffee und kritzelte etwas in das kleine Notizheft, das er in seiner Hemdtasche immer bei sich trug. Er blickte zu Wendell auf und grinste. Weil er Wendell ein paar Tage freigegeben und dieser danach die Zäune in seiner Nachbarschaft ausgebessert hatte, hatten sie einander über eine Woche lang nicht gesehen.

»Bist du wieder trocken?«, fragte ihn Glen. »Carol hat gesagt, du warst stockbesoffen neulich morgens.«

Carol knallte einen Pfannenwender hin und brachte einen Teller voll Speck und Toast, würdigte Wendell keines Blickes und stellte ihn auf den Tisch.

»Setz dich, Junge. Wir haben dir vergeben.« Glen warf einen Blick auf Carol. »Grösstenteils jedenfalls.«

Als Carol sich wieder in die Küche begab, fuhr Glen fort: »Ich sag dir, es ist noch gar nicht so lang her, da hat es mich selber von Zeit zu Zeit gejuckt. Einmal habe ich auf dem Billardtisch im Antlers drüben übernachtet. Und bin erst am Mittag aufgewacht, als der alte Dean Feeney den Spielautomaten mit Vierteldollars fütterte.«

Carol stellte eine Tasse Kaffee vor Wendell hin, und das schwarze Gebräu schwappte. Wendell dankte ihr und drehte sich um, weil er sich noch mal wegen des letzten Wochenendes entschuldigen wollte, aber sie war schon wieder weg. In ihr Schlafzimmer oder sonst wohin entschwunden.

Glen gluckste. »Sie mag es nicht besonders, wenn ich angebe. Sie glaubt, die Kirche habe mich von alldem geheilt, aber im Grunde juckt es mich einfach nicht mehr so wie früher. Das kommt so mit zunehmendem Alter, du kannst mir glauben. Aber sitz nicht einfach so da mit hungrigem Gesicht. Das macht mich nervös. Iss jetzt.«

Wendell legte zwei Speckscheiben auf einen Toast, klappte ihn zu einem Sandwich zusammen und nahm einen Biss. Butter, Salz und weisser Speck – Wendell wusste gar nicht mehr recht, wann er zuletzt etwas so Gutes gegessen hatte. Er musste Speck für sich und Rowdy besorgen. Das wäre ein Fest.

Glen schlürfte seinen Kaffee und nahm noch einen Schluck. Er klappte sein Notizheft zu und liess es in seine Hemdtasche gleiten. Richtete seine Augen auf Wendell. »Hör zu, ich bin sicher, du hattest einen Grund, und den brauchst du mir nicht mal zu nennen, aber ausser dass du stockbesoffen warst und den armen Kleinen die ganze Nacht hier zurückgelassen hast, bist du gestern auch nicht zur Arbeit erschienen. Das ist etwas, was ich nicht dulden kann. Schlichtweg nicht. Ich hätte dich bei den Korralen gebraucht.«

Glen spielte mit seiner Kaffeetasse. In Wendells Gedärmen rumorte es.

»Es gibt viele Jungs in Delphia drüben oder drunten in Colter, die deinen Job gerne hätten. Lanter ist zwar nicht der Hellste, aber ich könnte ihm die Hälfte zahlen von dem, was du verdienst, und ihn da draussen im Schuppen einquartieren, und er würde sich königlich freuen.«

Glen räumte ein, Wendell sei der verdammt beste Arbeiter, den er je gehabt habe, und er wisse, dass Wendell nun auf einmal ein Kind aufziehen müsse, und das sei hart. Aber er habe ja Wendell die ganze Woche früher gehen lassen, damit er Rowdy an der Bushaltestelle abholen konnte, obwohl Carol das gern übernommen hätte. Auch habe er Rowdy einen ganzen Tag mit Wendell im Laster mitfahren lassen.

»Ich will nicht fies sein in dieser Sache«, sagte Glen. »Du musst einfach zusehen, wie du das schaffst. Du magst ja ein Kind grosszuziehen haben, aber ich habe eine Ranch zu betreiben. Und ich werde sie verdammt noch mal anständig betreiben.«

Wendell blickte zu Glen hinüber und wandte sich wieder seinem Teller zu. Er spürte, wie sich jedes Knöchelchen im Nacken verschob und knackte beim Nicken.

»So, das soll von meiner Seite genügen. Iss jetzt deinen Speck auf.«

Glen stiess sich vom Tisch hoch, warf sich den Hut auf den Kopf und war draussen. Wendell spülte seinen letzten Bissen mit einem kräftigen Schluck Kaffee hinunter und trug seinen Teller zum Spülbecken. Was das letzte Wochenende betraf, fühlte er sich ertappt, aber den gestrigen Tag mochte er nicht bereuen, obwohl er den Kopf hängen gelassen und schuldbewusst genickt hatte. Denn eigentlich war das ein verdammt guter Tag gewesen beim Fallenstellen in den Bulls draussen mit Rowdy. Wendell lächelte in sich hinein, und er hoffte, auch Rowdy werde heute in der Schule lächelnd daran denken. Er wandte sich zur Tür und rannte fast Carol über den Haufen, die ein paar weisse Söckchen von Rowdy in der Hand hielt und sie ihm entgegenstreckte. Wendell zwang sich, ihr direkt ins Gesicht zu schauen, als er die Socken nahm.

»Tut mir leid, Carol. Tut mir schrecklich leid.«

Sie verbrachten den Morgen damit, die Gehege zu verstärken – hämmerten lose Bretter fest, ersetzten die eingerosteten Scharniere des Trenngatters und streuten Stroh gegen den Staub in allen Hürden und Boxen. Am Montag würde der Viehtrieb beginnen, und sie würden Glens Herde roter Angus- und hornloser Herefordrinder einsammeln. Die meisten wären zottig und halbwild, und es würde annähernd drei Tage dauern, das Vieh aus den Senken und Hügeln zu scheuchen und zurück zu den Korralen zu treiben. Babe MacDonald, der Viehhändler, würde am Donnerstag mit seinen Waggons vorfahren, und dann würden sie am Freitag die Kälber trennen, wiegen und verkaufen, was eine ganze Woche Arbeit mit dem Vieh bedeutete. Sie würden Hilfe brauchen, und Glens Tochter Rochelle mit Schwiegersohn Timmy würde kommen. Wendell erwähnte, dass Freddie Benson fast ständig auf der Suche nach Arbeit sei, und Glen war einverstanden, dass er ihn anrufen könne, aber er müsse ihm einschärfen, nüchtern anzutreten.

Als das Team feststand, machten sich Glen und Wendell daran, das Sattelzeug und das Öl und die Reifen jedes einzelnen Geländemotorrads und Quads zu überprüfen. Als Wendell einen Benzinkanister herüberschleppte und die Tanks der Reihe nach zu füllen begann, beschloss er, die Frage zu riskieren, und stellte sie: »Hast du je viel zu tun gehabt mit diesem Betts?«

Glen war über ein Quad gebückt, dessen Reifendruck er mass.

»Brian Betts. Das ist ein hartgesottener Kerl. Kennt sich hier in den Bergen aus. Und trinkt, meine ich, überhaupt nicht. Ein religiöser Typ. Der würde Carol gefallen. Vielleicht sollten wir Freddie auslassen und Betts als Cowboy anheuern.«

Glen richtete sich auf und neigte sich vor und zurück, um seinen Rücken zu strecken, wobei ihm sein Arbeitshemd über den harten, runden Bauch rutschte.

»Ja, ich kenne Betts. Was hast du mit diesem Mann zu tun? Ich hätte nicht gedacht, dass ihr beide einander oft über den Weg laufen würdet. Dein Dad hingegen war mit Betts ein Herz und eine Seele. Sie hatten immer alles Mögliche zu bereden.«

Der stechende Benzingeruch reizte Wendells Augen. Er blinzelte, und im Dunkel hinter seinen Lidern spürte er Drähte reissen und ächzen. Es war alles wieder da – diese längst vergangenen Nächte, als sein Vater ihn mitgenommen hatte, um Zäune zu trennen. Er versuchte, vor seinem inneren Auge im Sternenlicht das Gesicht seines Vaters zu sehen und ihm den schwachen Schein umzulegen wie einen Schal – aber die Nacht war zu schwarz dafür und die Finsternis vollkommen.

Das Benzin gluckerte im volllaufenden Tank, und er verschloss den Kanister und setzte ihn ab. Wischte sich mit den Hemdsärmeln über das Gesicht.

»Er war gestern mit Tricia Wilsons Jungen draussen, um Zäune zu durchtrennen.«

Glen hielt in seinen Dehnübungen inne. »Na, das ist ja hochinteressant.«

»Zwischen dir und dem öffentlichen Land. Eine Viertelmeile Zaun vielleicht, bei Lemonade Springs.«

»Und er hatte den Jungen bei sich?«

»Es war der Junge, der die Zäune durchtrennte. Betts blieb einfach auf seinem Quad sitzen.«

Glen spuckte aus und stampfte auf dem ölbefleckten Boden der Werkstatt auf. »Mein Gott. Da sollte Betts noch mal in sich gehen. Der Junge gehört in die Schule.«

»Aber dass er die Regierungszäune durchtrennt, macht dir nichts aus? Bloss dass sein Junge da nicht mit dabei sein sollte?«

Glen sah ihn scharf an. Und spuckte erneut aus. »Ich habe nichts für die Bundesregierung übrig, Wendell, das weisst du. Die Umweltschutzbehörde, die Landverwaltung – mit all denen bin ich über Kreuz.«

Es folgte das ganze vertraute Klagelied. Zuerst konnten sie dies und jenes nicht mehr spritzen, wegen irgendeines verdammten Schmetterlings, der geschützt werden sollte. Dann konnten sie auf rechtmässig gepachtetem Land kein Vieh mehr halten, wegen »Weidelandschutzbestimmungen« oder einem ähnlichen Unsinn. Dann kamen in den Neunzigern die Wölfe, von denen er Wendell ja nichts zu erzählen brauche. Für sich allein betrachtet wirkte jedes dieser Ärgernisse vielleicht unbedeutend, aber eine Ranch zu betreiben war kein

Honigschlecken. Er wisse, dass er das Wendell nicht zu sagen brauche. Der habe ja wie Glen oft genug gesehen, wie die Banken Farmen und Ranches übernahmen. Da und dort wurde ein Stück abgezwackt, und das würde sie auf die Dauer zermürben.

»Wir Hougens sind seit drei Generationen hier«, sagte Glen, »halten Vieh und machen Heu und Weizen, und jetzt wollen sie uns anscheinend verjagen. Als sollte es gar keine Rancher mehr geben, wenn es nach denen ginge, und wo wollen sie denn ihre Beefsteaks und Hamburger herbekommen? Ja, wollen sie denn lieber Wölfe und Büffel und eine Schar halbnackter Hippies, die in der Gegend rumtanzen?«

Na, er wolle ja hier keine Predigt halten. Wendell wisse so gut wie er, wie man ihnen zusetze. Glen holte Luft und fuhr sich mit der Hand über die Glatze. Aber dieser Betts habe Ideen, sagte er. Genau wie Wendells Alter. Betts rechne sich aus, dass die bevorstehende Wolfsjagd eine Chance sei, um es denen zu zeigen. Mit diesem Obama im Weissen Haus hätten sie keine Zeit zu verlieren. Glen habe überlegt, Wendell mit an Bord zu holen angesichts seines Vaters Verl, aber der Zeitpunkt sei schlecht gewesen. Es habe erst kurz nach dem Tod von Wendells Mutter die ersten Gespräche gegeben, und jetzt müsse er für einen Jungen sorgen, und da sei es Glen lieber, er halte sich da raus und überlasse es den anderen, mit den Feds fertig zu werden.

»Wer ist mit dabei?«, wollte Wendell wissen.

Glen grinste. So ziemlich alle! Junge Leute, Städter und selbst ehrbare Leute wie er. Sie sprühten ja vielleicht nicht alle so viel Gift und Galle wie Betts, aber auch sie hatten genug und wussten, es war an der Zeit. Glen sah Wendell mit hochgezogenen Brauen an und wartete einen Augenblick, als wollte er ihm die Gelegenheit lassen zuzustimmen, dann hockte er sich neben das Quad und machte sich an der Ventilkappe und mit dem Reifendruckmesser zu schaffen.

Wendell atmete tief ein in der staubigen Luft, und die Staubkörnchen tanzten dabei im schrägen Licht zu seinen Lippen, und als er ausatmete, wirbelten sie wieder davon. Zwei schnelle Schritte genügten, und er könnte Glen Hougen mit dem Stiefel in die Schläfen treten. Ob er das tun wollte? Er war sich nicht sicher. Er drehte sich um, verliess die Werkstatt und überquerte den Kiesplatz.

Wie kam Glen Hougen dazu, zu entscheiden, was Wendell tun und lassen sollte? Wie kam Betts dazu, den lieben langen Tag mit seinem Jungen im Quad auszufahren? Wie kam es dazu, dass er, Wendell Newman, am Ende immer der war, der nichts falsch oder auch mal blaumachen und Fallen stellen gehen durfte, vor lauter Angst, seinen Job zu verlieren? War das Gesicht seines Vaters auch so lang und hager gewesen wie seins? Oder hatte er das von seiner Mutter? Er hatte ihre steinblauen Augen, das wusste er, aber am Ende war ihr Gesicht von den Medikamenten so aufgedunsen gewesen, dass er sich da auch nicht mehr ganz sicher war. Was hatte er von seiner Mutter geerbt? Und was von seinem Vater? Was hatte er überhaupt geerbt?

Er schlenderte zu seinem Truck und griff durch das offene Fenster nach seiner Copenhagen-Dose. Er hob sie an mit dem Finger und klaubte eine Ration heraus, ein paar glänzende Streifchen Kautabak. Er hatte damit angefangen, als er dreizehn oder vierzehn war, warum auch nicht, und weil man die paar Jungs, die nicht mitmachten, auslachte und weil die einzigen Männer, die nicht mitmachten, Lehrer waren oder noch was Übleres, wie er einmal einen älteren Jungen sagen gehört hatte. Aber jetzt schnippte Wendell den Tabak zu Boden und wischte sich Finger und Daumen am Hosenbein ab. Und pfefferte die halbvolle Dose ins Unkraut unter den Benzinkanistern.

Eines Winters, als seine Mom bettlägerig war – unbezahlte Freistellung aus gesundheitlichen Gründen nannten sie es –, nahmen er und Lacy ihre Büchsen mit in die Berge, und sie schossen beide je eine Wapitikuh. Das war nach Neujahr, Monate nach dem Ende der Jagdsaison. Sie schlitzten mit ihren Messern mühsam die Bäuche der Tiere auf, rammten und sägten durch Haut und Rippen und Brustbein. Lacy stemmte sich gegen den mächtigen Brustkorb, um ihn offen zu halten, und mit beiden Händen, schlüpfrig und taub und schweissnass, erwischte Wendell noch die Luftröhre – so breit und elastisch und noch halb lebendig unter seinen Fingern – und zog. Sie löste sich mit einem Scherengeräusch, und er zog immer noch stärker daran, bis ganz unten, als die Eingeweide in den Schnee fielen, der immer röter wurde, schmolz und unter ihnen dahinfloss. Weil die Wapitis zu schwer waren für den Transport, gingen sie eine Kettensäge holen. Sie viertelten beide Tiere, schleppten die Viertel zum Chevy und fuhren nach Hause damit. In der Scheune machten sie sich daran, das Fleisch zu entbeinen, zu schneiden und zu verpacken. Es war harte Arbeit, man hatte sie ihnen nie richtig beigebracht, und ihre Messer waren nicht scharf genug – und die Steaks und Braten zerhackt und hässlich. Trotzdem hatten sie spätabends die zwei Viertel geschafft und hängten die anderen beiden an den Dachsparren auf. Als Mitternachtsmahl brieten sie Zwiebeln, Kartoffeln und Wapitisteaks in einer Gusseisenpfanne. Das Fleisch war mager, würzig und dunkel.

Wendell träumte in jener Nacht wieder von Wölfen, winselnden Wölfen, die um die Scheune strichen und an ihr kratzten und nagten, bis sie schliesslich die Tür aufgescharrt hatten und in die Scheune stürmten und in die Höhe sprangen und die aufgehängten Viertel herunterzerrten.

Sie hatten vorgehabt, den Rest am nächsten Tag nach der Schule zu verarbeiten, nach Wendells Basketballtraining, aber als sie nach Hause kamen und der Winterabend schon schwarz und bitterkalt war, sahen sie Reifenspuren im Schnee neben der Scheune, und ein Zettel hing an der Tür. Er war vom Wildhüter in Roundup. Er hatte sie am Vortag durch sein Fernglas entdeckt, die Sache aber nachts noch nicht weiterverfolgt und war frühmorgens hergefahren und hatte die restlichen Viertel beschlagnahmt. Angesichts der besonderen Umstände – er hatte von der Krankheit von Wendells Mutter gehört – kämen sie mit einer Verwarnung davon. Das stand auch auf dem Zettel. Aber nur für dieses Mal. Beim nächsten Mal würde es eine Geldbusse geben. Beim nächsten Mal würden sie ihre Gewehre verlieren.

Lacy war frustriert. Sie wollte wieder nach draussen gehen und mit der Taschenlampe das Dunkel anstrahlen. Aber Wendell wurde vom Lesen des Zettels bloss müde. Er war es müde, sich die Dinge so oft anders zu wünschen, als sie waren. Lacy zündete sich eine Zigarette an. Sie war erst sechzehn und im zweiten Jahr an der Highschool, nur ein Jahr älter als er. Er wusste nicht, wo sie ihre Glimmstängel herhatte. Sie schwang den Arm, und die Zigarettenasche zeichnete einen roten Bogen über die Bulls.

»Dein Dad ist immer noch da draussen, weisst du. Er würde uns auch nach draussen wünschen. Er würde wollen, dass wir ihnen die Daumen geradewegs in die Augen drücken.«

Wendell dachte an seine Mutter, die mit Schmerzen im Trailer lag und auf das Essen wartete; darauf wartete, dass er ihr ein Glas Wasser und ihre Tablette brächte. Aber er spürte die Anziehung der Berge.

»Wie kannst du wissen, was er wollen würde?«, sagte er.

»Ich weiss es einfach. Und du weisst es auch, wenn du nicht schmollst deswegen oder zu viel denkst und es einfach zulässt, dass du tust, was du tun musst.«

Die Nacht war so sternenklar und wolkenlos, dass Wendell die Umrisse der Berge und Kuppen bis zu den Buckeln, Kämmen und Canyons gestochen scharf sah. Er wandte sich ab, weg von den Geistern, die in diesen Hügeln noch umgehen mochten, und liess Lacy rauchend im Dunkeln zurück.

Maddy erschien an jenem Abend nach dem Essen. Es war schon dunkel, doch sie betonte, dass seine Anweisungen super gewesen seien und die Fahrt nett, mit dem Sonnenuntergang und so. Sie hielt einen Stoffbeutel in der Hand und streckte ihn Rowdy hin, der zu ihr aufblickte und sich auf die Wangen trommelte.

Wendell klopfte ihm auf den Rücken. »Nur zu. Den hat sie dir gebracht.«

Rowdy streckte seine dünnen Arme aus, nahm den Beutel, warf ihn zu Boden und spähte hinein auf all die Bücher. Blickte lächelnd auf.

Maddy lächelte zurück, zeigte dann auf ihren Wagen und murmelte etwas von Kleidern und war weg, bevor Wendell seine Hilfe anbieten konnte. Er fühlte sich unsicher und hölzern in seinen Bewegungen. Rowdy hingegen setzte sich sogleich neben der Treppe auf die

Erde und blätterte in einem Buch über einen Jungen und einen Pinguin.

Maddy schleppte einen Pappkarton aus ihrem Auto an. Sie stellte die Schachtel neben dem lesenden Rowdy ab, zog eine bauschige Winterjacke in Rot und Schwarz hervor und hielt sie ihm an den Schultern hin, mit geöffnetem Reissverschluss. Als sie Rowdy fragte, wie er die Jacke finde, war der Junge derart in sein Pinguinbuch vertieft, dass er sie zunächst unwillig anblickte; immerhin stand er auf, schlüpfte in die Jacke und liess Maddy den Reissverschluss zuziehen. Dann setzte er sich gleich wieder hin und nahm sein Buch.

Wendell bückte sich und drückte Rowdys Schulter. »Die ist sehr hübsch. Genau was er braucht. Das ist furchtbar nett von dir. Wirklich.«

»Freut mich«, sagte sie und strich eine Strähne ihres schwarzen Haars hinter ihr Ohr.

Sie war zufrieden, merkte Wendell, und vielleicht ein wenig verlegen.

»Es ist mir ernst. War ja hart, so plötzlich für einen Jungen zu sorgen. Das hilft mir sehr.«

Er hielt inne und versuchte ihre Reaktion abzuschätzen.

»Möchtest du reinkommen und dich aufwärmen? Ich hab ein, zwei Dosen Limo im Kühlschrank.«

Maddy wich einen halben Schritt zurück. Ach, er war zu weit gegangen und hatte falsche Schlüsse gezogen. Es ging hier um Wohltätigkeit, schlicht und einfach.

Ein Wiesenstärling sang, und Maddy wandte sich den an- und abschwellenden Tönen zu, streckte die Hand aus und streifte dabei Wendells Arm. »Ein Wiesenstärling! Die hören wir nicht oft in Billings.«

Sie nahm die Hand weg, und dort, wo sie ihn berührt hatte, fühlte sich sein Ellbogen warm und lebendig an.

»Es gab früher noch mehr«, sagte er. »Aber es gibt immer noch welche. Sie mögen das trockene Bachbett an der Strasse drüben.«

Trotz der Schatten und der zunehmenden Dunkelheit ringsum betrachtete Maddy den Bach, die Wälder und die Bergkämme dahinter aufmerksam. Sie fragte Wendell, ob er sein ganzes Leben hier verbracht habe, was er bejahte.

»Wie fühlt es sich an?«, fragte sie.

»Wie sonst wo, nehme ich an. Bloss weiter weg.«

Maddy legte den Kopf schief, als ob sie ihm nicht ganz glauben würde. Er war selbst nicht sicher, ob er es glaubte. Aber wie konnte er eine solche Frage beantworten?

»Es gab mal ein paar Städte hier draussen in den Bulls«, fuhr er fort. »Goldgräbersiedlungen mit Hotels und Saloons und dergleichen. Die sind alle weg. Nur noch zerfallende Hütten. Und blaue und purpurrote Scherben im Schwemmland.«

Sie starrte ihn mit grossen Augen freimütig an. Er wandte sich ab und warf einen prüfenden Blick auf Rowdy dort am Boden. Als er wieder aufsah, hatte

Maddy sich endlich gefasst. Sie schluckte und rührte sich.

»Ich bin froh, dass der Mantel passt«, sagte sie. »Und dass Rowdy die Bücher mag.«

Sie machte ein paar Schritte auf ihr Auto zu und drehte sich dann wieder um. Vor lauter Verlegenheit hatte er sie noch gar nicht richtig wahrgenommen, und das tat er jetzt. Sie trug Röhrenjeans, eine schwarze Bluse und ein blau-grünes Seidentuch um den Hals. Sie war fast so gross wie er.

Sie müsse jetzt gehen, sagte sie, aber nächsten Freitag wolle sie wiederkommen, wenn das in Ordnung sei, und noch mehr Bücher bringen. Sie habe nur den halben Tag Schule – da könne sie schon da sein, bevor es dunkel werde. »Dann könntest du mir die Gegend zeigen«, sagte sie.

Das Licht fiel aus den Trailerfenstern, fiel aus den Sternen. Mit ihren dunklen Kleidern und dem dunklen Haar konnte Wendell sie kaum erkennen.

»Aber klar doch«, sagte er und grinste unwillkürlich. Das geht in Ordnung. Das wäre gut.

Sie verabschiedete sich und rief beiden einen Gruss zu, und als sie wegfuhr, sah Rowdy auf, blinzelte ein paarmal und wandte sich wieder seinem Pinguinbuch zu.

In den folgenden Tagen legte der Wind sich einstweilen. Und die Hügel und die alten, knorrigen Bäume zogen sich in ihre unnachgiebige Innerlichkeit zurück. Dann kam der Wind wieder, blies schärfer aus Norden und roch nach Mineralien und Eis.

Es prickelte an seinen Händen, im Nacken und in den Augäpfeln. Der Viehtrieb dauerte jetzt schon drei Tage, seit Montagmorgen, und nur noch ein Bruchteil der Herde war zerstreut. Wendell fuhr mit dem Geländemotorrad nach Nordwesten, im Zickzack die breiten Täler hinauf und hinunter, spürte den Senken und steilen Schluchten nach. Wenn Traubenkirsche, Wacholder und Strauchkiefer allzu stark wucherten, stieg er ab und pflügte sich hindurch. Hier und dort scheuchte er ein paar Kühe und Kälber auf, trieb sie südwärts dem Hauptteil der Herde entgegen und fuhr selbst wieder weiter nach Norden.

Spätnachmittags gelangte er zu den durchgeschnittenen Zäunen – Truggras und Wapitihaar verfingen sich im Stacheldrahtwirrwarr – und stellte den Motor ab. Er war mit Rowdy am Wochenende hier hinausgestapft in den fast warmen Stunden ohne Wind, um die Fallen zu kontrollieren, und seitdem jeden Tag. Sie hatten nichts erwischt. Es war eben lange her, seit er das letzte Mal Fallen gestellt hatte, und er kannte die Berge nicht mehr so gut wie damals als Junge, als er noch der Sohn seines Vaters gewesen war. Vielleicht würde er mit dem Jungen die Dinger ausgraben gehen, wenn die Kälber verkauft waren, und es tiefer in den Bergen noch mal versuchen. Er wollte Tabak kauen, griff nach seiner Gesässtasche und hatte vergessen, dass keiner mehr da war, hatte vergessen, dass er etwas beschlossen hatte, bloss was genau, wusste er nicht mehr mit Sicherheit.

Wendell kickte das Motorrad wieder an und fuhr weiter. Betts' Geisterspuren verloren sich in die Hügel vor ihm. Er fuhr langsam und inspizierte jede steile Schlucht, jede Talmündung und jeden ansteigenden Kamm. Er überquerte den ausgetrockneten Hawk Creek, wo die richtigen Berge begannen und man ihre hohen Rücken in der Ferne sah. Der Wind wirbelte böig und spuckte Schnee, der in den Augen und auf den Wangen brannte. Etwas früh für einen 1. Oktober, aber nicht ungewöhnlich. Er bog in ein Bachbett ein, stellte sein Motorrad auf den Ständer und kraxelte den blinden Grat sechs Meter hoch bis zu den wuchtigen Sandsteinfelsen, dann umging er auf einem schmalen Band die Felsen bis zum gähnenden Schlund einer Höhle. Er duckte sich hinein, ging ein, zwei Schritte gebeugt und richtete sich wieder auf.

Sie hatten den Boden gescheuert und Balken über das Dach aus Fels und Erde gelegt. Die eigentliche Höhle, ein gestrecktes Rechteck, schattig und feucht, bot vielleicht zehn Männern einen windgeschützten Schlafplatz. Am anderen Ende hatte man ein paar Tritte in die Wand gehackt, und ein paar verirrte Strahlen grauen Lichts sickerten ein von der Stelle, an der man sich auf den Grat hinaufziehen konnte. Ein zweiter Eingang oder Ausgang. Die eine Wand entlang erstreckten sich Metallbretter voller Fallen und Schlingen, Wasser- und Benzinkanister, Landkarten, Schaufeln, Planen, Werkzeug und dergleichen mehr. Auch standen drei Stahlkoffer unter den Regalen, die ersten beiden mit Konserven und Trockennahrung prall gefüllt, der dritte randvoll mit Gewehren, Pistolen und Munitionsschachteln. Wendell hob eine der abenteuerlicheren Waffen hoch, eine Art luftgekühltes Sturmgewehr aus ölig schwarzem Metall. Das Gewehr noch in der Hand, spähte er zur Höhlenöffnung hinaus. Der eiskalte Wind zerrte an den Kiefern am Kamm, wirbelte die abgestorbenen, dürren Zweige und sogar Steine auf und liess sie gegen andere Bäume und Felsbrocken poltern und über die Felsplatten schrammen.

18
Ich habe etwas geschlafen und fühle mich besser. Aber es war ein mühsames Schlafen. Ich wache alle paar Minuten auf um auf Motorengeräusch zu lauschen. Stimmen. Helikopterflügel. In den letzten Tagen habe ich nichts gehört ausser Wind. Meine Stiefeltritte auf dem kalten harten Boden.

Ich sollte es dir wohl sagen Junge. Ich bin okay. Hungrig aber okay. Ich hab nur ein paar kleine Bissen von diesem Hirschfleisch gegessen. Sogar als ich abdrückte. Sogar dann wusste ich dass es eine schlechte Idee war. Ich wusste doch dass jemand es hören und weitererzählen würde und dann würden die Scheisskerle bald überall rumwuseln. Ich beeilte mich. Trennte ein Hinterbein ab und briet wie gesagt einen Teil davon in der Erde und kostete rohes Blut während ich trabte wie ein Wolf. Es schmeckte gut. Jetzt sitze ich hier und ruhe mich aus und hätte gern mehr. Es gibt nicht mehr. Ich hatte zwar Hungergeschichten von meinem alten Granddaddy gehört aber keinen Hunger gekannt. Er ist ein einziges Heulen im Bauch.

Später
Habe heute Morgen den Frost herabsinken sehen. Das war wahrhaftig ein Anblick. War müde und ging durch

die kalte Morgendämmerung um warm zu werden als der Himmel aufklarte. Als würde man ein Gewicht von den Schultern schütteln. Der Wind war jetzt um eine Spur wärmer und das Gras knirschte vom Frost unter meinen Stiefeln.

Gillian

Sie waren draussen hinter der Schule, in den struppigen Hügeln westlich des unbefestigten Footballfelds und der Aschenbahn, auf der Jagd nach Proben – leeren Eihüllen, geplatzten Puppen und vertrockneten Käfern und Fliegen. Ein kalter Wind fuhr über die Bergkuppen und wirbelte durch die Senken. Eine Front war im Anzug, und die Kinder eilten hierhin und dorthin mit flatternden Winterjacken und klemmten ihre Notizhefte unter dem Arm fest, wenn sie sich in das Gestrüpp und das dürre Gras niederknieten und Vergrösserungsgläser an ihre wässerigen Augen und rissigen Nasen führten.

Nach nur einem Tag im Förderklassenzimmer hatte Gillian eingesehen, dass es einfach nicht funktionierte, sich von Kind zu Kind vorzuarbeiten und jedem dabei zu helfen, seine Hausaufgaben aus der Regelklasse fertigzumachen. Darum hatte die letzte Sonderpädagogin wohl so viel Mühe gehabt – wie allzu viele andere Lehrer war sie von der Erwartung ausgegangen, Kinder sollten zwanzig Minuten stillsitzen können. Natürlich konnten sie das nicht. Und dann wurden sie zappelig, hatten Langeweile und vertrieben diese mit allerlei Unsinn. Nein, Gillian wusste, dass sie die ganze Bande beschäftigen musste. Darum diese Unterrichtseinheit über Insekten – wohin sie gingen im Winter und was sie hinterliessen.

Am Montag hatten sie auf einer Liste alles zusammengetragen, was sie über Insekten wussten. Gestern hatte sie die älteren Kinder mit Internetrecherchen beschäftigt, während die jüngeren zeichnen mussten, was sie gefunden hatten. Und heute sammelten sie Proben ein. Morgen würden sie diese zählen, grafisch darstellen und mit den Ergebnissen aus dem Internet vergleichen. Und am Freitag konnten sie kleine Berichte schreiben und illustrieren. Sie erwog auch, die Kinder diese vortragen zu lassen. Bestimmt konnte sie dafür ein kleines Lehrerpublikum zusammentrommeln. Sie könnte sogar Dave Coles anrufen und ihn bitten, einen Beitrag für das Lokalblatt zu schreiben. Das war genau die Art von sympathischer Kleinstadtgeschichte, die ihm gefallen würde. Und die auch ihr gefiel, dachte sie gerade und musste über sich lachen dabei. Aber es stimmte schon, dass das Unterrichten ihr etwas Notwendiges und absolut Wirkliches gab, auf das sie sich konzentrieren konnte. Und das Jogging letzten Samstag mit Maddy war wunderbar gewesen, sie hatten es bis zum Zimmerman Park geschafft. Am Sonntag hatte sie sich dann mit Kent zum Brunch getroffen, einfach um reinen Tisch zu machen, und sie hatten stundenlang geredet. Als sie sich zum Gehen wandten, sagte sie noch zu ihm, jetzt sei sie an der Reihe. An der Reihe womit? An der Reihe, ihn zum Dinner auszuführen, antwortete sie. Er grinste und nahm die Einladung an.

Der Wind kam jetzt in Böen und legte das gelbe Gras nieder, und Gillian machte auf dem Absatz kehrt und zählte – *sechs, sieben, acht, neun* – ihre bunte Schar von Insektenkundlern. Das Licht kam an diesem Nachmittag in Schwaden, je nachdem wie der Wind die mächtigen hohen Wolken über den Himmel trieb, und in einem leuchtenden Schwall sah sie Rowdy Burns atemlos in ihre Richtung rennen, er hielt etwas mit beiden Händen. Er hatte nach jenem ersten Tag noch nichts weiter gesagt, als ob er schon das Wichtige mitgeteilt hätte – dass er Rowdy heisse –, aber er hatte andächtig und eifrig zugehört und alles getan, was sie verlangt hatte, jedenfalls so gut, wie er es vermochte. Er erkannte nur die Hälfte der Buchstaben. Und er hatte zwar einen Sinn für Zahlen, schien aber kaum Rechenunterricht gehabt zu haben. Vermutlich war er autistisch, aber in welchem Mass, konnte man wegen seiner partiellen Sprechverweigerung schlecht sagen. Immerhin war er am Montag mit einem neuen Mantel erschienen, was ein gutes Zeichen war, und er hatte sich in den letzten drei Tagen grosse Mühe gegeben und andächtig die Stirn gerunzelt, als er seine Käfer zeichnete. Über die Jahre hatte Gillian einige Pflegekinder gehabt, die sich gut geschlagen hatten und an anständigen Plätzen gelandet waren, wo man sich ordentlich um sie gekümmert und ihnen Zeit und Raum gegeben hatte, um wieder Kinder zu sein, ihre Schutzwälle aufzugeben und Neues zu lernen. Sie kannte Rowdys Situation zu Hause noch nicht – Kent sagte, die Unterlagen seien in Bearbeitung –, aber ein neuer Mantel und die Art, wie er aufmerksam zuhörte, stimmten Gillian optimistisch, dass der Junge es schaffen könnte.

Er stand jetzt vor ihr mit grossen Augen und öffnete langsam seine Hände zu einer Schale. Gillian beugte sich zu ihm nieder. Er habe eine Heuschrecke in der Winterstarre gefunden, sagte sie zu ihm und erklärte, dies bedeute, dass die Schrecke sich für den Winter zurückziehe. Darum sei sie ihm nicht aus der Hand gesprungen. Diese Heuschrecke habe vermutlich schon Eier gelegt oder befruchtet, und diese lägen jetzt sicher in der Erde, und im Frühling würden daraus neue kleine Heuschrecken schlüpfen.

Gillian schlug vor, er solle sie nicht an die Wärme bringen, sondern das Tier als Anschauungsbeispiel für die Klasse skizzieren. Rowdy zog sein Notizheft hervor, streifte die Ärmel zurück und setzte sich gleich auf die Erde, wo er zu zeichnen begann. Gillian sah ihm eine Weile lächelnd zu. Als sie den Blick schon abwenden wollte, um nach den anderen Schülern zu sehen, veränderte sich das Licht, weil eine Wolke hoch droben im Wind zerstob, und etwas fiel ihr ins Auge – ein Bluterguss wie ein Schmetterlingsflügel, gelb und blau unterlaufen, auf der Unterseite von Rowdys Handgelenk.

Am Nachmittag, als die Busse sich vor der Schule einreihten – mit brummenden Dieselmotoren, Abgaswolken ausstossend, die im Schein der Bremslichter rot schimmerten –, setzte der Schnee ein. Ein harter, dünner, sprühender Schnee. Von der Art, die die Spurrillen gefrieren und die Windschutzscheiben vereisen lässt und die Ritzen unter undichten Fenstern und Türen stopft.

Weil Kent fast den ganzen Nachmittag damit beschäftigt war, einen Streit zwischen Coach Stormer und zwei Elternpaaren zu schlichten, die beide fanden, dass ihre Söhne öfter als Runningbacks eingesetzt werden sollten, hatte Gillian angeboten, die Busaufsicht nach Schulschluss zu übernehmen. Die höheren Jahrgänge schlotterten im Gewühl des Eingangs, klagten über den Schnee und glichen ihre Aufgaben ab, bis sie schliesslich die Köpfe einzogen und zum Parkplatz rannten. Die Grundschulkinder rannten in schwindelerregenden Kreisen über den kleinen Rasen vor der Schule. Sie schoben den trockenen Schnee in ihre kleinen Hände, warfen ihn in die Luft wie Konfetti und versuchten die Schneeflocken auf ihren Zungen aufzufangen. Dann zogen die Stadtkinder grüppchenweise ab über die Schotterstrassen von Colter, und die Landkinder verteilten sich schliesslich auf die Busse.

Gillian hielt Ausschau nach Rowdy, und als er in seinem typischen kleinen Seitwärtsgalopp über den Hof gesprungen kam, kauerte sie nieder, um ihn aufzuhalten. Sie lobte, das mit dem Probensammeln heute habe er ganz toll gemacht, und ob sie ihm gratulieren könne. Grinsend schob er seine schmale Schulter zurück und klatschte ihre Hand ab. Sie berührte seinen Arm, hielt ihn leicht am Ellbogen fest und fragte, ob zu Hause alles in Ordnung sei und es ihm gutgehe. Rowdy verzog verwirrt das Gesicht, nickte aber energisch, indem er sein knubbeliges Kinn auf die Brust drückte und dann hoch in die Luft reckte.

Darauf liess Gillian ihn gehen, und der Junge hüpfte in den Bus. Sie wartete, bis er sich hinsetzen und ihr zuwinken würde, aber er musste sich wohl einen Platz auf der anderen Seite gesucht haben. Die Busse ächzten und stöhnten und bogen einer nach dem anderen in die Hauptstrasse ein. Der Dieselgestank verlor sich im Wind, und Gillian atmete tief die vorwinterliche Luft ein, die scharf, kalt und rein in ihr brannte.

Nachdem sie das Förderklassenzimmer für den nächsten Tag hergerichtet hatte, bürstete sie sich, zurück in ihrem Büro, die Haare, wechselte die Bluse, schlüpfte in Highheels und tupfte sich Parfum hinter die Ohren. Im Laufe des letzten Jahres war sie mit einem Anwalt, einem Unternehmer und einem Softwareingenieur aus gewesen und hatte sich zwar amüsiert, aber stets Mühe damit bekundet, ihnen ihren Beruf zu erklären. Sie konnte *Lehrerin* oder *stellvertretende Schulleiterin* sagen, und sie nickten, aber sie wusste, sie sahen die Privatschulen in Billings vor sich, die ihre eigenen Kinder besuchten. Bei Wein und Vinaigrette plauderte man über interessante Magazinbeiträge, und sie kannte die Welt dieser Männer. Aber sie kannten ihre nicht. Colter, Montana, war jenseits ihres Horizonts. Kent hingegen, dachte Gillian, als sie ihr Handy aus der Tasche zog – Kent begriff.

Sie rief Maddy an und hinterliess eine Nachricht: Im Kühlschrank sei Lasagne, im Gefrierfach Eis und ein Blech Brownies, und sie komme spät nach Hause, sie solle nicht aufbleiben. Sie sprach auch auf Dave Coles' Anrufbeantworter, lud ihn zu den Präsentationen am Freitag ein und bat ihn um Auskunft über einen neuen Schüler von ihr, einen gewissen Rowdy Burns.

Miss Kanta hatte den Tag frei, und so ging Gillian am Empfang vorbei und spähte in Kents Büro. Seine Krawatte sass lose, und ein Minzpastillendöschen lag mit verschobenem Deckel und leer auf seinem Schreibtisch. Die beiden Elternpaare sassen fast Knie an Knie und stritten immer noch. Sie fing seinen Blick auf, aber Kent schüttelte den Kopf und formte mit den Lippen die Worte *Zehn Minuten.* Sie grinste und murmelte ebenso unhörbar zurück: *Wir treffen uns dort.*

Kurz darauf fuhr sie bei der alten Backsteinfassade des Grand vor und parkte ihren Prius neben zwei schlammbespritzten Tiefladern. Der eiskalte Schnee prickelte in Gesicht und Nacken und an der empfindlichen Stelle am Handgelenk, wo ihre Handschuhe nicht ganz bis zu den Mantelärmeln reichten. Sie wackelte auf den Absätzen im Kies und Wind, aber dann war ihre Tasche zurechtgerückt und die Autotür zu, und sie betrat die alten Planken und lehnte mit der Schulter gegen die schwere Holztür. Sie war vor Jahren das letzte Mal im Grand gewesen – wohl an einem Lehrerabend kurz nach ihrem Stellenantritt in Colter, vermutete sie –, aber als die Tür aufschwang, sah alles noch genauso aus, wie sie erwartet hatte. Nichts im ganzen Lokal liess vermuten, dass zehn, zwanzig, gar dreissig Jahre verstrichen waren. Nicht die nackten Glühbirnen, die an verstaubten Kabeln von der Decke hingen, der rundbäuchige Holzofen, das niedrige Bücherregal mit Western- und Liebesromanen, die zusammengewürfelten Klappstühle oder der Billardtisch mit dem langen, trockenen Riss im grünen Filz. Die Bar selbst – aus kunstvoll eingelegtem und gedrechseltem Kirschbaumholz mit einem schweren Bleiglasspiegel, in dem man den Widerschein all der klaren und bernsteingelben Flaschen sah – erinnerte an noch viel frühere Jahre, an die legendäre Zeit vor dem Stacheldraht, mit ihren Saloons, Viehtrieben und Rinderbaronen, als das Land und das Gesetz noch das waren, was man daraus machte.

Gillian schritt über die rohen Dielen auf einen Hocker direkt vor dem Spiegel und mitten in der Bar zu. Die beiden Männer, die schon dort sassen, die Pickup-Fahrer, waren entweder wortkarg oder eingeschüchtert. Sie starrten die Hälse ihrer Bierflaschen hinunter, als könnten sie in deren schaumigen Tiefen noch Unbekanntes entdecken, und führten die Flaschen dann langsam an ihre Lippen. Die Barkeeperin – eine dieser spindeldürren, verlebten Frauen, die aussah wie fünfundsechzig, aber wahrscheinlich erst achtunddreissig war, eine sonnenverbrannte Kettenraucherin mit Silberblick – hantierte eine Weile mit Gillians Cocktail herum, brachte dann aber einen leidlichen Wodka Tonic zustande. Gillian riskierte einen Schluck – es war ihr erster Drink seit sechs Tagen, seit letztem Donnerstag –, und er schmeckte sprudelig und scharf, und der Glasrand war wie gewünscht im Salz gedreht worden. Auf der anderen Seite der Bar, näher bei den beiden Männern, war ein aufgeblasenes Schaf hinter einem grossen Topf Soleier eingezwängt. Auf ihrer Seite, über dem Billardtisch, hing ein massiger Wapitikopf mit einer Zigarette zwischen den toten, samtigen Lippen. Fast hätte sie laut herausgelacht und sich an ihrem Drink verschluckt. Es war einfach zu viel. Wie in einem albernen Countrymusik-Video.

Kent warf die Tür auf und stampfte mit den Füssen. »Gott, ich dachte schon, ich würde da nie rauskommen. Ich brauche was Starkes. Barmaid, einen Whiskey Cola, bitte! Einen doppelten, wenn es beliebt!«

Hatte sie je gehört, dass jemand tatsächlich *Barmaid* sagte? Oder *Wenn es beliebt?* Er spielt Theater, dachte sie. Sie nahm es ihm nicht übel.

Kent legte seine Fanjacke über einen leeren Hocker, zog seine Brieftasche hervor, knallte einen Zwanzigdollarschein auf den Tresen und klopfte mit dem Finger darauf, während er sich erneut an die Barkeeperin wandte. »Sag's mir, wenn wir den weggetrunken haben. Ich hab noch einen zum Verjubeln.«

Gillian schüttelte lachend den Kopf, und Kent grinste.

»Es überrascht mich, dass du so übermütig bist«, sagte sie zu ihm.

»Wenn das nach solchen Sprechstunden nicht verständlich ist. Mein Gott, man könnte meinen, ihre Jungs spielten für die Denver Broncos und nicht die Colter Cougars. Aber Schwamm drüber, zum Wohl!«

Sie stiessen mit ihren Gläsern an und tranken. Gillian leckte das Salz von ihren Lippen und fuhr mit der Hand über das dunkle, glatte Holz des Bartresens. Das war nett, wirklich.

»Es gefällt mir echt bei den Sonderschülern, weisst du.«

Kent hielt das für Sarkasmus und sagte entschuldigend, sobald die Schulbehörde grünes Licht gebe, würden sie eine Vollzeit-Sonderpädagogin suchen.

Gillian klopfte ihm lachend auf die Schulter. Nein, es sei ihr ernst damit. Er habe recht gehabt. Sie habe gar nicht gemerkt, wie sehr sie das Unterrichten in den letzten paar Jahren vermisst habe. Es sei gut, daran erinnert zu werden, warum sie überhaupt Lehrerin geworden war. »Du könntest es auch versuchen«, sagte sie. »Es würde immerhin bedeuten, weniger Zeit mit Besprechungen zu verplempern.«

»Ja, wenn du es so sagst. Stossen wir auf weniger verplemperte Zeit an!«

Sie erhoben wieder die Gläser und tranken. Zu ihrem zweiten Drink bestellten sie Steaks und wechselten an einen Tisch im hinteren Teil. Allein oder zu zweit tröpfelten Männer herein. Eine Gruppe Frauen erschien und rückte ein paar Tische zusammen. Sie bestellten Weincocktails und gebackene Häppchen und wählten Pop-Country-Songs in der Jukebox. Miss Kanta, die Schulsekretärin, war mitten unter ihnen. Sie blinzelte Gillian zu, und Gillian winkte zurück. Sie wusste, dass sie das morgen zu hören bekommen würde, aber es war okay. Sie konnte damit umgehen.

Kent lehnte sich herüber und erzählte ihr, seine Exfrau habe den Vorschlag gemacht, ihm ihr früheres Haus zurückzuverkaufen, was er lustig und traurig zugleich fand; aber vielleicht noch lustiger und trauriger sei die Tatsache, dass er sich ernsthaft überlege, auf das Angebot einzugehen. Gillian bedauerte ihn und erzählte ihm dann, dass Maddy jetzt vielleicht doch noch rebellisch geworden sei und sie sich mit dieser Collegefreundin die ganze Nacht um die Ohren geschlagen habe. Kent lachte. Ob sie wirklich von dem Bestnotenmädchen sprächen? Rebellisch, genau. Dabei sei sie immer noch viel zu fleissig. Kents jüngste Tochter sei in Portland geblieben, sagte er, und versuche in der Theaterszene Fuss zu fassen, was er bewundere – so viel Ausdauer und Hartnäckigkeit. Seine Älteste sei wieder an die Uni zurückgekehrt und wolle einen Master in Ingenieurwissenschaften an der Washington State machen. Und seine mittlere Tochter und ihr Mann erwarteten dieser Tage ihr erstes Kind. Er sei ja nicht sicher, ob er schon ganz bereit sei für die Rolle als Grandpa, aber die Tickets nach Denver über die Feiertage habe er schon besorgt.

»Oh, los geht's!«, sagte er, als man ihnen die Steaks servierte. »Also ich schwöre dir, Gillian Houlton, dass es in ganz Billings und vielleicht sogar Seattle und San Francisco nichts gibt, was an den Prime-Rib-Mittwoch im Grand von Colter, Montana, heranreicht – ich meine ja bloss, sieh dir das an!«

Gillian inspizierte, was man da vor sie hingestellt hatte: ein mächtiges Steak, eine in Folie eingewickelte Ofenkartoffel und eine Schüssel Salatstreifen mit Ranch-Dressing[41]. Sie nahm ihre Gabel und das schimmernde Steakmesser mit dem schwarzen Griff zur Hand. »Na gut, ich versuch's mal.«

In den Monaten nach Kevins Tod hatte sie mit einer ganzen Reihe von Männern geschlafen. Die ersten paar las sie nur Tage nach ihrer Flucht nach Billings auf, in den Bars der Stadt, spätabends. Und die letzten paar in üblen Kneipen auf der Südseite der Montana Avenue, wo sie inzwischen gelandet war, wenn die anderen, anständigeren Lokale für die Nacht schlossen. Mit keinem der Männer hätte sie am helllichten Tag Zeit verbringen wollen. Nicht einmal ins Haus mochte sie sie bitten, bevor sie die Babysitterin, ein Mädchen aus der Nachbarschaft, bezahlt und nach Hause geschickt hatte. Also worum ging es denn da? Sie wusste es nicht genau, bis die siebenjährige Maddy im langärmligen rosa Pyjama sie eines Mittags weckte und ihre Getreideflocken haben wollte und fragte, wer das denn da neben ihr sei. Gillian drehte sich um und fand einen Kerl mit scharf geschnittenen Zügen und Zopffrisur in ihrem Bett, und die Wundmale ausgedrückter Zigaretten zeichneten seine nach oben ausgestreckten Arme. Jetzt wusste sie es. Es ging um das Vergessen und den schwindligen Schmerz, dem wir uns hingeben, in der Hoffnung, den noch grösseren und schlimmeren Schmerz des Verlusts in den Schatten zu stellen.

Mit Kevin war auch nicht immer alles perfekt gewesen. Sie hatten kämpfen müssen in jenen ersten Jahren im Osten Montanas. Aber als Maddys Koliken sich auswuchsen und je mehr sie immer wieder daran erinnert wurden, dass der Ort, den sie zur Heimat erkoren hatten, Leuten wie ihnen – liberal, mit Collegeausbildung und an Highschoolsport oder Religion nicht besonders interessiert – nicht viel Raum liess, wandten sie sich einander immer stärker zu, wie sie es schon früher oft getan hatten, als sie da und dort im Land lebten. Natürlich gingen sie beide weiterhin arbeiten, während Elner sich um Maddy kümmerte, aber wenn sie nach Hause kamen, blieben sie auch zu Hause. Sie sammelten im Frühling wilden Spargel am Fluss. Sie pflügten hinter dem Haus mehr als einen Acre Land um für einen Garten, in dem sie Tomaten, Paprika und Süssmais anpflanzten. Im Herbst pflückten sie die Traubenkirschen. Der Keller war voller Einmachgläser mit stückiger Tomatensauce mit Basilikum und samtig-säuerlichem Kirschsirup. Kevin brachte ihr das Jagen bei, und die Gefriertruhe füllte sich mit Wapitikoteletts und Hirschwurst in weissen Beuteln. Kevin baute einen Sandkasten für Maddy und hängte eine Brettschaukel in die Pappel. Er nahm seine Tochter bei der Hand, und sie planschten durch den Fluss und sammelten purpurrote und perlmuttfarbene Miesmuschelschalen. Gillian strich das Arbeitszimmer salbeigrün und das Wohnzimmer terrakottafarben an. Sie zog Lautsprecherkabel durchs Haus, so dass sie, wo sie auch waren, Dylan, Charley Pride und Joni Mitchell hören konnten. Am Abend assen sie einfach und schmackhaft – Hirschwurst und Blattgemüse auf Maisgrütze mit Tomatenscheiben – und hielten Ausschau nach Kanadareihern und Steinadlern, die vom Fluss aufstiegen.

Doch dieses Leben war jetzt Vergangenheit. Das war das Abscheuliche daran. Als ihre Tochter sie an jenem Morgen weckte, hatte Gillian keine Eide geschworen oder Versprechungen gemacht. Sie war einfach aufgestanden, hatte Maddy in die Arme genommen und sich im Bad eingeschlossen, wo sie darauf wartete, dass der Mann ging. Und als sie dort mit Maddy im Schoss auf dem Badewannenrand sass, begriff sie – klar und unmissverständlich –, dass dies nicht der Weg sein konnte, um ihrem Kummer gerecht zu werden. Und dann kam der wahre Schmerz. Natürlich hatte sie am Anfang auch geweint, aber jetzt, Monate später, zwang das Schluchzen sie in die Knie: Er war fort, fort, fort.

Der Schmerz war wie eine stumpfe Säge, die sich in ihr vorarbeitete, Sehnen zerschnitt und Rippen spaltete, bis die trockene Luft durch ihren ganzen Leib zischte. Sie kam von der Arbeit nach Hause, brachte Maddy ins Bett und überliess sich dann haltlosen Weinkrämpfen. Sie wurde abhängig davon und definierte sich dadurch – ich trauere, sagte sie sich. Das ist es, was ich tue und wer ich bin.

Jahrelang gab es keinen mehr, auch als angemessenere Kandidaten auftauchten. Kent Leslie gehörte zu ihnen, und es gab andere – gute, freundliche, manchmal auch halbwegs attraktive Männer, die sie hätten lieben können und deren Liebe sie wahrscheinlich mit der Zeit auf irgendeine Art hätte erwidern können. Aber lange Zeit war es einfach, nein zu sagen. Ganz einfach. Dieses Jahr würde sie neunundvierzig und hatte schmerzende Knie vom Joggen, und ihre Hüften waren ein wenig breiter, als es ihr gefiel, aber Kevin würde immer siebenunddreissig bleiben, mit sandfarbenem Haar und breiten Schultern, immer pfiffiger, freundlicher und lebhafter als die andern – so gut, wie er nur jemals war. Und wenn sie in Gedanken bei ihm war – und an Key West oder Texas dachte oder an einen Sommerabend auf der Veranda, wenn die Wiesenstärlinge am Musselshell flussauf- und -abwärts flöteten –, wann immer sie die Augen schloss und sich diesem überwältigenden, willkommenen Schmerz überliess, fühlte auch sie sich ihrem eigenen besten, feurigsten, schönsten Selbst am nächsten.

Sie erwachte, als es noch dunkel war und nur das Licht eines Weckers sanft grün leuchtete; irgendwo in den Leitungen hörte man ein langsames Tropfen. Kent, warm und riesig, schnarchte leise neben ihr. Sie stand langsam und vorsichtig auf, um ihn nicht zu wecken, und ging in seine Küche. Fand ein Glas und füllte es am Wasserhahn. Vor dem Fenster wirbelte verwehter Schnee im Schein einer Strassenlaterne, aber es war nicht viel liegen geblieben. Da und dort waren der Kies und das welke Gras im Hof überfroren. Sie wollte alle Gefühle, die in ihr aufsteigen mochten, einfach zulassen. Bis jetzt – weder Scham noch Bedauern. Ein wenig Zärtlichkeit. Und wenn nicht Glück, so doch etwas wie Zufriedenheit, ein wenig Wärme.

Sie wühlte in ihrer Tasche und fand ihr Telefon. Sie hatte zwei Sprachnachrichten für Maddy hinterlassen, beide aus dem Grand. Und als sie zu Kents kleinem Miethaus zurückfuhren, hatte sie noch eine SMS geschickt. Sie sah eine neue Sprachnachricht und hoffte schon – aber sie war von Dave Coles. Konnte Maddy sich nicht wenigstens einmal selber melden? Die alte Einsamkeit erfasste sie. All diese Jahre ohne Kevin, in denen sie ihre Tochter allein erzogen hatte. Warum musste immer sie diejenige sein, die sich vergewisserte, achtgab und dafür sorgte, dass sie unbeschadet zusammenbleiben konnten? Maddy war schon zu alt dafür, dass es noch immer so sein musste.

Die Backofenuhr zeigte 4:52. Vierzig Minuten Schlaf würden wohl noch drinliegen – aber nein. Sie wollte jetzt heimfahren, um für Maddy da zu sein und ihr Eier auf Toast mit Orangensaft zu machen und nach ihr zu sehen. Sie würde Kent einen Zettel dalassen – und ihn vielleicht für morgen Abend zum Essen einladen. Aber einstweilen musste sie trotz ihres Ärgers auf Maddy nach Hause gehen.

Den ganzen Tag in der Schule war Gillian zerstreut. Als sie Maddy von Kent erzählt hatte, war zwar ein Lächeln über das Gesicht ihrer Tochter gehuscht, und sie hatte gesagt, das sei okay und sie freue sich für sie. Aber dann knabberte das Mädchen nur an ihrem Toast und ass ein paar Gabeln Rührei, bevor sie davonsauste. Als die Haustür zuschlug und Maddy ihr Auto gewendet hatte, inspizierte Gillian in der plötzlichen Stille den Frühstückstisch – mit Rührei und Schnittlauch, gebuttertem Sauerteigbrot, Orangensaft, Kaffee und einer Schüssel frisch gewaschener Trauben – und fühlte sich müde. Eine Messerspitze Zorn stach zu. Sie hatte sich in letzter Zeit so anstrengen müssen, um auch nur einen Zipfel Maddy zu erhaschen.

Sie wollte auch nicht daran denken, was die Nachricht von Dave Coles zu bedeuten hatte. Sie war zögerlich und rätselhaft und ihr nachgegangen, als sie allein ihr Frühstück aufass, zur Arbeit fuhr und an der morgendlichen Sitzung die Möglichkeit mitdiskutierte, wegen staatlicher Budgetkürzungen zu einem Viertageschulbetrieb überzugehen. Er hatte einiges über den

Jungen, diesen Rowdy Burns, herausgefunden, aber er wollte es ihr persönlich sagen. So hatte Dave es ausgedrückt. *Ich sollte es dir persönlich sagen.*

Jetzt surrten und knackten die Leuchtstoffröhren im Förderklassenzimmer. Gillian richtete sich auf vom Tisch mit den Kindern, denen sie bei den Illustrationen für das Käferprojekt geholfen hatte, und massierte sich das schmerzende Kreuz. Sie spürte auch eine beginnende Migräne. Dann fiel ihr Blick auf Rowdy. Er hatte seinen Stuhl aus dem Kreis gerückt und spielte mit etwas, das er sich ans Auge hielt und von etwas weiter und wieder ganz aus der Nähe betrachtete. Sie bat ihn, es wegzuräumen, was er tat oder wenigstens versuchte. Aber das Ding entglitt ihm, schlug blechern auf dem Linoleum auf und rollte unter den Tisch. Ärgerlich bückte sich Gillian danach. Es war eine Art Medaillon aus Silber, warm und ein wenig klebrig von der Hand des Jungen – etwa so gross wie eine alte Dollarmünze. Als das Bild auf dem Medaillon deutlicher wurde und Gillian zunächst die Umrisse eines Wolfs und dann das Fadenkreuz erkannte, dachte sie schon, sie müsse sich übergeben.

Die Übelkeit wogte in ihr hoch und verebbte, und an ihre Stelle trat Zorn, der in ihr aufstieg wie auf schwarzen Flügeln. Dieser Scheisskerl. Kent hatte alles über diesen Jungen gewusst. Es war nicht anders möglich. Das Medaillon in der Faust, machte sie kehrt und verliess das Zimmer. Jedes Linoleumquadrat schien im staubigen Licht zu schweben, und doch war jeder ihrer Schritte hart und fest.

Am Empfang drehte sich Miss Kanta auf ihrem Stuhl grinsend nach Gillian um, und bestimmt lag ihr eine Bemerkung zum vergangenen Abend im Grand auf der Zunge, aber Gillian stürmte an ihr vorbei und riss die Tür zu Kents Büro auf, wo er gerade ein Telefongespräch führte.

»Dieser Junge«, sagte sie. »Der Junge, der nicht sprechen kann. Du weisst etwas, gib's zu!«

Einen Augenblick lang blieb Kent der Mund halboffen stehen, und kein Laut kam heraus. Dann entschuldigte er sich bei seinem Gesprächspartner und bat Miss Kanta, die Tür zuzumachen.

Auf dem Interstate Highway vor ihr verschwamm der Beton mit dem kalten blauweissen Licht. Einmal hatte sie angehalten, um bei Albertsons Wein zu kaufen, und jetzt sass sie an ihrem Küchentisch, die Hände wie flatternde Vögel, und goss sich ein Glas ein. Der Junge konnte nichts dafür. Wenigstens daran wollte sie denken: dass Rowdy nichts Unrechtes getan hatte. Es lag an der ländlichen Armut und der mangelnden Bildung, an der fundamentalistischen Religion und reaktionären Politik, es lag an den Bergen selbst – und an der Familie, an diesem Onkel, an Wendell Newman.

Sie erinnerte sich an ihn von den paar Monaten, als er in der siebten Klasse bei ihr den Erdkundeunterricht besucht hatte, bevor sie Delphia endgültig verliess. Oder jedenfalls erinnerte sie sich an den Jungen, der er gewesen war – ruhig, höflich und oft beim Lesen oder Tagträumen. Dann blitzte in ihrem Hinterkopf die Erinnerung an ein Zeitungsfoto auf, das dieses frühere, freundlichere Bild ersetzte – von einem mageren, aufgeweckten Jungen mit zerzaustem Haar, im T-Shirt und mit geflickten Jeans, der an der Kamera vorbei in die Berge hinausstarrte.

Es war der zweite Jahrestag von Kevins Tod – seiner Ermordung –, an den sie dachte. Sie hatte eben, wie jeden Morgen, die *Billings Gazette* zur Hand genommen, und da stand Wendell Newman, windzerzaust und einsam, auf der ersten Seite mit seiner Geschichte, dass man die Überreste seines Vaters nie gefunden habe. Flüchtig hatte sie eine gewisse Sympathie, ein Gefühl der Nähe zu ihm empfunden. Da war ja noch ein Kind, das wie Maddy seinen Vater verloren hatte. Und seine Mutter war ebenfalls Witwe. Aber dann las sie weiter, erstaunt darüber, dass Kevin im Artikel nur einmal erwähnt wurde, und zwar mit der dürren Bemerkung, dass er umgebracht worden sei, und die zugige Tür in ihrem Herzen schlug zu. All die Jahre später konnte sie es immer noch hören, wie ein reales physisches Ereignis: dieses Wumm und das Zuknallen. Es war verdammt noch mal egal, dass Wendell Newman seinen Vater verloren hatte. Es steckte ja auch schon in ihm. Sie konnte es sogar auf dem Bild erkennen, aus dem Berglicht auf seiner Kinnlinie, aus der Art, wie er die Hände in die Hosentaschen steckte.

Sie hatte es schon damals gewusst. Und sie wusste es jetzt.

Wendell Newman war der Erbe von allem. Er lebte sogar immer noch in demselben gottverlassenen Trailer. Er hatte seine Wahl getroffen. Er steckte mit Betts unter einer Decke, bewegte sich im selben Teufelskreis, vergiftete Rowdy, wie man ihn selber vergiftet hatte – und stopfte den armen Jungen mit allem möglichen rassistischen, sexistischen, ultrakonservativen Müll voll. Mit gewalttätigem, mörderischem Scheiss. Man musste ihn stoppen.

Sie leerte ihr Glas und füllte es neu. Und Kent hatte gewusst, wo genau Rowdy wohnte, und hatte es ihr verschwiegen. Hatte einfach dort hinter seinem Schreibtisch gesessen und genickt – wie bei all den idiotischen, zornigen Eltern – und gesagt, er habe es ihretwegen getan, aus Rücksicht und weil er sie nicht habe beunruhigen wollen. So ein Scheiss. Sie hatte ihm das Medaillon unter die Nase gehalten und ihm von der Verbindung zu Betts erzählt. Dies sei das Siegel von Betts' Truppe von Verrückten, sagte sie, und Wendell Newman müsse es Rowdy gegeben haben. Tavin sei erst der Anfang. Da braue sich noch mehr Unheil für sie alle zusammen.

Das mindestens hatte Kent nicht gewusst, dachte sie. Nachdem sie es ihm gesagt hatte, stotterte er und machte den Mund auf und zu wie ein Fisch. Sie blieb aber nicht, um die Sache auszudiskutieren oder um abzuwarten, wie er sie anpacken wollte. Sie wusste, wie sie anzupacken war.

Sie goss sich ein drittes Glas ein, goss immer noch mehr ein, bis sie mit Erstaunen sah, dass sie die Flasche geleert hatte und das umgekehrt glockenförmige Glas mit dem blutroten Wein den ganzen Rest enthielt. Sie zog ihr Handy hervor, sah die Nummer nach und rief den Kinderschutz an. Erzählte von dem Jungen und von den blauen Flecken an seinem Handgelenk.

Verl

20?
Wie viele Tage irre ich nun schon durchs Dunkel? Ich bleibe stehen und schätze den Sonnenstand ab und Stunden später tue ich es wieder und bin immer noch nicht sicher. Ich habe den letzten Snickers gegessen aber wann weiss ich nicht mehr. Hab heute nur auf etwas Trockenfleisch rumgekaut. Das schmeckte so gut dass ich es lange im Mund behielt um den Geschmack zu bewahren.

Später
Ich habe einen grossen Knochenhaufen gefunden. Alle möglichen Knochen. Kojote. Skunk. Pferd. Manche die ich nicht kenne. Manche dicker als die grossen Schenkelknochen eines Mannes. Knochen aus denen Kaktus gelbes Gras und Wildrosen spriessen. Ich kann es nicht erklären. Sie sind nicht schneeweiss sondern bleich wie altes Licht. Ein seltsamer Anblick. Ein Wunder.

Später
Ich werde nicht bei diesen Knochen bleiben. Ich gehe weiter in die Berge.

Wendell

Sie trieben das Vieh durch die Laufgänge, die Kälber in den Verkaufspferch und die Kühe in die Korrale. In der rauen frühmorgendlichen Luft brüllten die Kühe eine Weile, weil man sie von ihren Kälbern getrennt hatte, aber schliesslich trotteten sie zum Futterautomaten und begannen die würzige Alfalfa zu malmen.

Wendell arbeitete am Trenngatter. Timmy Meredith, Glens Schwiegersohn, stand mit seinem Lasso am Ende des Gangs, nur für den Fall, dass Wendell versehentlich ein zum Verkauf bestimmtes Kalb in den Korral trieb, was nie geschah, aber Glen sicherte sich gern ab, und Timmy, der einstige Football- und Rodeostar, stand mit Vorliebe einfach herum und tat kaum etwas ausser sein Lasso schwingen und angeben. Glen und der Viehhändler, Babe MacDonald, sahen dem Geschehen vom Ende des Laufgangs zu. MacDonalds Hemd spannte an den Perlmuttknöpfen über seinem Bauch, seine Nase und seine Wangen waren mit geplatzten roten Blutäderchen überzogen. Er hatte einen Stiefel auf die unterste Latte des Verkaufspferchs gestellt, und seine Ellbogen lagen auf der obersten, dicht neben Glens. Die beiden waren nah genug, dass Wendell sie manchmal über dem Brüllen und Stampfen der Herde und dem heftigen Schlagen des Trenngatters hören konnte – diese zwei und den eingespielten Singsang ihres Gesprächs voller Pausen, obwohl sie nie ganz still waren, sondern immerzu nickten, von einem Fuss auf den andern traten, sich kratzten oder spuckten. Sie sprachen über Obama und über die Schweinegrippe und die besten Steakhäuser in Billings. Sie besprachen die Wolfsjagd rauf und runter und die Rezession und so ziemlich alles unter dem niedrigen grauen Himmel ausser den Viehhandel. Aber Wendell wusste, dass sie jedes Kalb aufmerksam musterten, wenn es unter Bockssprüngen in den Verkaufspferch floh. Es war eine Art Tanz, und Glen war der richtige Mann dafür. Wendell wachte lieber über dem Trenngatter.

Freddie Benson war heute mit in die Hose gestecktem Hemd und kurzgeschorenem Haar erschienen. Er hatte die längste Zeit herumerzählt, dass er als Drummer in einer Heavy-Metal-Band spielen werde, darum staunte Wendell nicht schlecht über seine Frisur. Freddie war am Morgen beizeiten angetreten, schüttelte Glen die Hand und nickte Wendell und Timmy zu. Sie hatten miteinander gelacht und herumgekaspert damals in der Highschool, Wendell und Freddie, und Wendell hatte erwartet, dass Freddie noch wüsste, dass er sich für ihn eingesetzt hatte. Aber vielleicht auch nicht. Vielleicht war das alles einfach lange genug her. Wendell hatte das Kopfnicken erwidert und erneut in seine Gesässtasche gegriffen, nach der Dose Copenhagen, die nicht mehr da war.

Jetzt staksten Freddie und Rowdy die staubige Gasse voller Kuhmist hinunter, die um den Verkaufspferch herumlief und bis zum Trenngatter immer schmaler wurde. Ihre Aufgabe war es, die Herde voranzubringen und zusammenzuhalten und keine Bockssprünge oder wilde Fluchtversuche zuzulassen. Wendell hatte gezögert, Rowdy nicht zur Schule zu schicken, aber es war Freitag, und als er den Jungen am Morgen gefragt hatte, hatte Rowdy grosse Augen gemacht und sich schnell seine Arbeitsjeans angezogen. Und er hatte sich auch schon bewährt. Tyler, Timmys Junge, war schon nach zwanzig Minuten müde geworden und ins Haus gegangen, um sich seinen Videospielen zuzuwenden. Rowdy hingegen hatte beim Viehtrieb ausgeharrt, trotz der Kälte und dem beissenden Staub, den grünen Mistfontänen und dem Brüllen und Geifern der glasäugigen Kälber. Rowdy hielt einen Drahtring in der Hand, an dem alte Blechdosen hingen. Von Zeit zu Zeit schüttelte er ihn kräftig, und das Vieh in der Gasse drängte sich noch dichter zusammen. Wendell schlug das Gatter hüben und drüben zu und trennte die hindurchströmenden Kühe und Kälber, und über den Lärm erhob sich das heisere Klappern der Blechdosen des Jungen.

Dann waren sie mit dem Trennen fertig und trieben die Kühe hinaus, die wieder muhten, doch das Muhen erstarb, als die Kühe das fette Gras auf den umliegenden Weiden fanden. Nun machte Glen die Waage in der Südwestecke des Verkaufspferchs bereit, und Babe schielte ihm über die Schulter und nahm selber Mass. Der Korral war ein grosses Viereck mit abgerundeten Ecken, was bedeutete, dass es keine natürliche Möglichkeit gab, die Kälber zur Waage zu schleusen. Sie waren inzwischen rotäugig und gewitzt, mit schäumenden Mäulern und Nüstern. Der Wind legte einen Zahn zu, und Staub und Strohwische wirbelten durch die Luft. Wendell schickte Rowdy auf die linke Seite des Pferchs und Freddie mit seinem Viehstock auf die rechte, während er und Timmy in der Mitte gingen, und alle vier klatschten im Takt in die Hände, redeten den Kälbern gut zu und trieben sie auf der Westseite des Pferchs zusammen.

Timmy liess das Ende des Lassos auf sein Stiefelleder knallen, Rowdy klapperte mit seiner Dosenschnur, und zusammen trieben sie die Kälber zur Waage. Die ersten paar drängten hinein, und ihre Hufe dröhnten laut und hohl auf den Bodenbrettern der Waage, und als Wendell durch die Zähne pfiff und in die Hände klatschte, folgte ein weiteres gutes Dutzend, und Glen schob das Metallgatter hinter ihnen zu. Wendell trug Freddie, Timmy und Rowdy auf, die übrigen Kälber an Ort und Stelle zu halten, dann machte er einen Bogen, um Glen an der Waage beim Zählen zu helfen. Weil die Kälber dort Nase an Hinterteil so dicht gedrängt nebeneinanderstanden, verzählte man sich leicht. Wendell zählte und wartete, bis Glen und Babe fertig waren. Sie waren alle auf gleich viele gekommen – siebzehn insgesamt –, und sie wogen die Tiere, öffneten auf der anderen Seite der Waage das Gatter und liessen die gewogenen Kälber in die Viehgasse stürmen.

Es dauerte eine Weile, bis ein Trupp um den andern gezählt und gewogen war, und Wendell hielt wie üblich ein Auge auf Rowdy. Der Junge behauptete sich und rasselte mit den Dosen an seiner Schnur. Auf Wendells anderer Seite hingegen zwirbelte Timmy sein grossartiges Lasso und sang ein paar Liedfetzen. Glen an der Waage öffnete einem weiteren Trupp das Gatter, und sie riefen alle hü, hü, hüü, und als Glen das Gatter schon zuschieben wollte, brachen drei grosse Anguskälber vom letzten Winter zwischen Freddie und Timmy durch. Timmy stand nur grossäugig da, und sein Lasso klatschte in den Staub. Freddie drehte sich auf dem Absatz um und jagte ihnen nach. Eines der galoppierenden Kälber krachte in den Zaun auf der anderen Seite des Korrals. Sein Schädel schlug gegen die Latten. Die anderen beiden machten jäh in einer Staubwolke kehrt und stürmten mit gesenkten, wiegenden Köpfen zurück – geradewegs auf Rowdy zu.

Timmy und Glen schrien, Freddie bückte sich und bewarf die Kälber mit trockenen Kuhfladen, um sie aus dem Tritt zu bringen, und Wendell spurtete los. Rowdy hörte den Aufruhr, drehte sich um und nochmals um und sah schliesslich die Kälber. Als die Angst schon das Gesicht des Jungen verzerrte, bekam Wendell ihn unter den Achseln zu fassen und schwang ihn aus dem Weg.

Die Kälber stampften vorüber, und ein ausschlagender Hinterhuf traf Wendell am Oberschenkel. Er fiel auf die Knie, und seine Arme umschlossen Rowdy noch immer fest. Einen Moment lang blieben sie im Staub und Dung regungslos liegen, und ihre rasenden Herzen klopften dicht an dicht, bis Wendell sich entspannte und in die Hocke ging. Den Jungen auf die Füsse stellte.

»Alles klar, Kumpel? Bist du in Ordnung?«

Rowdys Hände um Wendells Schultern waren leicht und zittrig, aber er sah ihm ins Auge und nickte.

»Gut so. Ich nehme nicht an, dass mein Bein blutet. Ich denke, wir sind beide okay.«

Wendell stand auf und griff nach der Rückseite seines Oberschenkels. Kein Blut, aber bestimmt hatte er sich grün und blau geschlagen.

Die beiden ausgebrochenen Kälber waren blitzschnell in die Herde gefahren und hatten sie auseinandergetrieben. Die Kälber waren inzwischen über den ganzen Korral verstreut, und Freddie und Timmy verfolgten sie und fuchtelten mit den Armen, als ob ihnen das Eindruck machen würde.

Glen kam herbeigeschnauft. Er zauste Rowdys Haar und klopfte Wendell auf die Schulter. Rowdy atmete heftig, und Wendell hielt den Jungen immer noch umfasst, aber ganz leicht.

»Verflucht. Wenn ihr Jungs ringen wollt, hättet ihr euch ein paar kleinere Kälber aussuchen können. Alles in Ordnung?«

Wendell bejahte es. Und Rowdy schluckte und nickte.

»Hätte meine beiden besten Cowboys höchst ungern in letzter Minute noch verloren.«

Glen winkte Timmy und Freddie, die beide immer noch durch die Gegend schossen.

»Wenn ihr euch aufgerappelt habt, wie wär's, wenn ihr diese Lümmel wieder auf Trab bringen würdet. Wir müssen noch mehr Kälber wiegen.«

Sie arbeiteten die Mittagspause durch und wurden am Nachmittag fertig, als die niedrige graue Wolkendecke eben ausdünnte und brach und Winterlicht herabgeregnet kam. Sie machten ihre letzte Zählung, addierten die Zahlen auf und öffneten die Tore, dann trieben sie die Kälber in der anderen Richtung die Gasse hinunter, die Laderampe hinauf und in Babes grossen silbrigen Viehwagen. Babe stellte Glen einen Scheck aus, und Glen faltete ihn und schob ihn in seine Hemdtasche, ohne ihn eines Blickes zu würdigen. Dann gaben sich die beiden Männer die Hand, und der Verkauf war besiegelt. Als der Viehwagen abfuhr, grinste Glen, klatschte sich seinen Cowboyhut gegen den Schenkel und sagte, es sei Essenszeit.

Carol und Rochelle, Timmys Frau, hatten zwei Klapptische in den Hof gestellt und mit Platten voll Roastbeef und Kartoffelpüree und gekochter grüner Bohnen mit Schweinshaxen beladen, dazu ein paar Laibe Weissbrot und eine Schale Butter. Die Männer stellten sich an und füllten ihre Teller, und nach dem Essen zog Glen ein paar Kühlboxen mit Limonade und Bier hervor. Sie blieben alle noch da und tranken und redeten, nur Freddie ging gleich nach dem Essen, was Wendell erneut überraschte, denn da verzichtete Freddie ja auf Freibier.

Wendell schlug ein Budweiser auf und reichte Rowdy eine klare Glasflasche mit Erdbeerlimonade, die Rowdy unaufhörlich in den Händen drehte, während er über die kühlen, tropfenden Rundungen staunte. Glen kam herüber, steckte Wendell fünfzig Dollar extra zu und überreichte dann Rowdy mit viel Tamtam einen steifen neuen Fünfdollarschein. Rowdy nahm den Schein, faltete ihn und stopfte ihn in seine Hemdtasche, worauf er die Finger zum Handschlag ausstreckte, wie er es bei Glen und Babe gesehen hatte. Glen lachte laut auf. Er sagte zu Rowdy, aus ihm werde einmal ein tüchtiger Rancher werden, und er nahm die Hand des Jungen und schlug kräftig ein. Wendell lehnte sich in seinem Klappstuhl zurück und lächelte. Selbst dass Timmy ihn schnitt, kümmerte ihn kaum. Es war alles gut gelaufen. Zu Beginn der Woche war noch rauer, schmutziger Schnee gefallen, aber an diesem Tag – dem 2. Oktober – funkelte das Licht hell wie ein Zehncentstück und war fast warm.

Wendell schnappte sich ein Bier für unterwegs und noch eine Flasche Erdbeerlimo für Rowdy, und auf der Heimfahrt war das Licht meilenweit scharf und klar, und die Berge waren so dunkel und blau und bizarr wie nur je. Kühler Wind sickerte durch die offenen Fenster herein. Wendell hatte es nicht eilig. Es war schön, durch die Berge zu fahren und am Bier zu nippen und von Zeit zu Zeit eine Begebenheit des Tages aufzugreifen mit Rowdy, seinem Jungen. Wendell hatte immer öfter genau so gedacht: *Er ist mein Junge.* Sie hielten vor dem Trailer an, und weil sie beide noch nicht gleich ins Haus gehen und aufräumen wollten, liess Wendell die Heckklappe seines Chevy herunter, und dort sassen sie mit baumelnden Beinen und nippten an ihren Getränken. Wendell stützte sich auf die Ellbogen, um den Himmel besser betrachten zu können. Er führte das Budweiser an die Lippen für den letzten Schluck und verstaute die leere Flasche im Zwanziglitereimer voller Dosen und Flaschen hinter dem Radkasten, legte sich dann auf die Ladefläche und verschränkte die Finger hinter dem Kopf.

»Das ist ein Anblick. Ein Anblick für Götter.«

Rowdy schwang sich jetzt auch hoch und legte sich so hin, dass er Schulter an Schulter mit Wendell war. Er schielte ratsuchend zu seinem Onkel hinüber, faltete die Hände hinter dem Kopf wie dieser und begann seinerseits zum Himmel hinaufzustarren. Auf die hohen Schleierwolken.

So lagen sie lange dort, die Stahlrippen der Ladefläche hart und kalt unter ihren Knochen, die Schiffchenspitze aus Wolken und Licht leuchtend hell über ihnen, und über allem das Stöhnen der ausgetrockneten Bäche und gelben Hügel, der Berge nahe am Winter – säuselnder Wind und dürres Gras, das Knistern trockener Nadeln, schäckernde Elstern und flötende Stärlinge. Sie hatten vielleicht gar eine Weile geschlafen. Wendell war sich nicht sicher. Einige Minuten später schlug er die Augen auf und erkannte den Himmel, natürlich, und das Licht und seinen Jungen, Rowdy, dicht neben ihm.

Er stützte sich auf einen Ellbogen und legte dem Jungen die Hand auf die Brust. »Ob wir wohl Feuer machen sollten? Was meinst du? Dieses Mädchen kommt heute wieder, Maddy. Die dir das Pinguinbuch geschenkt hat. Wenn es mal dämmerig wird, ist es kalt, und ich hatte mir gedacht, ein Feuer zu haben wäre nett.«

Rowdy blinzelte und setzte sich auf. Dann sprang er von der Ladefläche hinunter.

Wendell blieb die ganze Zeit sitzen und sah den Jungen eben noch im nahen Wald verschwinden und sich nach Reisig bücken.

»Ich nehme an, das ist ein Ja.«

Er lächelte und streckte sich und schwang sich vom Wagen. Aus dem Schuppen holte er die Gartenstühle und stellte sie aufgeklappt um den Feuerring, dann rollte er einen Baumstrunk herbei, weil er sich dachte, Rowdy würde das besser gefallen als ein Stuhl. Im Haus seines Grossvaters hatte ein Holzofen gestanden, der aber, soweit Wendell sich erinnern konnte, nie in Gebrauch gewesen war, und auf der Veranda war immer noch ein gutes halbes Klafter Rotzedern- und Kiefernholz aufgeschichtet, neben dem Hort der Knochen, die

Wendell zusammengesucht hatte, als er ein Junge war. Er schleppte ein paar Armvoll Holz herüber, leichte, trockene Scheite, ohne die blauen Flecken und Frassspuren von Borkenkäfern kreuz und quer im Holz. Alles, was man heutzutage schlug, war fleckig und zernagt, und es gab anscheinend immer mehr Käfer jeden Sommer, und sie begannen immer früher im Jahr zu fressen und blieben im Herbst immer länger. Von jedem Kamm der Bull Mountains sah man inzwischen Wälder, in denen die orangefarbenen Nadeln der von den Käfern zerfressenen Kiefern aufblitzten. Wenn der Wind stark wehte, konnte man sie bersten hören, als müssten sie heftig niesen. Wie alt dieses gute Holz in seinen Armen wohl war? Wer hatte es geschlagen? Und woher in den Bergen war es gekommen? Wie mächtig waren wohl damals all diese Bäume, die auf den Bergrücken standen? Wendell liess die Last fallen und wischte sich Holzstaub und Rinde von Brust und Armen. Er dachte flüchtig an seine Zeilen am Ende des Stücks, als Macbeths Bote, lange nachdem Banquo umgebracht worden war: *Als ich den Wachtdienst auf dem Hügel tat – / Ich schau nach Birnam zu, und sieh, mir deucht, / Der Wald fängt an zu gehn.* Das tat er inzwischen. Fiel um sie herum zusammen.

Wendell kniete sich hin, um den unordentlichen Haufen zu schichten. Als er hinter sich etwas hörte, warf er einen Blick über die Schulter und erwartete, Rowdy zu sehen. Doch da stieg eine langgezogene Staubwolke von der Strasse auf. Das ist sie, dachte er und lächelte. Er hastete zum Trailer, wusch sich die Hände, Gesicht und Nacken und zog sich eine bessere Jeans und ein sauberes Hemd an. Er hätte auch gern geduscht, aber ein sauberes Hemd musste reichen. Auch wenn die Stelle hinten am Bein, wo er getreten worden war, spannte, fühlte er sich insgesamt leicht und kräftig. Furchtbar nervös, aber gut. Luft strömte in seine Lungen und wieder hinaus. Er stiess die Trailertür auf.

Und da war Maddy tatsächlich, sie stand zwischen ihrem Wagen und der geöffneten Tür auf der Fahrerseite, und ihr Haar war so lang und schwarz, wie er es in Erinnerung hatte. Der Himmel droben goss ein Meer von Licht aus, und der Wind roch nach Amaranth und Kiefer. Verstörend fand er jedoch, dass Maddy mit dem Rücken zu ihm stand und zusah, wie zwei Pick-ups, ein Diesel und ein S-10[42], direkt hinter ihr anhielten.

Verl

21?
Nicht mal so viel unter dem Gefrierpunkt. Und trotzdem so kalt. Verdammt. Wie gerne hätt ich ein Feuer. Ich kann kein Feuer haben. Sie sind hinter mir her. Ich tu Folgendes. Ich grabe so tief ich kann nicht sehr tief denn da kommen bald Wurzeln und Fels aber egal ich verkriech mich darin wie ein alter Bär und deck mich mit Sand und Blättern und Nadeln zu. Das hilft. Ein wenig.

Der Fels ist hart unter mir und gibt mir ein wenig von meiner Wärme zurück. Wenn es nur gegen den Wind helfen würde. Die Bäume in diesem trockenen Land sind dürr wie Strassenköter und der Nachtwind schrammt über mich wie ein stumpfes Messer und fährt die Knochen hinunter.

Tut mir leid wegen meinem Gejammer. Ich sollte nicht klagen. Ich bin gottverdammt selber schuld. Ich hätte mehr Klamotten mitbringen sollen. Mehr Essen. Hätte den Hirsch da nicht schiessen sollen. Hätte so viel nicht tun sollen.

Nahm diesen Wolfszahn als wäre der wichtig.

Später
Ich glaube wir würden jetzt auskommen. Die Wölfin und ich. Es wäre schön sie heulen zu hören unter dem

fetten Mond wenn auch ich unter dem Mond vergraben bin. Und mein Bauch heult.

Später
Ihr Zahn an meiner Kehle. Wie lang ihre Klauen sind.

Gillian

Sie träumte in dieser Nacht, dass sie in den Chisos in Texas wanderten, sie und Kevin, auf dem Südrandweg, der von der Hochlandwüste immer höher in subalpinen Wald und von dort in alpines Grasland führte, bis sie am Rand standen und hundert Meilen oder noch weiter südlich über die Badlands von Mexiko blicken konnten. Wann immer möglich wanderten sie Seite an Seite, Hand in Hand oder Schulter an Schulter. Und manchmal ging er voran. Oder sie. Sie kannten sich beide aus und liebten diesen Weg im Big Bend und all das Schöne und Überraschende dieser roten Wüstengegend.

Allerdings wurde, wie es im Traum oft geschieht, dieser vertraute Weg immer gewundener, dunkler und verworrener. Auf einmal war sie auf den Knien und kroch durch Wacholder und Wüstenweiden. Sie mussten ihre Trinkflaschen auffüllen, und sie war sicher, dass dieser Weg zum Bach führte. Aber als sie dort ankamen, war der Bach zu einer kreidigen Rinne aus Sand und Kies vertrocknet, und der Junge, Rowdy Burns, sass da zwischen den Steinen. Man konnte nicht anders, als ihn aufzuheben. Er wog fast nichts. Und eigentlich fühlte sie sich leichter, als sie den Weg wieder hinaufstieg, als könnte sie mit dem Jungen im Arm von jedem Felsvorsprung abheben und fliegen.

Wir müssen ihm helfen, sagte sie.

Kevin schüttelte den Kopf. Ihm fehlte der Kiefer, den man ihm weggeschossen hatte.

Oh, Kevin, sagte sie, *das habe ich ganz vergessen. Tut mir leid. Hier, ich setze ihn hier ab. Jemand wird schon vorbeikommen.*

Kevin zuckte die Schultern und knickte ein. Sie griff nach ihm, als er zusammensackte und sich im Wind auflöste. Seine sandige Asche rann ihr durch die Finger. Sie rieb sich seinen Staub über das Gesicht bis tief in die Augen. Jetzt wusste sie nicht mehr, wo Rowdy geblieben war. Sie ging den Weg zurück, auf dem sie gekommen waren, den Abhang hinunter, und sah plötzlich weiter denn je, meilenweit durch Rippen und Rinnen mitten ins Herz der rotschwänzigen Hirsche und Eidechsen, und auf einmal erblickte sie jemanden, der da mit Rowdy wanderte und nach seiner Hand griff. Dieser Jemand war gross und gertenschlank.

Maddy. Es war Maddy.

Maddy!

Gillian erwachte schweissgebadet, ihr Herz eine hämmernde Blutpumpe, und jeder wilde, panische Schlag dröhnte auf den Gong ihres Kopfes. Sie stolperte ins Badezimmer, schluckte drei Aspirin und trank ein Glas Wasser. Zitternd lehnte sie am Waschbecken und atmete tief. Trank noch mehr Wasser. Staub schwamm im schwachen Licht des bereiften Fensters, und die Stäubchen machten Loopings und zogen Achter.

Auf der Küchentheke lag ein Zettel von Maddy: *Pizza heute Abend mit den Leuten von der Benefizaktion. Es wird spät. Vielleicht zehn oder elf? Hab dich lieb, M.*

Sie musste gestern Abend eingeschlafen sein, bevor Maddy nach Hause kam – Gott sei Dank hatte sie genug Verstand gehabt, sich in ihr Schlafzimmer zu verziehen –, und hatte ihre Tochter auch heute Morgen verpasst. Eigentlich hatte sie sie schon seit Tagen nicht mehr gesehen. Und was für ein Tag war heute? Gillian packte Maddys Telefon, das sie auf der Mikrowelle liegengelassen hatte, und erweckte es zum Leben: Freitag, 2. Oktober, 11:17. Eine heisse Welle der Scham überrollte sie. Sie erinnerte sich, wie sie schwankend in der Küche gestanden hatte, wo der Wein längst alle und Maddy immer noch nicht zu Hause war; wie sie nach dem Wodka im Vorratsschrank gegriffen und einen tüchtigen Schluck direkt aus der Plastikflasche genommen hatte. Weisse Sterne waren in ihrem Kopf explodiert.

Eine Weile wanderte sie einfach in ihrer Unterwäsche im Haus herum und fühlte sich furchtbar. Sie dachte daran, sich krankzumelden, aber dafür war es schon zu spät. Kent sprang vielleicht für sie ein. Sie setzte sich an ihren Computer, und das Gleissen des Bildschirms stach ihr in die Augen und jagte ihr den Schmerz wie scharfe Splitter durch den Schädel. Sie atmete tief und schwer, aber da war nur Schmerz und noch mehr Schmerz und Scham. Sie würde es einfach ertragen müssen.

Sie machte die Augen auf und gab die Namen ein. Über Rowdy Burns war nichts zu finden. Und die einzigen Artikel, in denen Wendell Newman vorkam, waren sechs bis sieben Jahre alt und drehten sich alle um Highschool-Basketball – *Das kleine Delphia auf dem Sprung in die Elite* –, obwohl sie dann keinen Hinweis darauf fand, dass Delphia sich wirklich für die staatsweite Meisterschaft qualifiziert hatte, was sie zunächst freute und dann betrübte. Es gab über hundert Schulen in Montanas Kategorie C, der Bezeichnung für die kleinsten Highschools, die meist ländlich und abgelegen waren. Unter diesen waren nicht viele noch kleiner als Delphia, das in den meisten Jahren nur zwanzig bis fünfundzwanzig Schüler an der gesamten Highschool hatte. Hätte das winzige Delphia das Rennen gemacht und ein, zwei Spiele gewonnen, hätte sich Gillian umso mehr über die absurde Ungerechtigkeit empören können, dass Wendell Newman so viel Glück gehabt hatte, und in ihrem eigenen Empfinden der moralischen Schieflage der Welt schwelgen mögen, so wie sie damals zugleich am Boden zerstört und wie elektrisiert war von George W. Bushs absurder Behauptung, Kohle sei sauber oder man sei dabei, den Krieg im Irak zu gewinnen. Sie starrte die aktuelle Schlagzeile der *Billings Gazette* an: Da klagte irgendein Bezirkskommissar gegen die Obama-Regierung wegen ihrer Umwelterlasse.

Gillian wuchtete sich hoch. Sie brauchte ein Glas Wasser und trank es aus. Das Wasser rann ihr kühl und angenehm durch die Kehle und war kalt im Bauch – sie füllte das Glas noch mal. Aus dem Fenster über dem Spülbecken sah sie das Hündchen der Nachbarin mitten im Garten hinter dem Haus sitzen; es starrte sie an und zitterte vor kleinhündischer Wut. Sie hasste dieses Biest. Sie nahm einen grossen Schluck Wasser und wandte sich ab vom Fenster, worauf der Hund – Bitsy hiess er – in ein ersticktes Gebell ausbrach und jeder hohe Kläfflaut Gillians Schädel durchbohrte.

Wieder setzte sie sich an ihren Computer. Gemeinheit, Ignoranz und Dummheit hatten ihn ihr genommen, und daran liess sich nicht rütteln. Trotzdem fühlte sie sich einer besseren Welt verpflichtet, auch wenn es hiess, dass sie die gegenwärtige beklagen und sich dagegen auflehnen musste. Sie suchte erneut, diesmal bloss nach *Newman* und *Montana*. Einige Milizseiten erschienen, die sich alle auf den Vater und Mörder bezogen, Verl. Gillian scrollte weiter – diese Geschichte kannte sie zur Genüge – und klickte auf einen Beitrag über eine gewisse Lacy Newman, die vor ein paar Wochen hier in Billings wegen Drogenbesitzes, Kindeswohlgefährdung und Vernachlässigung verurteilt worden war. Ein Foto illustrierte die Meldung – von einer dünnen Frau im Hosenanzug im Vordergrund, der das schmutzige blonde Haar über den gesenkten Kopf fiel und das Gesicht halb verdeckte, und im Hintergrund rechts, in den körnigen, verpixelten Schatten des Gerichtssaals, stand ein glattrasierter, schlank wirkender Mann. Er starrte das Mädchen an, seinen Cowboyhut aus grauem Filz in den Händen.

Wendell Newman.

Sie ging joggen und zwang sich, die Strasse hinaufzulaufen, die zu den Wegen unter den Rimrocks führte. Ihr Atem kam stossweise. Ihr Herz vibrierte und bebte. Schnaps und saurer Wein dünsteten aus ihren Poren. Sie verlangsamte nicht einmal den Schritt, als sie vom Gehsteig auf den staubigen Pfad hüpfte, und schaffte es über die erste Anhöhe, dann blieb sie stehen, stützte die Hände auf die Knie und würgte. Es kamen bloss Galle, Wasser und kreidiges Aspirin, und alles tropfte auf die blaugrauen Blätter und holzigen Stängel eines Beifussstrauchs hinunter. Danach fühlte sie sich besser und lief fast vier Meilen weit, bis zur Shiloh Road hinunter. Ihre Kopfschmerzen waren weg, und ihr Herz hatte sich trotz der Anstrengung etwas beruhigt. Sie wäre jetzt für ihren samstäglichen Lauf mit Maddy bereit, dachte sie, als sie mit hinter dem Kopf verschränkten Händen den Rückweg antrat. Bereit für das Rennen mit ihrer Tochter.

Wieder zu Hause, ass sie einen Weizentoast mit Erdnussbutter und trank noch ein Glas Wasser. Sie rief Kent an und erwischte die Mailbox. Sie sagte, sein Umgang mit Rowdys Situation habe sie verstört, entschuldigte sich aber, dass sie der Arbeit ferngeblieben war. Das sei alles so plötzlich gekommen und habe sie zurückgeworfen an Orte, die sie schon länger nicht mehr aufgesucht habe. Sie müsse sich zusammenreissen, aber am Montag sei sie zurück.

Sie goss sich Orangensaft ein und trank, um dann festzustellen, dass sie nachgegeben hatte und sich auf dem Weg nach oben befand, wo sie in ihre Kammer trat und die kleine Holztür aufschloss, die zum Dachboden führte. Sie kletterte die Leiter hoch, stützte sich dabei an der Decke ab und betrat die Dachbalken, sogleich von warmer, stickiger Luft umgeben. Sie schob ein, zwei Kisten und eine blaue Plastikbox mit Maddys alten Spielsachen beiseite, und da waren sie: Kevins Gewehre, in Abfallsäcken verstaut.

Wieder unten, legte sie sie auf ihr Bett und packte sie aus. Er hatte seine Sachen immer gut gepflegt – eine Gewohnheit aus seiner Zeit auf der Ranch, wo man sich mit dem begnügen musste, was man hatte, wie er immer sagte –, und seine Gewehre waren immer noch schön, das Holz glänzte, und der Stahl war blauschwarz und blank. Sie hob das kleinste, eine .22er, an ihre Schulter, wie er es ihr beigebracht hatte, starrte den Lauf hinunter aus dem Fenster und nahm ein gelbes Ahornblatt aufs Korn, das die Strasse hinunterwehte. Dann legte sie das grösste Gewehr, die .30-06er, an, eine Büchse für die Wapitijagd. Auch damit hatte sie schon geschossen. Er hatte sie zuerst in der Hirschjagd trainiert, aber im Winter, in dem Maddy drei wurde, waren sie in den Bulls zusammen auf Wapitijagd gegangen, auf Glen Hougens Land. Sie waren fast einen Tag lang unterwegs ohne

Sichtungen. Dann trafen sie spätnachmittags auf vier Wapitikühe, die im flachen Licht des Sonnenuntergangs grasten. Kevin überliess ihr den ersten Schuss – auf eine gute Distanz, knapp unter hundert Yard, und die Wapitis grasten gemächlich –, und sie traf eine grosse Kuh. Als sie über dem Tier standen, bot Kevin ihr lächelnd einen Schluck aus seinem Flachmann an. Der Whiskey rann ihr siedend heiss durch die Kehle, und während der Himmel in wechselnden Rottönen leuchtete, knieten sie nieder und weideten die Wapitikuh aus. Dann wartete sie bei ihrer Beute, während Kevin den Wagen holen ging. Der hohle Bauch des Tiers dampfte in der kalten Luft, und der Wind zauste das welke Gras. Der Himmel verdunkelte sich. Sie wartete lange, aber schliesslich hörte sie das Motorengeräusch, Scheinwerfer tanzten in der Nacht, und sie wusste, dass Kevin sie holen kam.

Gillian zielte jetzt auf Bitsy, die, jeden Muskel angespannt, neben dem Zaun sass und auf Passanten wartete. Sie drückte ab. Der Verschluss knackte trocken.

Sie duschte, kroch nackt ins Bett und döste, ohne zu träumen oder sich auch nur im Schlaf zu rühren; dunkel und still lagen die Gewehre neben ihr. Als sie erwachte, fühlte sie sich zum ersten Mal seit Tagen richtig ausgeruht. Es war fast fünf Uhr nachmittags. Sie konnte etwas Schönes kochen für sich und Maddy, deren Ankunft sie jeden Moment erwartete. Sie warf ein paar ihrer letzten Gartentomaten, aromatische Golden Cherries, mit Olivenöl, Knoblauch und ein paar Salbeiblättern in eine Pfanne. Sie kochte Linguine und mischte das Gemüse mit etwas salzigem Nudelwasser darunter, dann wurde alles in der Gusseisenpfanne unter Rühren angebraten. Erst als sie die Pasta auf Teller gegeben und einen Rucolasalat mit Balsamicodressing als Beilage vorbereitet hatte, fiel ihr ein, dass Maddy gar nicht heimkommen würde zum Abendessen.

Sie kippte einen Teller in eine Tupperdose und stellte sie in den Kühlschrank, dann trug sie den zweiten mit einem Glas Wasser – Wein gab es zum Glück nicht mehr im Haus – auf die hintere Veranda, wo sie sich in den abendlichen Schatten setzte. Zur Unterhaltung drehte sie die Aussenlautsprecher auf: Im Yellowstone Public Radio lief *All Things Considered.* Wieder einmal Obamas geplante Gesundheitsreform, die anhaltende Gewalt im Irak und sogar eine Erwähnung der kommenden Wolfsjagd in Montana, der ersten dieser Art im Land.

Ein Kolibri mit schillerndem Brüstchen kam herangeschwirrt und schwebte beim Futterspender in der Luft. Sie konnte sich nicht erinnern, wann sie ihn zuletzt befüllt hatte, was bedeutete, dass Maddy sich, obwohl sie in der Schule so beschäftigt war, die Mühe genommen haben musste, Zuckerwasser aufzukochen und den Spender nachzufüllen. Maddy hatte Vögel schon immer gemocht, lange vor dem fabelhaften Naturkundeprojekt bei Two Moon. Schon als sie noch klein war, hatte sie begeistert auf Elstern und Rotflügelstärlinge gezeigt und war verstummt, wenn Falken und Adler hoch droben am weissen Himmel kreisten. Gillian rollte die Nudeln auf ihre Gabel auf und dachte daran, wie zurückhaltend und zerstreut Maddy in diesem vergangenen Monat gewesen war – ruhig und zurückgezogen, spät zu Hause, und die ganze Zeit vergass sie ihr Telefon. Vielleicht war es nur etwas Abschlussjahrkoller oder, wie Kent angedeutet hatte, eine späte Rebellion, die sie noch guthatte. Trotzdem musste sie es irgendwie einrichten, mehr Zeit mit ihrer Tochter zu verbringen. Vielleicht könnten sie an einem der nächsten Wochenenden wieder einmal nach Two Moon radeln oder, noch besser, sich in die Beartooths aufmachen. Feldstecher und Führer mitnehmen und ein wenig Vögel beobachten.

Die Sonne beschloss ihren Bogen, setzte der Stadt Lichter auf und liess die fernen Berge aufflammen; von Minute zu Minute wurde die Luft frischer. Gillian ging einen Pullover holen. Als sie zurückkehrte, hatte der Sender zu den Lokalnachrichten gewechselt. Sie ass ihre Nudeln auf und nahm einen Schluck Wasser, da blieb ihr etwas in der Kehle stecken. Sie hustete. Was hatten sie da eben gesagt?

Gillian hustete und hustete und verschüttete ihr Wasser. Was sollte das heissen, ein »Vorfall« in Delphia, Montana? Sie stand da und wollte ihren Stuhl zurückschieben, warf ihn aber um, und der Kolibri am Futterspender schwirrte auf und flog davon.

Verl

23?

Ich erwache im Dunkeln und es ist gottverdammt kalt. Ich möchte aufstehen und mich bewegen um warm zu werden aber ich brauche Schlaf. Ich will keine Fehler machen. Ich sage der Himmel ist eine Schüssel aber dann sind unten und oben verkehrt. Wie sieht er aus? Der Himmel? Der Sichelmond wie ein Wolfszahn. Die kalten Sterne kein Salz oder Zucker sondern aufgerissene Löcher. Vom Wolf gerissene Löcher.

Wendell

Die Pick-ups liefen eine Weile leer, das Diesel-Quad-Cab tuckerte, und der Chevy S-10 winselte, dann hörte das Rumoren auf, die Türen beider Autos flogen auf, und die Männer kletterten heraus. Die drei im S-10 hielten sich zurück und bezogen hinter den weitgeöffneten Türen Stellung. Die anderen vier rückten ihre Hüte, Holster und Gewehre zurecht und traten vor. Betts führte sie an. Er trug schwarze Stiefel und Tarnhosen, ein grünes Langarmshirt, eine braune Weste, schwarze Sonnenbrille und Baseballkappe in Tarnfarbe. Er hielt kein Gewehr in der Hand, aber im Brustholster steckte eine schwarze Pistole und an der Hüfte ein Messer mit schwarzem Griff. Wie an der Leine ging Freddie Benson drei knappe Schritte hinter Betts, er trug immer noch seine Arbeitskleidung, die Knie und Manschetten voller Kuhmist und Staub. Freddie trug eine zerkratzte, unpolierte .30-30er mit offenem Visier, und Wendell empfand trotz der Umstände etwas wie Mitleid für ihn und wünschte, er würde nicht so auffallen. Er wusste jetzt, warum Freddie am Nachmittag das Bier ausgelassen und ihm am Morgen nicht einmal die Hand gegeben hatte. Vor all den Jahren, als sie für *Macbeth* probten, hatte Wendell es auf sich genommen, mit Freddie seine Rolle zu üben, und tatsächlich wusste Freddie einmal seine Zeilen noch, aber nur bei der Hauptprobe und nur dieses eine Mal.

Daniel McCleary flankierte Betts auf der einen Seite. Als Stadtkind, das er war, hatte McCleary vermutlich sein Leben lang nie auf einem Pferd gesessen, trotzdem war er mit Stiefeln, Jeans, Westernhemd, schwarzem Stetson auf dem Kopf und Sechsschussrevolvern an der Hüfte ausstaffiert, die wahrhaftig einen perlverzierten Griff hatten. Toby Korenko, ohne Hut und einen Kopf grösser als alle andern, stand weiter hinten beim S-10, mit zwei Männern, die Wendell nicht erkannte. Toby hatte schliesslich die letzten Parzellen der Ranch seines Vaters verloren und war erst vor einem Jahr mit Starla in einen Trailer in Delphia umgezogen, wo er Hauswart an derselben Schule wurde, von der er und Wendell vor noch nicht allzu langer Zeit abgegangen waren. Toby hätschelte eine AR-15[43], und bei seinem Format – tellergrosse Hände und Unterarme so dick wie Kiefernstämme – sah die Waffe tatsächlich wie ein Kinderspielzeug aus.

Es war ein so absurdes, lächerliches Bild, dass Wendell beinahe herausgelacht hätte. Er war leichtsinnig vom Bier, glücklich wegen des Lichts, das durch die hohen, dünnen Wolken herunterströmte, und noch glücklicher, dass Maddy hier war. Und Betts, Freddie, Daniel und Toby kamen ihm richtig einfältig vor – in ihrem Ernst, ihrem theatralischen Auftreten und der schwachsinnigen Aufmachung.

Aber das Lachen vertrocknete zu Griess in seinem Mund, als er auf Betts' anderer Seite die vierte Gestalt auf sich zukommen sah, ohne Eile und so selbstsicher und ernst wie die anderen. Es war Tricia Wilsons Sohn, der pummelige Junge mit den hängenden Schultern, dessen Namen Wendell nicht mehr wusste. Er hielt eine halbautomatische schwarze Waffe mit Pistolengriff und Laufgewinde in der Hand.

Zwischen Wendell und den Männern stand Maddy noch immer im V ihrer geöffneten Autotür und hatte die Hände in ihr Halstuch verschlungen. Sie wandte sich von den Männern zu Wendell. Und wieder zurück zu den Männern. Sie hatte vermutlich noch nie Männer wie diese gesehen. Und vermutlich auch noch nie so viele Waffen. Wendell wollte etwas sagen und sie beruhigen, aber dann hielt er inne. Er suchte die nahen Bäume ab, den ausgetrockneten Bach nördlich des Hauses und die Hügel und Senken im Süden. Wo war Rowdy? Wo war sein Junge? Er schluckte und griff nach seiner Gesässtasche, suchte wieder die Copenhagen-Dose, die nicht mehr da war.

Betts trat vor. »Wie geht es dir heute Abend, Wendell?«

Wendell zog die Hand aus seiner leeren Hosentasche. Sah Maddy an und dann Betts. »Ich bin verwirrt, kann man sagen.«

Betts glättete seinen Schnurrbart, und seine Mundwinkel verzogen sich zu einem Grinsen. »Dann kann ich die Sache vielleicht klären«, sagte er.

Wendell hatte Rowdy erwartet, wie er die Arme voll Holz den Hügel heruntergestürmt kam. Er hatte erwartet, Maddy an der Hand zu nehmen und ihr das blaue Panorama vom Berg zu zeigen und wie die Wiesenstärlinge ihre Köpfchen zurückwarfen und ihr Lied das trockene Bachbett auf und ab schmetterten, hatte sie zur Feuerstelle führen, ein Streichholz an die schlanksten Ästchen halten und zurücktreten wollen, um das Spiel von Flamme und Schatten auf ihrem Gesicht und auf Rowdys zu beobachten und sich von Wärme und Staunen erfüllen zu lassen. Aber jetzt hatte ihn jenseits all dessen, was er erwartet oder je gewünscht, erhofft oder befürchtet hatte, dieses Unsägliche ereilt.

Er räusperte sich und nickte Betts zu. »Ich bleibe hier stehen und höre dir zu, aber was ist, wenn ich noch immer verwirrt bin, wenn du fertig bist?«

»Dann gehen wir.«

»Ihr geht?«

»Wir wollten mit dir reden, Wendell. Das ist alles. Halte uns nicht für etwas, was wir nicht sind. Wir sind Männer, die wissen, was recht ist. Du wirst unterdessen von uns gehört haben. Wir waren es, die das Wolfsmedaillon für dich auf deinen Tisch gelegt haben, als die Tür offen stand.«

Der Wind in den Bäumen drehte. Eine Amselschar stieg über dem Trailer auf und flog davon.

»Aber ich persönlich wäre enttäuscht, wenn du immer noch verwirrt wärst«, sagte Betts. »Dein Vater bedeutete mir viel. Ich wette, das hast du nicht gewusst. Ich hab in Oregon zum ersten Mal von ihm gehört.

Da haben links und rechts die Mühlen geschlossen, und wir wurden alle arbeitslos. Jeder, den ich kannte, hatte irgendwie mit der Holzfällerei zu tun. Stand an einer Säge, fuhr einen Lastwagen oder arbeitete in einer Mühle.«

Betts zog die Nase hoch und verschränkte die Arme vor der Brust.

»Mein Vater hat sich erschossen«, sagte er. »Das hat mein Alter getan, als man ihn entliess und wieder eingestellt hat und wieder entliess, und dann hat man seinen Lastwagen beschlagnahmt und ihm wirklich sein ganzes verdammtes Leben weggestohlen. Alles weggestohlen wegen diesem gottverdammten Fleckenkauz.[44] Aber dein Alter hat nicht klein beigegeben. Nein, er wollte kein Opfer sein. Er hat sich den Lauf nicht an die eigene Kehle gehalten. Er hat sein Gewehr geschultert und zurückgeschossen, hat diesen gottverdammten Wildhüter erschossen, der es besser hätte wissen müssen. Dein Vater ist ein Held, jawohl. Wir bewundern ihn wahnsinnig für seine Tat, und wir hoffen, dass auch Verl Newmans eigener Sohn noch einsieht, was recht ist. Und auf unserer Seite steht.«

Wie windgepeitschter Regen fiel das Licht schräg ein und rieb den verrosteten Stahl der Pick-ups blank, den schmutzig glänzenden Kies, die ascheschwarzen Gewehrläufe, und Wendell stand umso aufrechter im Sog, in den niederprasselnden Worten, die er eben gehört hatte. Da war der Mann, von dem Betts sprach:

der Zaunschneider, Wolfstöter und Mörder; der Mann, der vor zwölf Jahren mit seinem Gewehr in die Berge geflohen war und für immer verschollen blieb. Und da war der Mann, der immer noch manchmal aus den verschwommenen Rändern von Wendells Gedächtnis auftauchte: der Witzeerzähler und Lachlustige, der Trapper aus den Bergen, der sein Knie wie im Gebet beugte, wenn er einen Castilleja[45]-Zweig für Wendells Mutter brach. Wendell hatte inzwischen sein halbes Leben ohne seinen Vater verbracht, und in dessen Abwesenheit hatte er die beiden Bilder nie zusammenbringen müssen. In den zerklüfteten Landschaften seines Herzens konnte er dem Vater mit Blumenzweig hinter dem Ohr zugetan sein und dem anderen Vater an allem die Schuld geben: an Lacys Flucht, an seinen eigenen besoffenen Abstürzen und am Abgleiten seiner Mutter in die Verzweiflung.

Da waren die frühen Anhänger und Einpeitscher gewesen, manche davon Einheimische und andere gestiefelte Auswärtige mit irrem Blick, die sich beim Trailer einfanden, um seiner Mutter während der Grossfahndung ihre Dienste anzubieten. Und auch wenn Wendell über die Jahre noch mehr von den Viehzüchterverbänden gehört hatte und von rotgesichtigen Politikern und Milizionären, die aus seinem Vater einen Märtyrer machen wollten – sei es, dass ein alter Farmer bei der letzten Runde im Antlers etwas ausplauderte oder sich jemand bei einem Potluck an Wendell heranmachte –, hatte er sich alldem doch schon längst verschlossen. Er erinnerte sich noch an einen Mann, dessen gelbe Augen lose in seinem Schädel sassen, der nicht aufhören konnte davon, was für ein Held sein Vater gewesen sei, wie rechtschaffen und tapfer. Es hatte geschneit, und er und seine Mutter wussten inzwischen, dass sein Vater endgültig weg war, so oder so. Eine Weile hatte der zwölfjährige Wendell mit seiner Mutter in der Tür mit dem Fliegengitter gestanden. Dann ging er seine .22er holen, legte eine Patrone ein und jagte den Gelbäugigen fort.

Der Wind, das Licht, die Trucks und die Gewehre. Wendell versuchte zu sprechen und diesen plötzlichen Knoten zu entwirren, aber Maddy war bei Betts' Worten zusammengezuckt, sie war wie eine angespannte Saite, der ein erstickter, heiserer Ton entfuhr. Sie schüttelte in Wendells Richtung den Kopf, mit völlig aufgelösten Zügen, und stolperte in ihr Auto zurück. Liess den Motor aufheulen und wollte davonfahren, Kiesel sprangen unter den Reifen hervor. Betts, Freddie und Daniel traten beiseite, aber der Wilson-Junge blieb einfach stehen. Er sah nicht einmal hin. Zeigte in die andere Richtung, die Strasse hinunter.

»Brian«, sagte er. »Da kommt wer.«

Lange Staubfahnen stiegen von der Strasse auf, und die Sonne glitzerte auf der Windschutzscheibe einer Limousine und dann in den zwar noch stummen, aber unverkennbaren roten und blauen Lichtern eines Sheriffwagens dahinter.

Betts drehte sich zu Wendell um, mit offenem Mund. Er wirkte vor allem gekränkt, als hätte doch jeder wissen müssen, dass es so nicht gedacht war. Maddy schlug das Steuerrad ein, um dem Wilson-Jungen auszuweichen, und wollte erneut fliehen, aber Betts schloss so energisch den Mund, dass die Zähne knackten, schritt hinüber und knallte seine flache Hand auf die Motorhaube.

»Stell den verdammten Wagen ab!«, brüllte er.

Er nahm seine Pistole aus dem Holster, wies seine Leute an, Position zu beziehen, und das taten sie auch: fielen auf die Knie, beugten sich über die Ladeflächen der Trucks und legten ihre Gewehre an.

Wendell sprang die Schlackensteinstufen der kleinen Veranda hinunter, rannte zu Maddys Wagen und riss die Tür auf. Sie starrte ihn an, vernichtet und mit vernichtendem Blick und etwas ganz Unaussprechlichem in den Augen. Er streckte die Hand aus. Sie ergriff sie nicht, stieg aber aus und raste mit ihm zum Trailer.

Sie hatten die Stufen fast erreicht, als Betts hinter ihnen seine Pistole spannte.

»Nö«, sagte Betts. »Das könnt ihr euch in den Arsch stecken. Kommt zurück. So ist's recht. Bleibt in der Nähe.«

Betts hiess sie zurückgehen, sich bei Maddys Auto auf den Boden setzen und dort versteckt und geduckt verharren.

Das Licht lag in ihren Augen. Bald würde der immer grössere Rand des Trailerschattens sie verschlucken, aber jetzt blinzelten und scheuten sie noch. Wendell spürte den harten Gummi in seinen Rücken kneifen und auch den kühleren, sanfteren Druck des Stahls. Er griff nach Maddys Hand. Diesmal liess sie ihn gewähren. Sie zitterte. Er auch. Er suchte die Bäume ab, sah Maddy an, formte *Rowdy* mit den Lippen und schüttelte den Kopf. Maddy holte Luft, und ihre Augen wurden klar. Sie wandte ihr Gesicht dem Trailer und den Bäumen zu.

Der Kies knirschte, staubige Bremsen quietschten, der Motor erstarb, und in Betts' Männer kam Bewegung. Eine heisere Stimme ertönte im Lautsprecher: »Hier spricht Deputy Sheriff Ryan Bouchard aus Roundup. Legen Sie Ihre Waffen nieder, und weisen Sie sich aus.«

Einen Takt lang Stille. Nicht einmal Grillen oder Elstern. Der Schatten des Trailers hatte Wendells Kinn erreicht.

»Ich wiederhole: Hier spricht Deputy Sheriff Ryan Bouchard aus Roundup. Das Auto neben mir gehört Anna Prentiss von der Kinderschutzbehörde, ebenfalls aus Roundup. Wir sind hier, um Wendell Newman wegen Rowdy Burns zu sprechen. Soviel wir wissen, befindet das Kind sich in Mr. Newmans Obhut, und wir müssen uns mit ihm unterhalten. Nur deshalb sind wir hier.«

Wendell versuchte aufzustehen. Betts drückte seine Pistole gegen Wendells Schlüsselbein und zischte ihm zu: »Hinsetzen. Das ist meine Show.«

Mit der Pistolenmündung hielt Betts Wendell noch immer am Boden fest und ergriff das Wort.

»So, Mr. Bouchard, das ist ja hochinteressant. Ich denke, wir haben da unterschiedliche Vorstellungen zum weiteren Vorgehen. Wissen Sie, wie ein Mann seinen Jungen erzieht, das ist heilig und muss weder Sie noch mich, noch irgendwen kümmern, sondern ihn allein. Also bitte ich Sie und Miss Anna dort höflich, umzukehren und sich von uns zu verabschieden. Ihre Amtsgewalt wird hier nicht anerkannt, was heisst, dass Sie ein Eindringling sind, und als Mr. Newmans Freunde nehmen wir unsere verfassungsmässigen Rechte wahr, wenn wir privates Eigentum verteidigen. Wir beabsichtigen –«

Der erste Schuss kam von nirgendwo anders her als dem Himmel, als reise er auf dem breiten Strom roten Lichts, der sich westwärts über die Berge und Kiefern ergoss. Doch im nächsten Moment, als der Schatten des Trailers sich ganz über Wendells Augen senkte, erkannte er allein, dass der zweite – *peng!* – aus der Ecke des Wohnzimmerfensters abgefeuert worden war. Das von der Kugel zerfetzte Fliegengitter schwankte und glitt sanft wieder in den Metallrahmen zurück.

Betts lallte noch im Stehen ein weiteres unverständliches Wort, und ein Schwall Blut schoss aus seinem Mund.

Und der Tag verlor sich in seine Tiefen. Wurde zu einem kratzenden und knurrenden, luftholenden Etwas. Ein grosses, muskulöses Tier stellte sich auf seine Hinterbeine, richtete sich zu seiner vollen, schrecklichen Grösse auf und sog die untergehende Sonne, den schwachen Wind und die Abendlieder der Vögel in seine Lungen ein. Es atmete sie alle ein, jeden Einzelnen, als wären sie Staub, und atmete sie wieder aus.

Betts liess seine Pistole fallen, ruderte mit den Händen durch die Luft und stürzte, das ganze Gewicht seines Kopfes schlug auf der Motorhaube von Maddys Auto auf.

Freddie schrie. Wendell zog Maddy zum Trailer. Der Lautsprecher auf dem SUV des Sheriffs knisterte kurz.

Und Betts' Männer eröffneten das Feuer.

24?
Es ist wie Träumen egal ob meine Augen auf oder zu sind. Ich weiss nicht wo ich bin. Kann es nicht mal an der Sonne oder den Sternen ablesen. Ich wollte nicht aber ging im Kreis rum in diesem Land der Felsklüfte und steilen Schluchten. Kenne ich diese Gegend? Manchmal denke ich ja. Manchmal nein. Ich brauche Schlaf. Ich will mich hinlegen und schlafen in diesem Land das ich trotz meinem ganzen Leben hier nicht ermessen kann.

Später
Shit. Das hat doch alles keinen verdammten Sinn. Ich brauche keinen Schlaf. Ich steh jetzt gleich auf und geh tiefer hinein in die Berge das ist die beste Zeit dafür. Ich hab speckiges Haar und bin hager. Ich bin auf dem Sprung. Diese Mondscheinstrasse tief in die Berge. Auf die Gebirgsgrate jetzt.

Gillian

… Behörden von Musselshell County … Gewehrschüsse … mögliche Geiselnahme …

Eine Störung auf dem Sender, in ihr. Gillian hustete, fuhr sich über die Augen. Stiess an den Tisch und wischte ihr Wasserglas auf die Verandafliesen, wo es zerbrach.

… verschiedene Fahrzeuge … Musselshell-County-Nummernschild … Yellowstone-County-Nummernschild … Oregon-Nummernschild …

Sie rannte fast durch die Schiebetür. Kennzeichen hatten sie zwar keine genannt, aber gesagt, dass ein Auto aus Yellowstone County kam. Das hatte sie deutlich gehört. Und wo war Maddy? Wo war ihre Tochter in all den Wochen gewesen? Etwas brannte sich in ihr ein. Es war schon einmal passiert – das war die Empfindung. Ja, das war schon einmal passiert. Bei allen Kapriolen des Weltgeschehens hoffte sie nur, es würde nicht wieder passieren.

Sie fand Maddys Telefon auf der Mikrowelle, gab den Code ein, öffnete ihre letzten Gespräche, scrollte. Gott, da war es. Eine Vorwahl aus Musselshell County und der Name *Wendell.* Ach, Gott. Und die Stimmen im Radio so ruhig.

… auf dem Besitz von Wendell Newman … Gewehrschüsse … Situation noch unklar …

Gillian tat das Naheliegende. Sie rief die Polizei, setzte sich und weinte, und als die Beamten eintrafen, erzählte sie ihnen, was sie wusste, gab ihnen Maddys Telefon und ein paar Fotos. Sie wartete auf dem Gehsteig draussen, bis die roten Augen der Rücklichter zwischen den Häusern verschwanden, dann ging sie wieder hinein und suchte zusammen, was sie vermutlich brauchen würde. Auf dem Weg aus der Stadt hielt sie beim Walmart droben noch mal an und kaufte Patronen für die .22er und die .30-06er. Sie wusste nicht, was sie vorhatte. Aber die Gewehre waren ihr wichtig. Und das Bedürfnis, die Distanz zwischen ihr und ihrer Tochter zu überwinden.

Die Sonne war untergegangen, und in der dunkler werdenden Nacht fuhr sie nach Norden in die Bull Mountains. Highway 87 fiel bei der Wasserscheide den Hang hinunter: ein schmales graues Band, das sich in den Schatten verlor. Hirsche geisterten durch die Strassengräben. Die zitternden graubraunen Lenden, die ovalen Laternen ihrer Augen. Sie hatte im Scheinwerferlicht schon drei verstreute Haufen aus Knochen, Fleisch und Fell gesehen, dazu braunrote Spritzer eingetrockneten Bluts am Strassenrand. Es war genau die richtige Zeit dafür: Der Tag hatte sich ergeben, und die ersten Sterne kräuselten die blaue Schüssel der Nacht.

Sie zögerte einen Moment und schaltete dann das Radio ein. Sie war noch nicht viel mehr als dreissig Meilen nördlich von Billings, zwanzig Meilen tief in den

Bulls, als YPR[46] schon rauschte und knackte, als es abwechselnd hörbar war und dann wieder nicht:

… jüngste Entwicklungen … das winzige Delphia, Montana … Gewehrschüsse … Geiselnahme …

Die Stimme des Nachrichtensprechers winselte und quäkte, schwoll an und ab und ging in die Ermahnungen eines Predigers aus dem Nachtprogramm über:

Beim Blute des … vor einem Dutzend Jahren … ich beschwöre dich … Verl Newman … dass du nie mehr … monatelange Menschenjagd … entfesselt wirst …

Sie schaltete das Radio aus. Kontrollierte ihr Telefon. Kent hatte dreimal angerufen, Dave Coles einmal. Sie stellte ihr Handy ab und warf es in das Handschuhfach. Lauschte stattdessen dem Klirren der Patronenschachteln auf dem Rücksitz. Sie liess die Erinnerung an ihren Anruf gestern beim Kinderschutz zu und musste den Wagen fast zur Seite fahren wegen des Aufruhrs von Scham und Übelkeit in ihr drin. Wenn sie etwas mit dieser Sache zu tun hätte – aber weiter konnte sie nicht denken.

Sie bremste ab, als sie nach Roundup hineinfuhr, und liess die Fenster herunter, um mehr frische Luft zu haben. Pick-ups und SUVs waren vor allen Bars im Stadtzentrum geparkt, Neonlicht leuchtete aus schmutzigen Fenstern – Sportsman, Keg, Occidental, Hitching Post, Arcade. Roundup war eines von nur zwei Städtchen im ganzen County – das andere war Delphia – und zählte kaum tausend Einwohner, trotzdem gab es so viele Bars, und so viele Leute besuchten sie an einem Freitagabend.

Wer war noch daheim? Wer kümmerte sich noch? Aber wenn sie hier waren, dachte sie, so waren sie immerhin nicht da draussen, in den Bergen. Sie wusste noch, dass sie mit Kevin ein-, zweimal im Sportsman eingekehrt war. Sie hatten dort einen Koch, einen alten Bulgaren, der ein würziges Schweinefleisch-Kohl-Gericht zubereitete, mit Bratkartoffeln und einem Salat aus Gurken, Tomaten, Gemüsezwiebeln und Frischkäse. Abgesehen von ihren eigenen Kochkünsten war dies die einzige schmackhafte Mahlzeit, die im Umkreis von neunzig Meilen zu haben war, da man fast überall sonst Chicken-Nuggets ohne Geschmack, Steaks mit Gefrierbrand, und was der Sysco[47]-Wagen sonst noch alles hergab, servierte. Jetzt hing dem Sportsman die Tür wie eine dunkle Zunge heraus, und Pop-Country-Musik dröhnte von irgendwo aus dem Innern heraus.

Sie fuhr weiter. Wandte sich nach Osten zum Highway 12, wo die Aussenbezirke von Roundup – der Futter- und Videoladen, das Altersheim, das aufgegebene Sägewerk – binnen Sekunden entschwanden, wie vom Schlund der Nacht verschluckt. Jetzt gab es nur noch den stockdunklen Highway, den schwarzen Fluss, die bizarren Kiefern, die grotesk und entstellt wirkenden Sandsteinfelsen der Berge, die sich wie Wächter oder gebeugte Richter erhoben. Sie war jetzt nah, aber sie wusste auch, dass sie noch nicht annähernd weit genug gegangen war. Maddy war irgendwo da draussen, in den Bergen, die ihr den Ehemann genommen hatten.

Sie fuhr am verlassenen Rangierbahnhof von Nine Mile, an der Antlers-Bar und dem abgebrannten alten Hotel in Gauge vorbei, und während sie die S-Kurven nahm, floss der Musselshell River drunten in spiegelbildlichen Windungen und Haarnadelbogen und wusch die Nordflanke der Bulls aus. Sie stürzte wieder ins flache Land hinunter, wo ein Farmer immer noch seinen Sprinkler laufen liess und das *tock-tock-tock* der Düse vor allem das Unkraut und die Hirschknochen im Strassengraben bewässerte. War dies der Ort, wo alles begonnen hatte? In überholten Vorstellungen und blinden Mythen? Im unsinnigen Wässern des Strassengrabens? Der verlorenen Liebesmüh, dieses trockene Land überhaupt bewässern zu wollen? Dieses Land, wo das Versagen der Nation, das Versagen der Mythen, auf das Versagen der Menschen traf. Wo die Geschichte sich ins Grab legte. Wo Flüsse, die im April noch randvoll waren, im August zu Kies verlandeten. Wo das Gras vor dem Pflug dicht und fest war und dann auf ewig nur noch Staub aufwirbelte von dem versalzten, verkrusteten Boden hinter dem Pflug. Ein Land, wo die Borkenkäfer wüteten, die Sommer immer länger und die Winter kürzer und trockener wurden. Das Land selbst rief Kummer und Zorn ins Leben, gebar, hätschelte und nährte Angst und Versagen, eine rohe und selbstgerechte Gewalt. Gillian hörte wieder die Stimme im Radio – *Gewehrschüsse* – und sah das entsetzte Gesicht ihrer Tochter vor sich. Sie trat das Pedal durch und raste ins Herz dieser Finsternis, ihr eigenes dunkles Bündel Gewalt auf dem Nebensitz.

Die Lichter von Delphia grüssten verschwörerisch aus der Ferne. Noch vor der Stadt, beim Rodeoplatz, bremste Gillian scharf, und der Tacho fiel von fünfundachtzig Stundenmeilen herunter, dann bog sie nach Süden auf die Strasse zwischen Delphia und Colter ab. Der Schotter kam immer überraschend, und ihr Wagen schwänzelte, als sie gezwungen war, noch viel stärker abzubremsen. Ihre Scheinwerfer bohrten Löcher in die Nacht vor ihr – Waschbrettpiste, Zäune, an denen die Steppenhexen hingen, dunkle Pappelnester am Fluss. Sie wusste ungefähr, wo die Newman-Farm lag, noch etwa fünfzehn Meilen weiter südlich. Sie war noch nie da draussen gewesen, hatte die Strasse aber oft gesehen, wenn sie mit Kevin wandern oder jagen ging oder bloss ausfuhr an einem Sonntag. Kevin hätte ihr jede Nebenstrasse in die Hand zeichnen können, den kümmerlichsten Pfad, jeden alten Karrenweg und jede Quadpiste. Vielleicht hatte sie ja Glück und erwischte irgendeine Strasse nördlich oder südlich der Newman-Farm und kam schliesslich dorthin. Und überraschte sie. Aber was dann? Die Patronen schlugen aneinander und klirrten. Die leeren Gewehre warteten stumm. Sie wusste nicht recht. Sie wusste nur, was beim letzten Mal geschehen war. Hier draussen galten die üblichen Regeln nicht. Was gut und freundlich war, konnte man niederschiessen. Was gewalttätig und abscheulich war, konnte für immer in die Berge verschwinden. Und es kam nicht in Frage, kam verdammt noch mal nicht in Frage, dass sie ihr auch noch Maddy wegnahmen.

Ihre Scheinwerfer fielen auf die rostigen Träger der einspurigen Brücke über den Musselshell, und zu ihrer Rechten sah sie die Abzweigung zum alten Haus am Fluss. Es war noch genau dort, wo es immer gewesen war, auch wenn sie es seit zwölf Jahren nicht mehr gesehen hatte, und in dieser Nacht bohrte sich sein Anblick in ihr Herz – der schiefe graue Torpfosten mit immer noch kalkweisser Spitze und das überwachsene Viehgitter darunter, die Schotterstrasse, die dahinter in den Traubenkirschsträuchern und Pappeln verschwand.

Eine instinktive Erinnerung übernahm das Steuer. Bevor sie begriff, was sie getan hatte, ratterten die Räder über das Viehgitter und hüpften über die Schlaglöcher. Sie hatte es nicht beabsichtigt, aber die Strasse war so schmal, dass sie den Wagen erst beim Haus würde wenden können. Sie verfluchte ihre Dummheit. Umso länger würde es dauern, bis sie Maddy fand. Aber es half nichts. Sie fuhr weiter.

Hohes Gras scharrte am Boden des Autos. Frösche und Eulen zeterten. Zweimal musste sie anhalten, um Pappeläste zu entfernen, die auf den Weg gefallen waren. Der zweite war noch grösser als der erste, schwer und noch nicht morsch, und als sie den dicken Ast aufheben wollte, entglitt ein Stück Rinde ihrem Griff. Das zerborstene Astende schürfte ihr den Unterarm und die Rippen auf, und ein stechender Schmerz fuhr ihr in Wellen über Bauch und Brust, den Arm hinauf und in die Schulter. Als sie nach der Stelle griff, zog sie ihre Finger klebrig zurück.

Sie schloss die Augen, kauerte nieder und hob das Holz erneut an, schaffte es schliesslich, es aus dem Weg zu räumen, und stieg wieder ein. Im Schein der Deckenleuchte sah sie, dass die rechte Seite ihrer Bluse zerrissen und voll dunkler Blutflecke war. Gott. Was tat sie da bloss?

Sie hielt neben dem alten Haus, das inzwischen leer stand, da war sie sich sicher, und vermutlich hatte es, seit sie gegangen war, leer gestanden, weil es hier schlicht niemanden gab, der es mieten würde. Das einzige Licht kam vom fernen Sternenhimmel, und sie kämpfte sich auf dem Pfad durch das Unkraut und welke Gras voran. Die Veranda stank nach Pisse und Mäusedreck. Da und dort lagen silbrige Dosen und Zigarettenstummel herum, vermutlich von Teenagern, die zum Saufen und Bumsen hierhergekommen waren. Die Tür war natürlich unverschlossen, und weil es drinnen stockdunkel war, hätte sie sich ebenso gut mit geschlossenen Augen durch Wohnzimmer und Flur zur Küche tasten können, wo sie mit einem Ruck die quietschende Tür des kleinen Schranks unter der Treppe aufstiess, hineingriff und nach kurzer Suche tatsächlich auf eine Kerze und eine Schachtel Streichhölzer stiess.

Mit ihren feuchten und klebrigen Fingern brach sie die ersten beiden Hölzer ab. Das dritte flammte auf und brannte schliesslich ruhig. Sie zündete die Kerze an, und das Dunkel im Haus zog sich zurück und gab den Blick auf Spinnweben voll Staub und abblätternde gelbe Farbe frei. Ihre zerfetzte, blutige Bluse liess sie zusammenzucken, dann hob sie die Kerze zum Schrank. Alles war noch genau dort, wo sie es gelassen hatten, bloss unter einem Jahrzehnt Staub – etwa ein halbes Dutzend Kerzen und eine weitere Schachtel Streichhölzer, eine Taschenlampe, ein Jagdmesser, eine Wolldecke, ein Wasserkanister, zwei Dosen Sardinen in Senfsauce, ein Päckchen Salzcracker, ein silberner Flachmann und ein Lederköfferchen mit einem einfachen Erste-Hilfe-Set.

Sie hatte das Haus hier am Fluss kaum eine Woche nach dem Trauergottesdienst verlassen. Es war nicht das, was gesagt worden war. Es war das, was ungesagt blieb. Kein Mensch, nicht einmal Elner oder eine von Kevins Schwestern, hatte auch nur ein Wort gegen Verl Newman gesagt, der damals immer noch draussen war, auf der Flucht. Von Tag zu Tag wurde Gillian immer zorniger. Das Schweigen ihrer Kollegen und Nachbarn und – was am schlimmsten war – von Kevins Familie war so laut, dass es in ihrem Kopf dröhnte, und ihr Verlangen nach Worten, die dieses Dröhnen zum Verstummen brachten, war so elementar wie der Drang nach Luft und Wasser. Aber sie sagten nichts, und so packte sie ein, was in ihren Wagen passte, und fuhr mit Maddy nach Billings. Das war bis heute das allerletzte Mal, dass sie diese Strassen befahren hatte, obwohl Maddy damals dabei gewesen war. Maddy, erst sechs, sass auf dem Rücksitz, grossäugig und verwirrt, und fragte alle paar Meilen, wohin sie denn gingen.

Maddy.

Gillian fasste sich wieder. Sie musste sich bewegen. Sie tropfte Wachs auf den Tresen und klebte die Kerze darauf, wartete, bis das abgekühlte Wachs sie festhielt, zündete eine zweite Kerze an und tat dasselbe. Ihr Unterarm war aufgeschürft, aber in Ordnung. Die Schnittwunden an den Rippen waren hingegen tief und wollten nicht aufhören zu bluten. Mit Material aus dem Erste-Hilfe-Koffer säuberte sie die Wunden, riss eine Packung Gaze auf und presste den Verband gegen ihren Körper, in der Hoffnung, dass der Druck helfen würde. Ihre Rippen waren schlüpfrig, und die Gaze war gleich durchnässt. Sie nahm noch ein Mulltuch, wankte ins Wohnzimmer und legte sich auf der unverletzten Seite auf das alte Sofa, um die Wunde hochzulagern – und wie ein kleines Boot auf einem reissenden Fluss trieb sie ab in den Schlaf.

Mit einem Keuchen erwachte sie aus Träumen vom Ertrinken – Wasser, wohin sie auch schwamm – und folgte dem flackernden Schein zurück in die Küche, wo die Kerzen nur noch Dochte in Wachstümpeln waren. Gott. Wie lange sie wohl geschlafen hatte? Sie nahm einen Schluck aus dem Flachmann – Bourbon. Sie nahm noch einen Schluck. Zog ihre Bluse ab, öffnete ihren

BH, säuberte die Wunde noch mal, legte frischen Mull auf und wickelte das weisse Band fest um sich. In einem Schrank im oberen Stockwerk fand sie eines von Kevins Parkwächterhemden und zog es sich über, sein Name nach wie vor aufgestickt auf ihrem Herzen. Sie ging nach draussen zum Wagen, schleppte die Gewehre ins Haus und lud beide bei Kerzenlicht am Küchentisch. Ob sie das Haus niederbrennen sollte? Sie entschloss sich dagegen. Im Auto verstaute sie die Gewehre, den Bourbon, die Cracker und die Sardinen, die Taschenlampe und den Erste-Hilfe-Koffer, und nachdem sie sich im Haus umgeschaut hatte, um sich zu vergewissern, dass sie nichts vergessen hatte, blies sie die Kerzen aus. Ein See der Finsternis ergoss sich über sie. Im Blauschwarz der Fenster tastete sie sich den Flur hinunter. Im Wohnzimmer stiess sie mit dem Zeh gegen etwas, aber sie konnte sich wieder aufrichten und fand die Tür.

Gott, die Sterne. Die Nacht hatte sich gelichtet, und der Himmel war steinblau, heller als das Tiefschwarz des Hauses. Auch die Sterne waren jetzt weicher, keine kleinen Diamanten mehr, sondern Abertausende von Tümpeln aus weissem Feuer. Sie berührte ihre Brust, das gestickte Monogramm mit Kevins Namen. Er hatte sich in manchen Dingen geirrt, sie hatten sich beide geirrt, aber was die Sterne betraf, hatte er recht gehabt.

Die Nacht war still, bis auf das leise Plätschern des Flusses in nicht mehr als hundert Yard Entfernung. Sie war schon fast beim Wagen, als sie es hörte. Eine Weile stand sie regungslos und war sich nicht sicher. Aber dann ertönte die Stimme wieder im grossen Schweigen der Nacht; sie kam vom Fluss. Eine Stimme, die sie zu kennen glaubte.

Verl

Ich weiss noch als Kevin und ich noch Grünschnäbel waren und eines Tages unsere Drahtschlingen und Tellereisen packten und in den Hügeln über dem Fluss kampierten. Wir ritzten uns die Daumen mit unseren Klappmessern und schlossen Blutsbrüderschaft und dass wir nicht für eine Million Dollar auseinandergehen würden. Nein wir würden uns von geschmortem Kaninchen ernähren und Felle tragen und das gute Leben der Pioniere Berggänger Indianer und ihresgleichen führen. Am Abend assen wir die Tomatensandwiches die seine Mutter die alte Elner uns eingepackt hatte und schliefen gleich dort beim Feuer ein obwohl wir natürlich nicht blieben. Ich weiss nicht mehr wie wir nach Hause kamen.

Wendell

Er nahm nur die .22er, und schon waren er, Maddy und Rowdy durch die Hintertür des Trailers geflohen und rannten mit eingezogenen Köpfen durch das verdorrte Gras.

Hinter ihnen verebbte das donnernde Gewehrfeuer zu einer letzten, ungleichzeitigen Salve von Schüssen, die krachend neben ihnen in die Bäume einschlugen. Rowdy stolperte und fiel. Wendell bekam ihn am Handgelenk zu fassen und schleifte ihn unwillentlich kurz mit, worauf eine Schramme unter dem rechten Auge des Jungen aufging. Er nahm Rowdy in die Arme, gab Maddy die .22er, und sie hetzten am Rand der Abfallgrube weiter, mit keuchendem Atem und stampfenden Schritten wollten sie bloss möglichst weit weg. Viele Kiefern und ein ganzer Bergrücken sollten zwischen ihnen und Betts' Männern liegen.

Sie rannten fast eine Meile weit, und Wendell sah sich bloss ein- oder zweimal um. Maddy hielt mit, das Gewehr an der Brust. Die harte Erde war kalt, trocken und knirschte wie Knochen unter ihren Füssen. Die Sonne versank hinter den Kiefern, und die Nacht begann sie zu bedrängen. Wendell bog in einen Box Canyon ein. Vor der steilen Wand, die sie beschloss, verlangsamte er schliesslich den Schritt und tastete sich zwischen den bröckelnden Sandsteinfelsen vor, auf einem Weg, den er ewig schon kannte. Er kraxelte den obersten Hang hinauf, und erst dort, auf der Erde, in einem Kiefern- und Wacholdergestrüpp, setzte er Rowdy ab. Er hielt die schmalen Schultern des Jungen noch einen Moment umfasst, und ihre Gesichter berührten sich fast.

»Alles in Ordnung, Kumpel. Das hast du gut gemacht. Weiter so, okay? Es wird alles gut.«

Rowdy reagierte nicht. Das Blut unter seinem Auge war gestockt und schmierte. Seine Hände hingen ihm wie tote Fische seitlich herunter. Wendell drückte die Schultern des Jungen noch mal und nahm Maddy das Gewehr ab. Er beugte sich über einen Sandfelsen und nahm, so gut es im Dunkeln ging, die grasbedeckte schwarze Schlucht und die schattige Gegend, durch die sie gekommen waren, ins Visier. Maddy lehnte sich neben ihm über den Felsen, er hatte ihren Atem im Ohr, und ihre Lungen keuchten auf demselben Ton und im selben Takt. Es wäre einfacher allein, dachte Wendell. Aber er war froh, dass sie an seiner Seite war. Und Rowdy. Trotz – nein *wegen* – dem gottverdammten Irrsinn des eben Geschehenen war er froh, dass er die Hand ausstrecken und sie beide berühren konnte.

»Dieser Betts ist tot«, sagte er. »Ihr Wortführer. Und der Deputy Sheriff vermutlich auch. Dass sie die Frau umbringen, glaube ich nicht. Wahrscheinlich nicht.«

Wendell zog das Gewehr zurück und sicherte den Verschluss.

»Sie werden uns wohl jagen. Vermutlich denken sie, dass ich etwas mit dem Auftauchen des Deputy zu tun hatte. Und dass ich Betts erschossen hätte. Ich weiss nicht. Aber es gab ja nur weglaufen oder zulassen, dass sie Rowdy im Trailer gefunden und gewusst hätten, was Sache war.«

Maddy fröstelte neben Wendell, und ihre Schulter streifte seine. Er hätte seine Hand gern dorthin gelegt, auf ihre Schulter, stand aber auf und ging stattdessen zu Rowdy hinüber, um nach ihm zu sehen. Der Junge stand da und rieb am eingetrockneten Blut auf seiner Wange.

»Tut mir leid, dass du da mit reingezogen worden bist«, sagte Wendell zu Maddy. »Ich weiss nicht mal selbst, was zum Teufel das soll, aber es tut mir leid.«

Der Wind kam in Böen und wirbelte über den Grat. Kojoten jaulten im Norden, irgendwo näher am Fluss. Maddy sagte nichts und musterte ihn bloss, jede dunkle Erhebung und trockene Rinne seines Gesichts.

Sie schlugen sich durch die Nacht nach Norden und Westen. Im Wechsel von Schatten und Sternenlicht stolperte Wendell gelegentlich, schaffte es aber jedes Mal, auf dem Hintern zu landen und Rowdy sicher in den Armen zu halten. Maddy hatte noch kein Wort gesagt, und er hätte angenommen, sie sei zu entsetzt oder zu schwach, um zu reden, hätte sie nicht mehr als nur mit ihm mitgehalten, klaglos das Gewehr getragen und einmal sogar den Arm ausgestreckt, um ihn mit ihrem schmalen Arm zu stützen, als er zu fallen drohte.

Sie gelangten auf eine Hügelkuppe und jenseits davon auf eine zweispurige Strasse, die man durch das dunkle Gras und die Salzbüsche der Ebene darunter geschlagen hatte. Wendell hielt inne und horchte auf das, was er jenseits seines an- und abschwellenden Atems und Bluts hören konnte: Grillen, Nachtvögel, Kojoten, die die Luft entflammten mit ihren Rufen. Dann führte er seinen Trupp hinunter und über die Ebene.

Die Nacht zog sich dahin. Und die Meilen. Sie traten über aufgeschnittene Zäune, und die schlaffen Drähte ringelten sich wie abgestreifte Häute im Gras. Es gab so viele durchtrennte Zäune, dass Wendell zum Schluss kam, das müsse Betts und den Wilson-Jungen einige Zeit gekostet haben. Sie zogen weiter auf das staatliche Land im Herzen der Bulls, ein Land, das einst den Crow, den Grizzlybären und Büffeln gehört hatte. Ein Land, das vor weniger als hundert Jahren parzelliert worden und nicht viel später wieder aufgegeben worden war, eine Wildnis unterdessen von eingestürzten Kohlenbergwerken und heruntergekommenen Hütten und Geisterstädten, deren Namen nicht einmal die Alten mehr wussten, wo die versiegten Arterien aufgegebener Zugstrecken in die Kakteen und Gräser ausbluteten. Ein Land, das immer mal wieder gepachtet, beweidet und abgeholzt wurde, zum grössten Teil aber leer und die Heimat von Wapiti und Gabelbock, Mulihirsch,

Rotluchs, Puma, Kojote und seit einem Dutzend Jahren auch die eines selten gesehenen Wolfsrudels war. Ein jenseitiges Land, an seinen Rändern von Landstrassen umrissen, aber im Herzen nur von holprigen, ausgewaschenen Feldwegen und schwachen Hufspuren durchschnitten.

Sie näherten sich langsam und vorsichtig. Wendell schätzte den Weg aus dem Gedächtnis, nach dem Hörensagen und nach den Sternen ab. Die Nacht barg sie. Wind, Gras und Kiefern. Er flüsterte dem Jungen zu, was sie alles getan hatten und alles noch tun würden in ihrem gemeinsamen Leben in den Bergen. Die Kojoten beschnupperten noch ihre Köder, erzählte er dem Jungen. Irgendwo hingelagert im hohen Gras wartete ein mächtiger Wapitibulle ahnungslos auf sie. Er erzählte dem Jungen vom aromatischen grasartigen Geschmack des Wildfleischs und von der grauorangen Samtigkeit eines Kojotenfells. Er erzählte ihm von der Aussaat und von der lange ausstehenden Ernte, von der Kalbungszeit und dem Viehtrieb, dem vertrauten Jahreskreis in den Bergen. Vielleicht könnten sie sparen, sie beide, und ein paar Kälber oder Schafe erwerben und sie mit Heu aufziehen und die Hälften und Viertel auf dem Bauernmarkt in Billings drüben verkaufen, ein einträgliches Geschäft seines Wissens. Es würde jedenfalls reichen, um über die Runden zu kommen und für neue Schuhe und dicke Wintermäntel und viel Nudelsuppe mit Huhn in den Schränken. Er erzählte dem Jungen auch von der Schule und Freunden, vom Lesen und von Naturkunde-Experimenten und all dem Guten, das noch kommen würde. Er erzählte ihm, was er von der Welt ausserhalb wusste, was nicht viel war, aber mehr, als der Junge wusste, und so geriet er vom Erinnern ins Fabulieren und ins Träumen, bis die Grenzen dazwischen im Dunkeln zerbröselten. Dann wechselte er zu anderen Reiseschilderungen und anderen Reisenden, und eine Weile hätten sie durch Mittelerde ziehen oder quer durch den unbekannten Kontinent dem Missouri folgen können – auf einer Wanderschaft, die wie alle solche Abenteuer lang, dunkel und gefährlich war, voller Launen und Zufälle.

Und auf der Suche nach einer Geschichte, um die letzte schwarze Viertelmeile zu vermessen, erzählte Wendell schliesslich die Geschichte seines eigenen Vaters, Verl Newman, des Grossonkels des Jungen, der sich vor einem Dutzend Jahren in die Bulls aufgemacht habe und verschollen geblieben sei und vielleicht ja noch fett und glücklich in einer Höhle stecke und sich von Hirschsteak und Traubenkirschen ernähre und dessen Spuren sie möglicherweise ja gerade folgten.

Mitten in der Nacht, auf einer Kuppe, im Schutz eines Halbrunds aus Felsen, kehrte Wendell Mulm und Erde zusammen, legte den Jungen ab und forderte ihn auf zu schlafen. Er blieb sitzen und hielt dem Jungen eine Weile die Hand, aber schliesslich liess er sie los und suchte im Dunkeln den Umkreis des Hügels ab. Da war nichts in der schwarzen Ferne, nirgendwo eine Bewegung, die er sehen, spüren oder auch nur erahnen konnte.

Er setzte sich auf den Boden, etwas entfernt von dem Jungen, um ihn nicht zu wecken, und lehnte sich an einen Kiefernstamm. Maddy, ein Schatten mit einem Gewehr, war bei Rowdy geblieben, kam jetzt aber zu Wendell herüber.

»Glaubst du irgendwas von dem, was du ihm erzählt hast?«, fragte sie.

»Ich glaube schon. Ich weiss nicht. Ich hab einfach geredet.«

»Du lügst ihn an.«

Sie sass auf einer niedrigen Felsplatte einen Fuss oder zwei über ihm. Von hier aus betrachtet, fingen sich die Sterne in ihrem Haar.

»Ich weiss nicht, worauf du hinauswillst.«

»O doch.« Er stand jetzt, obwohl er nicht wusste, wohin er gehen wollte, und auch keinen Schritt tat.

Maddy blieb, wo sie war, und fuhr fort. »Du lügst, weil was immer geschieht, es wird nie mehr dasselbe sein, und das weisst du. Dieser Mann ist tot. Und auch wenn sie es nicht gesehen haben wie wir, kommt vielleicht noch jemand auf die Idee, wer es war, der ihn getötet hat. Es wird nicht mehr so sein, wie es war. Du und Rowdy zusammen im Trailer. Du und Rowdy gemeinsam hier draussen.«

Er setzte sich wieder und rieb sich mit Daumen und Zeigefinger die müden Augen. Sie hatte recht. Vielleicht. Aber wenigstens konnte er Rowdy retten. Er konnte die Geschichte umdrehen und sagen, er sei es, der Betts erschossen habe.

»Das heisst nicht, dass das gelogen ist«, antwortete er. »Ich habe es mir wohl eher gewünscht. Wie in einem Traum.«

Maddy beugte sich vor, und das Sternenlicht modellierte die Kanten und Rundungen ihres Gesichts.

»Du wünschst dir ja vielleicht, dass dein Vater hier draussen in den Bergen wäre«, sagte sie. »Du wünschst dir ja vielleicht, dass er kein Mörder wäre, und erzählst die Geschichte dann so, aber dann bist du nicht besser als diese andern. Als die, vor denen wir weglaufen. Denn das war er. Er war ein verdammter Mörder.«

Einen Moment lang war Wendell ratlos, warum ihre Stimme so schneidend war und ihr Gesicht verzerrt, als sie es in den Händen barg. Aber dann, als wäre er mit hundert über eine schlechte Strasse gebrettert und hätte so aufgesetzt, dass der Stahlrahmen hüpfte und der Pickup schlitterte, dämmerte es ihm mit voller Wucht, wer Maddy war, wer sie sein musste, und das Blut schoss in ihm hoch und klatschte wieder zurück.

»O Gott«, sagte er. »O Gott. Nein, niemals. Nie wäre ich auf die Idee gekommen.«

Und so stotterte er weiter, und Wellen der Scham überrollten ihn. Aber dann flammte Wut in ihm auf. Er war doch nicht sein Vater. Dies galt nicht ihm. Er lebte ja nur hier draussen und versuchte sich durchzuschlagen. Sie war es, die ihn angerufen hatte und den ganzen Weg nach hier draussen gefahren war mit ihren milden Gaben. War er denn schuld, dass sie in die Berge gekommen war, selbst im Wissen darum, was sie antreffen könnte?

»Warum bist du dann hergekommen? Wenn du es doch wusstest?«

Sie atmete durch und löste ihr Gesicht von den Händen, lehnte sich fröstelnd in den Schatten zurück. »Ich habe es nicht wirklich gewusst. Bis heute Abend. Ich meine, es schien nie echt. Meine Mom erzählt mir zwar ständig Geschichten von meinem Dad, aber das sind Geschichten über sie beide, als sie jung waren und durchs Land zogen. Sie versucht mich von etwas zu überzeugen, ihn mir in einem bestimmten Licht erscheinen zu lassen. Nur ein-, zweimal hat sie mir von seinem Tod erzählt, und auch nur die Fakten. Ich kann mich kaum mehr an damals erinnern, und er ist schon so lange tot, dass es scheint, als wäre er es immer gewesen. Und als hätte es nie anders sein können. Nicht so, weiss Gott, als hätte ihn jemand *erschossen.* Nicht so, als ob ich je einen Vater gehabt hätte.«

Ihre Stimme brach, und wieder verbarg sie ihr Gesicht, und Wendell wusste nicht, was er tun sollte. Also tat er gar nichts.

Nach einer Weile fuhr Maddy fort: »Meine Mom erzählt mir nur von diesem Ort, um zu erwähnen, wie er von der Arbeit nach Hause kam und mit mir spielte und mich in die Luft warf und wie sehr er mich liebte. Sie berichtet nie davon, wie es hier eigentlich war. Dabei ist er hier aufgewachsen. Ich habe Verwandte hier, sogar eine Grossmutter. Als ich herausfand, dass Jackie aus Delphia kommt, habe ich mich sozusagen an sie gehängt. Ich witterte meine Chance, diesen Ort endlich für mich zu entdecken. Aber dann, okay – dann warst du dort in der Bar an dem Abend. Und da war noch etwas.«

Sie hielt inne, beugte sich wieder vor und sah ihm direkt ins Gesicht.

»Ich weiss, dass es an den Klamotten liegt«, sagte sie, »den Jeans und Westernhemden, aber selbst ohne die: Wenn ich dich nicht kennen würde und du in irgendeiner Kluft Starbucks betreten würdest, wüsste ich trotzdem, du bist nicht aus Billings oder bloss auf der Interstate auf Durchreise. Ich wüsste, du bist von hier und nirgendwo sonst. Es liegt daran, wie du gehst, als würdest du dich gegen den Wind lehnen oder so ähnlich. Deine Art zu zögern, als du an jenem Abend das Antlers betreten hast. Du bist langsamer geworden und hast dich umgeschaut, wie um dich zu vergewissern. Ich war noch klein, aber ich weiss noch, dass mein Dad das Gleiche tat. Dann neckte ihn meine Mom und sagte, er müsse alles zuerst auskundschaften. Ich hab mich so schlecht gefühlt, als du wütend wurdest auf mich. Als wäre mein eigener Dad wütend auf mich. Als könnte ich nicht damit umgehen, etwas Wichtiges über ihn und diesen Ort zu wissen. Darum habe ich dich angerufen. Und darum bin ich hergekommen. Vielleicht geht es mir wie dir. Vielleicht habe auch ich es mir gewünscht.«

»Und du hast meinen Familiennamen nie mitbekommen? Hast nie daran gedacht, Jackie zu fragen? Du hättest dir viel Ärger ersparen können.«

»Ich wollte nicht mehr, dass mir irgendwer irgendwas erzählt. Ich wollte es selber herausfinden. Und, Wendell, ich bin froh. Ich weiss nicht, wie ich es sonst sagen soll. Ich wünschte, wir wären jetzt nicht hier – ja, verdammt –, aber ich bin froh, dass ich dich kenne. Und Rowdy.«

Er schluckte leer und wagte einen Blick auf sie. Die Sterne glänzten wieder in ihrem Haar.

»Ich habe deinen Dad gekannt, Maddy. Er und mein Dad – also sie gingen manchmal auf die Jagd zusammen. Das heisst nicht, dass sie gute Freunde waren oder so was, aber sie waren nett zueinander. Und ich mochte ihn. Deinen Dad, meine ich. Er trug eine Uniform und hatte einen grünen Dienstwagen. Er war ein guter Redner und klug. Einer, den ich als Kind beachtete. Er war anders. Ich mochte ihn. Gott, es tut mir so leid.«

Ein Wolkenschleier trübte die Sterne, doch als die Wolken sich lichteten und verschwanden, glänzte die Milchstrasse umso heller, wie ein weiss leuchtender Fluss.

Maddy stand auf, kam herüber und setzte sich neben ihn, ihre Schultern und Hüften berührten sich. »Danke dafür, Wendell.«

Tief in den Bull Mountains trieben und streunten ihre Herzen herum, und Wendell begriff nicht, wie es sie hatte hierherverschlagen können, sie beide – nein, sie drei. Sie hatten alle keinen Vater mehr. Alle keine heile Welt. Alle kannten sie diese Leere bis ins Mark.

Wendell stand auf und ging zu Rowdy hinüber, der wach in seinem Bett aus Kiefernnadeln und trockenem Gras lag, und er hob den Jungen auf und setzte sich wieder neben Maddy, die sich mit dem Ärmel über die Augen fuhr und auch nach Rowdy griff. Zusammen hielten sie ihn, und die drei waren sich nahe genug, dass sie einen einzigen Schatten warfen gegen die Sterne.

Eine Stunde später war es noch tiefere Nacht, und Wendell erwachte in dieser Stille und setzte sich auf, sein Herz hämmerte in der Dunkelheit. Maddy schlief weiter. Sie lag immer noch an den Jungen geschmiegt, so wie Wendell sich auf der anderen Seite an ihn geschmiegt hatte, so dass die beiden Kommas ihrer Körper ihn wärmten. Rowdy bewegte sich im Schlaf, weil auf einmal ein Schwall Kälte auf der einen Seite auf ihn niedertropfte. Die Stille wurde zu viel – Wendell ging in die Hocke.

Am Ende der Kuppe legte er sich auf den Bauch und spähte ins Land gegen Osten. Eine grasbewachsene, flache Ebene wogte zwischen weiteren Bergkuppen und Hügeln, die von Rinnen und den dunklen Mäulern von Schluchten und Canyons durchzogen waren. Mehr gab es nicht zu sehen. Nach einer Weile schloss er die Augen und horchte nur noch.

Als er es schliesslich hörte – das Schlagen einer Pick-up-Tür weit weg, dieses metallische *rrums,* das durch die unbewegte Luft hallte –, hielt er sich still. Er wusste, was er zu tun hatte. Da waren Männer, die wütend und schnell umherschwirrten, bewaffnete Männer. Er konnte ihnen nicht davonlaufen mit dem Jungen im Arm. Unmöglich. Sie würden sich trennen müssen. Er ging zurück. Und gestattete sich nur einen Augenblick, prägte sie seinem Gedächtnis ein, das Mädchen mit dem langen dunklen Haar und den Jungen mit den unter dem kleinen Stein seines Kinns verknoteten Händen, und erlaubte sich, von einem solchen Leben zu träumen – voll Ehrlichkeit und Vergebung, Frieden und Berührung –, dann kniete er nieder und weckte sie beide.

Die Arme um Rowdy geschlungen, erklärte er Maddy, er würde Betts' Männer nach Südwesten führen, und sie und Rowdy sollten nach Norden gehen. Maddy hörte zu, schloss die Augen und öffnete sie wieder, und er wusste zwar nicht, wie es hatte geschehen können, dass sie die war, die sie war, aber er war dankbar. Sie nickte und fragte nach der Richtung, und er wies nach Norden über den Kamm und hiess sie die Richtung entlang seines Arms anpeilen. Er vergewisserte sich, dass sie wusste, wo Westen und wo Osten war, und dass sie sich nach Norden wenden sollte, stets nach Norden. Wenn sie Kurs hielt, sagte er, und stets den Polarstern vor sich hatte, befänden sie sich voraussichtlich knapp westlich der Strasse von Delphia nach Colter, wenn sie zum Fluss kamen, und den könnten sie bei einer flachen Stromschnelle neben einer alten, verlassenen Farm überqueren. Das sei Glen Hougens Land, und die Stadt sei dann bloss ein paar Meilen nördlich und einen Schwenk östlich die Strasse hinunter. Er schätzte, es werde wohl vier bis fünf Stunden dauern, alles in allem. Weniger, falls Rowdy ein Stück zu Fuss gehen konnte. Es gebe ein Telefon im Café. Dort könne sie anrufen, wen sie anrufen müsse, ihre Mutter oder wen auch immer, und dann wäre er dankbar, wenn sie Glen benachrichtigen würde. Und sie solle im Café nach der Nummer ihrer Familie fragen. Den Kincheloes. Er kannte sie, und sie würden kommen. Bei ihnen wären sie und Rowdy in Sicherheit, bis ihre Mutter erschien.

Wendell hielt inne, rückte den Jungen höher hinauf auf seiner Hüfte und nahm ihn noch fester in die Arme. Er befahl Maddy, zu sagen, dass er Betts erschossen habe – davon dürfe sie nicht abweichen, nicht im Geringsten –, und trug ihr auf, Rowdy um keinen Preis aus den Augen zu lassen, bis sie sich sicher war. Und rede mit dem Jungen, sagte er. Lass ihn wissen, dass alles in Ordnung ist, lass ihn wissen, was vor sich geht.

Dann hielt Wendell Rowdy vor sich hin und betrachtete seinen Jungen lange Zeit so. Der Junge hatte geschlafen, stellte Wendell fest, und vielleicht würde er es schaffen, sich den vergangenen Tag einfach als Albtraum zu denken, aus dem er wieder erwachen konnte. Vielleicht schaffte er das.

»Okay, Kumpel. Ich muss jetzt ein paar Dinge erledigen, aber Maddy wird gut auf dich aufpassen. Halt die Ohren steif. Du kennst dich jetzt aus in diesen Bergen. Hilf ihr, was du kannst.«

Er drückte den Jungen an seine Brust. Wie schlafwarm er war. Und wie mager.

»Kann ich dich dieses eine Mal Rowdy Newman nennen? Okay. Sehr gut. In Ordnung.«

Und er fuhr Rowdy durch das zerzauste Haar und liess seine Hand über die Wange des Jungen gleiten.

»Ich hab dich lieb, Rowdy Newman. Wahr und wahrhaftig.«

Verl

Es ist eine Zeit der Wunder. Ich komme im Mondschein zu dieser hohen Felswand und sehe im Mondlicht zwei Männer in den Fels geritzt. Der eine hat offenbar einen Bären erlegt. Er ist der Kleinere der beiden und der andere ist weit weg aber grösser. Hinter den beiden sind die Dreiecke der Berggipfel und zwischen ihnen ist nichts als eine breite Felsfläche. Sie wurden zusammen auf dem Stein verewigt. Warum so weit voneinander entfernt? Warum auf diesem Stein? Haben sie hier den Bären erlegt? Haben sie hier geschlafen auf dem Heimweg bepackt mit fettem Fleisch? Hat der Bär hier einen von ihnen getötet? Und der andere schlich ihm nach und die Schreie gellten ihm in den Ohren? Es bleibt rätselhaft und ein Wunder und erinnert mich daran wie Daddy mein Daddy Kleinigkeiten mauste bloss kleine Dinge wie eine Schaufel des Nachbarn oder einen Benzinkanister wenn der alte Jake von der Tankstelle schlief. Ich hab ihn ab und zu dabei ertappt aber nie etwas gesagt. Einmal fing deine Mutter davon an und das ist das einzige Mal dass ich Hand an sie legte und sie auf den Mund schlug dass ich ihren Kieferknochen unter der flachen Hand spürte. ~~Ich muss dir sagen Junge ich spüre ihn noch. Hebe ich hier draussen einen Felsbrocken oder Stein hoch und nenne ihn mein so fällt er erst wieder runter wenn ich sterbe~~

Gillian

Zweige klatschten gegen sie und schürften ihr die Arme und das Gesicht auf. Sie machte einen Fehltritt und fiel hin. Zweige, Dreck und Truggras bohrten sich in ihre Hände, und die Wunde an ihren Rippen platzte unter dem Verband wieder auf. Sie achtete nicht auf ihren blutverschmierten Bauch, als sie sich aufrappelte und zum Fluss hinunterrannte. Dieser Stimme entgegen. Vielleicht war sie ja auch nur ein Phantom, ein Riss in ihrem zornigen und erschöpften Gemüt …

Sie kämpfte sich durch das Weidengestrüpp, und jenseits einer mit Schwemmholz übersäten Kiesbank standen zwei Gestalten, die eine gross und schlank, die andere so klein und gering, dass sie kaum einem Schatten als vielmehr der Andeutung eines Schattens glich. Mit um den Hals gebundenen Schuhen und hochgekrempelten Hosen gingen die beiden Hand in Hand, und das Wasser schlug um ihre Knöchel und Schienbeine kleine Wellen. Sie starrten zu ihr herüber. Die grosse sprach, und es war wieder diese Stimme – dieselbe Stimme, die durch das Schweigen der Nacht zu ihr gedrungen war.

»Mom?«

»Maddy! Maddy!«

Gillian stürzte sich in den Fluss, und schon hielt sie ihre Tochter in den Armen. Sie hielt sie fest und fragte wieder und wieder, ob sie okay und alles in Ordnung sei. Maddy schob sie schliesslich beiseite, bückte sich nach dem Jungen, Rowdy Burns, und setzte ihn sich auf die Hüfte wie ein eigenes Kind, so als wäre ihre Tochter im Lauf einer Nacht selbst zur Mutter gereift und zu einem Gillian ganz fremden Wesen.

»Warum bist du hier, Mom? Wo sind wir denn?«

Unter Gillians Füssen flossen die Flusskiesel. Sie wollte die schlichte Wahrheit gestehen und sagen: *Ich bin deinetwegen gekommen* und *Wir sind hier, wo das alles begonnen hat.* Aber Gillian hatte ja keine Ahnung, wie all das geschehen war und wie die Welt je auf so etwas hätte kommen können. Nie war sie weiter weg von ihrer Tochter gewesen.

Das Gesicht des Jungen war auf einer Seite mit Schmutz und getrocknetem Blut verklebt. Maddy selbst war so bleich wie Flussmuscheln, sie atmete heftig und schnell, und ihre Augen waren entflammt.

»Wir sind beim alten Haus«, sagte Gillian. »Gehen wir und machen Rowdy sauber.«

Maddy taumelte, und Gillian streckte die Hand aus und hakte sie unter. Ihre Tochter lehnte sich an sie, sagte danke und dass sie so müde sei. Mahnte, dass sie sich beeilen müssten, und das Feuer in ihren Augen flammte noch einmal auf.

»Wendell ist noch da draussen«, sagte sie. »Sie sind hinter ihm her.«

Weil im Haus kein Handyempfang war, fuhr Gillian auf der Landstrasse nach Süden – einmal zu schnell, dann zu langsam und wieder zu schnell, je nachdem, ob Erleichterung und Entsetzen sie in wechselnden Wellen überrollten. Sie ratterte über die alte Eisenbrücke und fuhr auf den ersten hohen Passübergang in die Bulls, wo sie vielleicht in Reichweite der Sendemasten jenseits der Berge käme, und tatsächlich hatte sie schon einen Balken. Sie hielt das Auto an. Aber wen sollte sie anrufen? Und was sagen? Wie sollte sie klug werden aus ihrer Tochter, die mit einem stummen Jungen an ihrer Seite den Weg durch die Bull Mountains fand in der Nacht? Aus ihrer Tochter, die über Bergrücken wanderte und Flüsse durchwatete, angezogen wie von einem Magneten im Blut vom Haus ihrer Kindheit, mit einem Angehörigen des Mörders ihres eigenen Vaters im Schlepptau?

Sie schielte nach rechts, um sich zu vergewissern, und es war tatsächlich kein Traum. Da sassen sie, Maddy und der Junge, auf dem Beifahrersitz aneinandergeschmiegt. Maddy hatte die Decke fest um ihn geschlagen, eine Packung Salzcracker geöffnet und bemühte sich jetzt im grünen Armaturenlicht darum, dass Rowdy, dessen frisch gewaschenes Gesicht mit sauberer Gaze verbunden worden war, ein wenig Wasser trank.

Gillian wählte zuerst die 911[48], aber der Anruf ging schief. Der Disponent begriff ihr Anliegen nicht, und es war nur schwer zu erklären. Sie legte auf und rief Dave Coles an.

Als er sich benommen und schniefend meldete, kam sie gleich zur Sache: Wendell Newman sei auf der Flucht vor einer Miliztruppe in den Bulls draussen. Maddy und Rowdy Burns seien mit Wendell unterwegs gewesen, nachdem sie zu dritt aus seinem Trailer geflohen seien, aber er habe sie weggeschickt an einen sicheren Ort und Betts' Leute auf seine Spur gelockt.

Eine Pause entstand.

»O nein«, sagte Dave. »Mein Gott. Und was noch? Erzähl mir alles.«

Sie konnte bloss sagen, was Maddy ihr berichtet hatte, nämlich dass sie mindestens zu sechst bei Wendell aufgetaucht seien mit allen möglichen Waffen und dass sie den Deputy Sheriff abgeknallt hätten. Da sei auch eine Frau vom Kinderschutz gewesen, und was mit ihr geschehen sei, nachdem sie und Wendell mit dem Jungen weggerannt waren, wisse Maddy nicht. Wendell habe Betts erschossen. Er habe es tun müssen – aus Notwehr, sagte Maddy. Und darum seien Betts' Männer jetzt hinter ihm her.

Dave versprach, zu tun, was er konnte, um ihr zu helfen. Er würde jeden einzelnen Polizisten anrufen, den er kannte.

»Aber was ist mit dir?«, fragte er. »Du musst dich irgendwo in Sicherheit bringen.«

Von der Passhöhe konnte Gillian meilenweit sehen. Das Tal des Musselshell River bog ab und schlängelte sich nordwärts; das Ödland und die Prärien erstreckten sich gegen Osten; und im Südwesten, wo man die Lichter von Billings nur ahnte, hoben und senkten und erhoben sich wieder die Berge.

»Ich fahre nach Colter. Zu Kent Leslie. Wir alle drei.«

Die Landstrasse schlängelte sich zwischen den Hügeln in ständigem Auf und Ab durch Gräben und Rinnen. Die Welt war blauschwarz auf den Höhen, tiefblau am kiefernbestandenen Horizont. Ein letztes Mal dem staubigen Kiestanz von Delphia nach Colter entgegen, dachte Gillian. Dieses letzte Mal. Maddy hielt den Jungen auf dem Schoss, während er schlief, den Kopf an ihrer Brust und mit stockendem Atem, während er durch seine Träume zuckte und zitterte. Die beiden rochen sogar kalt, wie Felsen und Messer. Als sie an der Schotterstrasse zur Newman-Farm vorbeifuhren, brannten sich stille Wirbel aus Rot und Blau den fernen Bergrücken und Bäumen ein. Gillian griff hinüber und berührte das Knie ihrer Tochter. Maddy fuhr zusammen, starrte aber weiter geradeaus, als sie sprach.

»Ich hab's nicht gewusst, Mom. Ich wusste nichts von Wendell. Wer er war. Wer sein Vater war.«

Die Strasse fiel in ein schmales, trockenes Bachbett ab, stieg dann jäh wieder an und führte über eine salzgefleckte Ebene. Trotz der losen Steinchen zeigte Gillians Tacho fast sechzig Stundenmeilen an. Doch inzwischen wusste es Maddy, dachte Gillian, und was würde sie jetzt mit diesem Wissen anfangen? Was hatte sie schon damit angefangen?

»Aber er ist gut, Mom. Ich bin nicht in ihn verliebt oder so was, falls du das denkst, aber er ist ein guter Mensch. Wirklich.«

Gillian umklammerte das Steuer und hielt ihre Fragen und ihren Zorn zurück. Es würde eine Zeit für das alles geben.

»Okay, Schatz. Ich höre dich. Und ich glaube dir.«

Schliesslich dämmerte der Morgen. Die Scheinwerfer des Prius glommen blass und matt, und alles war in dieser Übergangsstunde schattenhaft nickel- und knochenweiss, trotzdem entdeckte Gillian selbst aus einiger Distanz den dunklen Klotz im Strassengraben. Ein Auto, dachte sie. Ein Auto, das sich überschlagen hatte, die Reifen in der Luft, die Schnauze im zerrissenen, vierfach gespannten Stacheldraht verfangen. Sie waren vielleicht noch fünfzehn Minuten von Colter entfernt. Maddy und Rowdy schliefen beide halb neben ihr. Gillian wollte nicht abbremsen, kam aber trotzdem gleich hinter dem Wrack schleudernd zum Stehen. Vermutlich war ja niemand da drin, aber sie sollte doch nachsehen. Maddy blinzelte und schluckte. Gillian legte ihr die Hand auf den Arm und sagte, sie solle warten.

Die Luft war eher noch eine Spur kälter geworden. Keine Vögel, kein Wind, nur das Knirschen der Steinchen unter ihren Füssen. Zwanzig Meter vom Unfallwagen entfernt, stiess sie auf einen zermalmten Hirschleib, der nur noch ein Blutstreifen im Strassengraben war. Sie ging weiter.

Das Auto war ein Impala, ein älteres Modell. Der Kofferraum war aufgesprungen, und rosa Mary-Kay-Boxen lagen über die Strasse verstreut. Die Schnauze des Autos war zusammengestaucht und die Scheinwerfer blutbespritzt und mit Haar und Eingeweiden verklebt, wie sie feststellte, als sie um das Wrack herumging. Die Windschutzscheibe hatte gehalten, war aber nur noch ein einziges schneeweisses Bruchstück. Gillian bückte sich. Sie hoffte bloss, es sei niemand drin und es handle sich um ein seit Tagen nicht abgeschlepptes Wrack. Aber als sie durch das zerbrochene Fenster auf der Fahrerseite hineinspähte, bewegte und verschob sich ein Schatten. O nein – o Gott.

»Können Sie mich hören?«, rief sie. »Alles in Ordnung?«

Sie wischte Glas und Kies aus dem Weg und legte sich auf den Bauch. Aus dem Innern des Wracks kam ein rasselnder Atem. Sie drehte sich nach ihrem eigenen Wagen um und schrie, Maddy solle ihr die Taschenlampe vom Rücksitz bringen.

Eine Autotür ging auf und zu, der Kies knirschte, und schon stand Maddy neben ihr und reichte ihr den kühlen Stab der Taschenlampe. Gillian schaltete sie ein.

Die Frau war unter dem herabgestürzten Armaturenbrett eingeklemmt, und dünne Blutspuren zogen sich über ihr Gesicht. Das blauschwarze Haar, die tiefliegenden, grossen Augen – Gillian brauchte einen Moment, aber dann dämmerte es ihr. Es war Tricia Wilson, und Tricia hob eine schmutz- und blutverklebte Hand, weil die Lampe sie blendete.

»O Gott, Tricia, rühr dich nicht. Bitte nicht.«

Gillian reichte Maddy die Taschenlampe und schob sich vorwärts. Ihr eigener Bauch schmerzte höllisch, aber sie schaffte es, Tricias Hand zu nehmen. Sie drückte sie. Tricia weinte und wimmerte.

»Scheisse«, rief sie. »Scheisse, Scheisse. Er hat Tavin mitgenommen. Er und all diese Arschlöcher. Ich sagte, nein, tu's nicht. Ich hab zu ihm gesagt …«

Ihre Stimme verebbte zu unregelmässigen Schniefern und Schluchzern, und Gillian versuchte sie zu beruhigen. Sie verrenkte den Kopf nach ihrer Tochter, die da fröstelnd im blauen Morgengrauen stand. Eigentlich wollte sie Tricias Hand loslassen, wieder hinauskriechen und wegfahren. War sie schliesslich den Ihren nicht mehr verpflichtet als dieser Frau? Tricia hustete, und es schüttelte sie. Gillian hielt immer noch ihre Hand.

»Die Schlüssel sind im Auto, Maddy. Und du solltest in etwa zehn Minuten wieder Handyempfang haben. Ruf Dave Coles an. Seine Nummer ist im Handy gespeichert. Sag ihm, dass wir vielleicht zwölf Meilen nördlich von Colter auf der Strasse von Delphia nach Colter sind. Sag ihm, dass Tricia Wilson einen Hirsch überfahren hat und schwer verletzt ist. Er wird wissen, was zu tun ist. Und dann ruf Kent an – seine Nummer ist auch gespeichert –, und fahr zu seinem Haus. Warte dort auf mich. Los.«

Maddy ging pflichtschuldigst. Als Gillian sie das kalte Stück Schotterstrasse hinunterlaufen sah, hätte sie sie am liebsten zurückgerufen. Aber sie schluckte die Worte mitsamt den alten Ängsten herunter. Sie liess ihre Tochter gehen. Ihre so grosse Tochter, die jetzt die Strasse hinunter entschwand und wegfuhr.

Irgendwo hatte Gillian gelesen, man solle mit jemandem, der am Kopf verletzt sei, unaufhörlich reden, und so stellte sie Frage um Frage, aber Tricia wurde abwechselnd ohnmächtig und kam wieder zu sich. Auch Gillian begann zu dösen. Einmal erwachte sie, als der Beifuss sich rosa färbte und harte Lichtschwaden durch die Kiefern leuchteten, und sie spürte den Kies unter ihrem Bauch und ihre blutende Wunde. Dann fiel es ihr wieder ein, und sie begann mit Tricia zu reden. Keine Antwort kam. Sie redete, trieb in Gedanken ab und redete, und die beiden, diese Frauen, die um ihre Männer trauerten und hinter ihren Kindern her waren, bluteten da zusammen am Strassenrand. Zweimal hörte sie etwas, was an entferntes Motorengeräusch erinnerte, aber es war nur der Wind. Manchmal kam es Gillian so vor, als wäre Tricia ihr jüngeres Selbst und es wäre ihre eigene vom Blut schlüpfrige Hand, die sie da halte. Dann erhob sich ein langgezogenes Heulen von einem nahen Bergkamm. Es war nah genug, dass sie es in ihrer Brust widerhallen spürte: abklingend, glockig und schwer. Als es verstummte, spürte sie es immer noch. Auch wenn sie noch nie einen Wolf gehört hatte, wusste sie, dass es einer gewesen war.

»Die sind wirklich zurück, nicht wahr?«

Tricia sagte nichts. Gillian drückte ihre Hand und ermahnte sie auszuharren. Noch ein wenig auszuharren.

Verl

Ich schaue zurück auf das was ich geschrieben habe und weiss nicht mehr wann. Wann spürte ich Fleisch auf der Zunge? Warum dieses Feld im Wind? Welche Augenfarbe hat deine Mutter? War das in der Nacht in der ich vom Wolf träumte? Am Tag nach der Nacht? Ich sehe einen Bergkamm oder eine Reihe von Kiefern und Stunden später sehe ich dasselbe wieder. Ich finde eine Quelle und meine eigenen Fussspuren erschrecken mich wenn ich mich hinknie um zu trinken. Ich weiss nicht ich erinnere mich nicht mehr

Wendell

Zweimal in den frühen Morgenstunden hörte er ein Geheul. Einmal einen Gewehrschuss. Schwer zu sagen, wie nah. Einen Hügelzug entfernt? Oder drei? Er ging immer weiter. Von Osten nach Westen verblasste der Himmel von Eisen- zu Steinblau und dem Blau mancher Seen, die er als Junge gesehen hatte, die paar Male, als sie alle drei in den Beartooth Mountains droben zelten gegangen waren.

Alle drei. Er hatte Maddy und Rowdy auf geradem Weg nach Norden geschickt und sich vergewissert, dass Maddy sich an die Felsen und Bergrücken zu halten wüsste, und er war durch ein grasbewachsenes Tal und eine überwucherte Strasse nach Süden gegangen, wobei seiner Spur kinderleicht zu folgen war, hatte er doch genau dort im Staub und Gras Stiefelabdrücke hinterlassen. Allerdings wandte auch er sich nach dem Geheul und dem Schuss den Felsen zu und nach Westen. Sie würden ihm folgen. Er würde sie von Maddy und Rowdy wegführen und ihnen Zeit geben, in die Stadt zu gelangen und danach – weiter wusste er nicht. Vorerst waren da die Berge. Das war alles.

Es war noch nicht Mittag, als er den Helikopter hörte. Er liess sich auf den Bauch fallen, und es verschlug ihm fast den Atem. Der Helikopter näherte sich und flog über ihn hinweg, legte das Gras nieder und brach dürre Zweige, wirbelte grosse Staubwolken auf und entschwand nach Nordosten. Als der Lärm verklang, stand er auf, wischte sich das Hemd ab und ging weiter. Der Hubschrauber war nicht einmal langsamer oder im Kreis geflogen. Vielleicht wussten sie nicht, dass er hier draussen war. Vielleicht hatten Betts' Männer den Deputy und die Kinderschutzfrau umgebracht. Oder vielleicht hielten sie die Frau im Trailer als Geisel fest. Vermutlich hatten sie sich schon getrennt, bevor der Sheriff herausfinden konnte, wie viele sie waren, und ein paar waren ihm gefolgt, während die anderen die Kinderschutzfrau gefangen hielten. So musste es sein, und das war vermutlich der Grund, weshalb der Helikopter rasch Kurs auf sein Grundstück nahm.

Im Gehen sann er eine Weile der Kinderschutzfrau nach. Er fragte sich, ob nicht Carol Hougen angerufen hatte, nachdem sie mitbekommen hatte, wie er Rowdy an dem Abend zurückgelassen und sich derart betrunken hatte. Aber das war schon zwei Wochen her. Und es passte nicht zu der Art, wie man die Dinge hier regelte. Es konnte eine Lehrerin aus Delphia gewesen sein und noch damit zu tun haben, dass Rowdy jenem Jungen den Arm gebrochen hatte, oder jemand aus Colter in einer Sache, von der er noch nicht einmal wusste. Es hatte ihn jedoch mitgenommen – und ihm schwer zugesetzt –, dass er das Wort *Kinderschutzbehörde* aus den Lautsprechern des Deputy hören musste. Er hatte keine Chance gehabt, Maddy zu erklären, dass daran nichts war. Er versicherte es ihr jetzt in Gedanken und hoffte, dass sie es vielleicht schon wusste.

Wendell kam ein steiles Bachbett voller Geröll hinunter und an wuchernden Traubenkirschsträuchern vorbei, wo der harte Untergrund dem Gras wich. Er verlangsamte den Schritt, streifte eine Handvoll Kirschen ab, die den Elstern noch entgangen waren, und steckte sie sich im Weitergehen eine um die andere in den Mund. Die kleinen, fast schwarzen Früchte waren so spät im Jahr etwas süsser, zogen einem aber immer noch den Mund zusammen. Er löste die dünne Schicht Fruchtfleisch mit der Zunge und spuckte den Kern aus. Rowdy würde Traubenkirschen mögen, dachte er. Seine Mutter hatte davon stets einen Sirup zubereitet, den man direkt aus dem Krug trinken konnte. Hatte er dem Jungen je Pancakes gemacht? Nicht dass er wüsste. Vielleicht kriegten Rowdy und Maddy welche im Café, wenn sie es inzwischen in die Stadt geschafft hatten, was eigentlich zu erwarten war. Maddy hatte vermutlich die 911 wählen und auch ihre Mutter anrufen können. Aber vielleicht warteten sie auch noch. Er konnte sie sich vorstellen unter den grellweissen Leuchtstoffröhren, auf dem Linoleum, das immer schmutzig war von den Männerstiefeln, und sah sie an einem der schrägen Tische sitzen, Rowdy auf Maddys Schoss damit beschäftigt, die Zucker- und Kaffeeweissertütchen zu sortieren, während Maddy den Blick auf die Tür heftete und wartete.

Er hoffte, man würde sie dort nicht piesacken. Es gab welche, die es versuchen könnten. Mehr als nur ein paar. Sie würden tuscheln, Stielaugen machen und sie gar zum Gehen auffordern, wenn sie nichts bestellte. Aber vielleicht käme Glen vorbei und würde den beiden Pancakes und Ei bestellen und sich zu ihnen setzen. Glen hätte rein gar nichts von dem gewollt, was Betts bei ihm draussen angerichtet hatte. Wahrscheinlich hatte Betts ihm nicht einmal etwas erzählt, oder Glen hätte versucht, es ihm auszureden. Glen war nicht zuzutrauen, was all die anderen taten. Oder vielleicht würde Maddy auch die Mutter ihres Vaters anrufen, die alte Elner Kincheloe. Sie war krank inzwischen, aber sie hatte sich immer durchgesetzt. Wendell wusste, sie würde jedenfalls dafür sorgen, dass Rowdy viel Sirup auf seine Pancakes bekam.

Wendell folgte einem Wildwechsel über eine trockene Ebene. Trotz des kühlen Tags brannte die Sonne ihm heiss ins Genick und blendete seine Augen. Er fand eine Schlangenhaut, die sich um eine verdorrte Yucca wand. Er angelte sich die Haut, die noch fast ganz und gut erhalten war, selbst dort, wo sie sich von den Augen der Schlange gelöst hatte. Ein-, zweimal berührte er die Augendeckel selbst, und die Haut begann zu reissen und in seinen Händen zu zerfallen. Das trockene Klappern klang nach sandigem Rieseln, als er die Haut schüttelte.

Er wusste jetzt, was der Unterschied zwischen ihm und den andern war – die glaubten, dass man ihnen etwas schuldig sei. Freddie, Toby, Daniel. Betts. Sein Alter. Jemand hatte ihnen weisgemacht, dass man ihnen etwas schulde. Er war sich noch nicht sicher, wer, hatte noch keine Zeit gehabt, sich das gründlich zu überlegen, aber bestimmt dachten sie, dass es nicht fair sei. Wendell zerdrückte die Schlangenhaut in seiner Faust. *Man ist uns verdammt noch mal gar nichts schuldig.* Er hatte das immer gewusst, so tief in seinem Innern, dass er es nicht einmal bewusst gedacht hatte, und nun, da er es tat, ging ihm auf, dass Maddy recht gehabt hatte. Die Geschichte, die er Rowdy erzählt hatte, war schlicht und einfach eine Lüge. Verl Newman war ja vielleicht noch hier draussen, aber wenn, dann nur noch als von den Vögeln angenagter Knochenhaufen. Auch Betts war tot. Wendell wusste nicht, was ihm selbst blühte, wenn man ihm abnahm, dass er Betts erschossen hatte, aber auf Freddie, Daniel und Toby wartete wahrscheinlich eine Gefängnisstrafe. Und dieser Wilson-Junge – du liebe Güte. Was sollte aus einem solchen Jungen werden? Das Leben war nicht einfach hier draussen – so viel stand fest. Es gab immer etwas: Hagel, Dürre oder niedrige Viehpreise. Aber es war ja nicht auf einen Schlag hart geworden. Es war nicht die Umwelt- oder die Landzuteilungsbehörde, die es auf einmal so hart machte. Es war immer schon hart gewesen. Darum kehrten die Wölfe zurück. Sie waren dafür geschaffen. Es kümmerte sie nicht, was man ihnen schuldig sei. Sie lebten so, wie das Land es verlangte. Das begriff Wendell jetzt. Das

Land selbst hatte ihm seinen Vater genommen und ihn mit dieser traurigen, rätselhaften Geschichte allein gelassen – einer, die jene anderen völlig falsch verstanden.

Zuerst roch er das Wasser, diese mineralische Schärfe in der Luft, und folgte dem dichter werdenden Gras eine steile Schlucht hinauf. Die kühlen Felswände verengten sich zusehends, er kam an Wildrosen und Traubenkirschen im Schatten vorbei, und unter einer glatten Sandsteinwand kniete er vor der Quelle.

Er lehnte sein Gewehr gegen den Felsen und hielt die Lippen an das erdige Rinnsal. Das Wasser war kühl und sandig. Er hatte nicht bemerkt, wie durstig er war. Er trank und trank und fiel zurück. Seine Beinmuskeln verkrampften sich, als er im Gras sass, und er rieb sich die Prellung am Oberschenkel, wo ihn das Kalb getreten hatte. Nach einer Weile sammelte er Wasser in seiner Hand und spülte sich das Gesicht. Rundum in der weichen Erde verstreut waren die Spuren von Wapiti und Hirsch, die zarten, verschlungenen Fussabdrücke von Waschbär und Skunk – und dann die breiten, langkralligen Pfoten eines Tiers, das sehr wohl ein Wolf sein könnte.

Er trank erneut, setzte sich hin und ruhte aus. Er studierte die Wolfsspur und warf ab und zu einen Blick nach oben, auf die Ränder der steilen Schlucht, halb darauf gefasst, gelbe Augen zu sehen, die auf ihn niederstarrten. Nach dem Heulen am Morgen und dem noch feuchten Pfotenabdruck zu urteilen, mussten sie ganz in der Nähe sein. Vielleicht würde er endlich den Wolf sehen, dem er und Lacy nachgejagt waren.

Es wurde später Nachmittag, Zeit, einen Ort zu finden, an dem man sich für die Nacht verkriechen konnte. Er hatte einigen Abstand zwischen sich und Betts' Männer gelegt. Am anderen Tag könnte er sich vielleicht nach Norden zum Highway durchschlagen. Eine Mitfahrgelegenheit in die Stadt finden, sich stellen und Maddy anrufen, um nach Rowdy zu fragen. Er nahm noch einen letzten Schluck und stand aufrecht, seine Knie knackten, und seine Oberschenkelmuskulatur war zum Zerreissen gespannt. Die Müskelchen unter seinem Auge zuckten, ergaben sich und zuckten wieder. Er war todmüde. Nur noch ein bisschen weiter, ermahnte er sich. Noch ein bisschen weiter, und er würde Nachtruhe halten. Er nahm die .22er und tat sein Bestes, um dem Schlamm auszuweichen und es zu vermeiden, eigene Spuren zu hinterlassen. Als er von Stein zu Stein sprang, stiess er mit dem rechten Fussballen gegen einen glatten Stein und rutschte aus. Sein Gewicht entglitt ihm, und mit einem satten Knall verstauchte er sich den Knöchel.

Er fiel unsanft, und die Wildrosen zerstachen ihn beim Rutschen. Das Gewehr schlug gegen den Boden, wurde ihm entrissen, doch sein Finger war noch fest am Abzug, und ein Schuss ging los und hallte überall von den Wänden der Schlucht wider.

Er atmete Staub, Rauch und Schwefel. Er lag auf dem Rücken, im rechten Knöchel einen unbändigen Schmerz. Verschränkte die Finger beider Hände unter seinem Knie und streckte den verletzten Knöchel in die Luft, wo er glühend heiss in seinem Stiefel pochte. Es war derselbe Fuss, den er sich auf der Aschenbahn verletzt hatte und der nie richtig verheilt war und ihn in seinem Abschlussjahr an der Teilnahme an der überregionalen Meisterschaft mit dem Basketballteam gehindert hatte. Schmerz durchströmte ihn, umfloss seine Hüften und Rippen und sammelte sich in seinen Eingeweiden. Er bohrte den Nacken in die harte Erde, und nachdem der Schmerz angeschwollen und wieder verebbt war und ihn erneut durchflutete, richtete er sich auf den Ellbogen auf.

Die .22er lag ein paar Fuss entfernt im Gras. Verdammt. Wenn Betts' Männer irgendwo in der Nähe waren, hatten sie diesen Schuss gehört. Er packte das Gewehr und robbte in Soldatenmanier zur Canyonwand, wo er sich gegen die kühlen Felsen lehnte, der Knöchel sass schon sehr stramm in seinem Stiefel. Er zog sich auf, eine Hand an den Felsen, und humpelte zum Eingang der Schlucht.

Es war noch nicht Abend. Tiefe silbergraue Wolken stoben vorbei, mehr und mehr verdunkelt von Schatten, die sich von Westen nach Osten ausbreiteten und immer länger wurden. Ein angedeuteter Weg zog sich durch das weite Grasland vor ihm, und in der Ödnis dahinter wuchsen unzählige Kiefern, und sie war voll bizarrer, windgekrümmter Felsen. Im Gras würde man die Spur sehen, aber da half alles nichts. Er musste es zu den Felsen schaffen.

Er versuchte, mit beiden Füssen aufzutreten, aber jede Berührung des rechten Fusses mit dem Boden jagte einen heftigen, feurigen Schmerz durch seinen Körper. Sein Herz raste. Kalter Schweiss rann ihm den Rücken hinunter und über jeden zuckenden Muskel. Auf halber Strecke musste er sich übergeben, und das Wasser, das er getrunken hatte, kam warm und säuerlich in ihm hoch. Er war sich so gut wie sicher, dass der Knöchel gebrochen war. Für den restlichen Weg stützte er sich dann auf das Gewehr wie auf eine Krücke, trotz des deutlichen Abdrucks, und fiel auf der anderen Seite auf die Knie und kroch die felsige Flanke des Hügels vor ihm hinauf. Es hatte keinen Zweck mehr, seine Spuren zu verwischen. Nicht den geringsten Zweck.

Er schaffte es auf den Grat, nur um sich vor einem zweiten, noch höheren Kamm wiederzufinden, einer Ansammlung von Felsen. Der Pfad vor ihm war labyrinthisch, überwachsen und von den zunehmenden Schatten der Rotzedern und Strauchkiefern verwischt. Auf sein Gewehr gestützt und die freie Hand am kalten, sandigen Stein, überwand er eine Kluft. Er bückte sich durch verschlungene Pfade, duckte sich unter Felsvorsprüngen und neigte sich in bizarre Sandsteingebilde vor. Nachdem er einen dichten Zedernbestand bewältigt hatte, gelangte er auf einen hohen Sattel zwischen den Bergen, wo er Atem schöpfte und sich orientierte.

Gegen Süden fiel der Grat ab, und die Schlucht hatte über vielleicht zwölf Meter eine senkrechte Wand, bevor sie in eine Schutthalde voller Geröll und Salzbüsche überging. Gegen Norden und Westen türmte sich rundherum Ödland, ein Durcheinander von Strauchkiefern und Sandstein, das am ehesten an einen Haufen zertrümmerter Schüsseln und Teller erinnerte. Vermutlich schaffte man es da durch. Aber man würde es nicht tun. Wer immer hinter ihm her war, würde von Osten kommen, was bedeutete, dass ihm nichts weiter blieb, als sich an einen Felsen zu lehnen, das Gewehr auf dem Schoss, und zu warten. Und zu hoffen, dass der Helikopter vor ihnen auftauchte.

Von Kiefer zu Kiefer humpelte er weiter. Er benutzte das Gewehr, um über zwei umgefallene Bäume zu klettern, und folgte dann einem Wildwechsel, der um einen zutage tretenden Fels führte. Dort, wo der Pfad sich nach Westen wandte, fand er, wonach er suchte – eine kleine Lichtung, wo unter den Felsen auf der anderen Seite eine niedrige, dunkle Höhle gähnte.

Er schleppte sich an der Krücke zur Höhle. Vor der Öffnung lagen überall von Wind und Wetter zerfressene Rippenknochen. Hirsch, dachte er. Oder ein Wapiti. Jedenfalls ein im Winter erlegtes Tier, das längst tot war. Sein Fuss stiess im Kiefernmulm auf etwas Hartes. Er balancierte auf seinem guten Bein und grub mit dem Lauf der .22er im spärlichen Boden, dabei bewegte er sich linkisch und ungeschickt. Als er wieder an das Ding stiess, klirrte es. Er zog es durch die abgestorbenen Nadeln, und seine Abmessungen wurden deutlich.

Es war ein Gewehr.

Die Nacht senkte sich. Die Wolken verdunkelten sich, stiegen auf und lösten sich in nichts auf. Dann die Nagellöcher der Sterne, die schneidende Kälte, die nach Kupfer roch, der dunkle, heftige Wind.

Wendell hatte das Gewehr seines Vaters gefunden. Er hatte das Notizheft seines Vaters gefunden. Und seines Vaters Gebeine.

Hier draussen in den Bergen war er um nur einen Kamm herum in einem anderen Leben angekommen. Einem, in dem das misstönende Schreien und Rufen vielleicht in Einklang stand; in dem Chaos und Schmerz vielleicht einen Sinn bekamen und verschwanden und die Dinge ausnahmsweise mal aufgingen. Er staunte über das verrottete Holz des Gewehrschafts und den aschgrauen Lauf. Er hielt die Gebeine seines Vaters, als wollte er sie wärmen. Wie die Schlangenhaut zerfielen die noch daran hängenden Stofffetzen von der leisesten Berührung, und das alte, robuste Carhartt zerfiel zu Staub. Weil er nicht genug Erde hatte, um seinen Vater zu begraben, las er die Knochen auf, schichtete sie im hinteren Teil der Höhle aufeinander und legte die zerfallende .270er obendrauf. Das war so gut, wie er es angesichts seines Knöchels und der hereinbrechenden Nacht vermochte. Das Eierschalenweiss der Gebeine, der schwarze Lauf, das dunkle Holz.

Den eigenen Namen auf dem Umschlag des Notizhefts zu sehen und auf den ersten paar Seiten seine eigenen Kritzeleien vorzufinden, Schreibübungen und einige Rechenaufgaben, und dann eine einzige Seite umzublättern und auf die verlorene Handschrift seines Vaters zu stossen, mit ihren sperrigen, voneinander abgesetzten, entschiedenen Buchstaben. Er war so schockiert und verlegen, dass er das Heft beinahe fallen liess. Dann nahm er sich zusammen und blätterte. Dank der trockenen Luft und im Schutz der Höhle war das Notizheft gut erhalten – das Papier war zwar gelb und spröde, aber die Buchstaben und Wörter waren leserlich. Er lehnte sich gegen die Felsen, legte die .22er neben sich auf die Erde und begann im letzten Licht zu lesen. Seite um Seite, Tag um Tag. Bis er zu den letzten Zeilen und den letzten Worten seines Vaters gelangte, die sich neigten und verblassten, als die Nacht sich senkte, als wollten sie im Dunkel auffahren zu den Sternen.

Sie hatten nie viel miteinander gesprochen, er und sein Vater. Er war zwar noch ein Junge gewesen, aber trotzdem. Später hatte es seine Mutter vielleicht ein-, zweimal versucht, aber er hatte sich vermutlich abgewandt. Allzu gut hatte er die alte Regel gelernt, die besagte, dass ein Mann sich nicht auf diese Weise öffnen durfte. Und das war es natürlich, was er sich aus all den Büchern geholt und wonach er derart gehungert hatte – nach der Gelegenheit völliger Offenheit. Aber hier, jenseits des Todes und über seine kühnsten Wünsche hinaus, wurde ihm dieser Augenblick mit seinem Vater geschenkt. Diese Worte waren schon immer für ihn bestimmt gewesen, und er hatte sie gefunden, und trotz all der verflossenen Zeit und der Wirrnisse und Ängste, die im Untergrund brodelten, gehörten sie nun ihm und seinem Vater, als eine Art Brücke, die das eine und auch das andere Ende in den Bergen hatte.

Jetzt in der Dunkelheit sagte er die Zeilen seiner Jugend aus *Macbeth* noch einmal auf, rezitierte sie laut und stimmte Frage und Antwort so ab, als ob er zugleich Vater und Sohn sein könnte.

»Wie spät, mein Sohn? Der Mond ging unter, schlagen hört ichs nicht.«

Das Licht der Sterne genügte zwar für die Aufgabe nicht. Trotzdem machte Wendell sich daran. Er zog den alten blauen Stift aus der Spiralheftung des Notizbuchs. Der hatte dort gelegen, seit sein Vater ihn eingesteckt hatte, dachte er; seit er ihn dort eingesteckt und sich zum Sterben hingelegt hatte. Er weckte den Stift mit einem Klick und setzte ihn auf dem Blatt hinter dem letzten Eintrag seines Vaters an. Er kratzte zunächst bloss und ritzte das vergilbte Papier. Doch schon bald floss die Tinte auf das Blatt.

Es ist Oktober 2009, schrieb er. Und dann:

Ich bin Wendell Newman, Verl Newmans Sohn, und wie mein Vater bin ich in den Bergen. Ich habe meinen Vater in den Bergen gefunden.

Auch habe ich Brian Betts erschossen mit dieser .22er, die ich bei mir trage.

Ich habe Maddy Kincheloe – ihr Vater ist der Mann, den mein eigener Vater umgebracht hat –, ich habe sie nach Norden Richtung Delphia geschickt und hoffe, dass sie jetzt in Sicherheit ist. Sie hat Rowdy Burns bei sich, meinen kleinen Neffen, um den ich mich gekümmert habe wie um ein eigenes Kind.

Ich habe mir meinen Knöchel ziemlich verletzt und kann nicht mehr laufen. Ich warte hier. Bis hoffentlich morgen einer von diesen Helikoptern aufkreuzt. Hoffentlich bevor diese anderen aufkreuzen. Diese anderen machen mich wütend und traurig. Sie sind komplett durch den Wind. Mein Vater war komplett durch den Wind. Lest das, und ihr wisst, warum. Am Ende hat er es aber erkannt.

Ich sehe nicht, was ich schreibe. Ich hoffe, es macht irgendwie Sinn.

Die Nacht ist kalt um mich herum. Auch die Sterne. Ich denke, wenn es zum Äussersten kommt, vermache ich alles, was mir gehört, Rowdy Burns, meinem Jungen. Glen Hougen ist ein Mann, dem ich vertraue. Fragt ihn, und er wird es an die Hand nehmen. Rowdy, wenn du das je liest, sollst du wis-

sen, dass du ein guter Zuhörer bist und ein tüchtiger Arbeiter und wie gemacht für die Wälder. Ich liebe dich. Deine Mutter hat es gerade schwer, aber sie liebt dich auch. Ich kenne sie. Ich weiss es.

Maddy Kincheloe will ich danken, wie sie mir hier in den Bergen geholfen hat. Maddy, dieser ganze Ärger tut mir verdammt leid. Aber vor allem bin ich so froh, dass Rowdy bei dir ist. Ich hätte gern noch mehr mit dir geredet. Vielleicht kann ich ja noch mehr mit dir reden.

Verflucht. Es war eine harte Zeit. Für mich und für so viele. Angeblich gab es auch schon bessere Zeiten. Ich weiss nicht. Ich mag diese langen und heissen Erntetage. Ich mag es, wie sie Jahr für Jahr kommen. Jedes Jahr, denke ich, bis sie mal nicht mehr kommen.

Ich sitze hier in der Dunkelheit und weiss nicht recht, was ich schreiben soll.

Ich hätte noch viel zu sagen. Es hat mich zwar niemand darum gebeten, aber ich fühle es jetzt in mir. Maddy hätte zugehört. Rowdy auch. Und jawohl, ich hätte auch zugehört. Allem, was sie zu sagen gehabt hätten. Jedem Wort. Ich wünsche ihnen alles Gute und dies. Dass jemand zuhört. Ja, verflucht, genau das.

Verl

Ist es einen Monat her? Oder zwei? Ich hab pelzigen Eulendreck gefunden. Mit Knochen drin. Ich hab sie gegessen. Das Erste was ich seit Tagen gegessen habe. Mein Kopf wurde ein paar Stunden lang klar. Ich setzte mich wo ich gerade war in dieser hochgelegenen Lichtung in einer Felsenhöhle. Ich wusste meinen Namen wieder. Wusste deinen Namen wieder. Weiss deinen Namen wieder Junge hier steht er auf der Rückseite dieses Notizhefts in dem ich dir schreibe Junge und der Himmel ist weit und dunkel und von Sternen geritzt wo Klauen Sternlöcher reissen

Tavin

Sie brachen vor Sonnenuntergang auf, Tavin, Freddie und Norris, während Daniel, Toby und Clay zurückblieben, bei der Frau vom Kinderschutz. Auf einer zweispurigen Strasse fuhren sie von der Newman-Farm nach Westen zu ihrem Stützpunkt in der Höhle und holten sich, was sie brauchten – Munition, Essen, Wasser, Jacken, Decken und ein paar Schaufeln –, und kehrten wieder um, weil sie wussten, dass Wendell zu Fuss nicht so weit gekommen sein konnte. Sie fuhren ohne Licht, in pechschwarzer Nacht, und nach einer Weile bogen sie von der Strasse ab und holperten über das Grasland, dann stellten sie ihren Wagen bei ein paar Kiefern in einer breiten Schlucht ab.

Vorher noch hatten sie den Wagen des Sheriffs hinter die Scheune gerollt, mit dem toten Deputy auf dem Vordersitz, und die Kinderschutzfrau, die sich vollgepisst hatte und völlig von Sinnen war, in den hinteren Schlafraum des Trailers gesperrt. Es war ihnen schwergefallen, zu entscheiden, was mit Brian geschehen sollte. Man musste an Tricia denken, aber sie wollten keinen Anruf riskieren. Einer der Auswärtigen, Clay, hatte dieselbe Highschool wie Brian besucht und war mit ihm bei den Freistaatlern gewesen drüben in Oregon, und er sagte, Brian habe einen jüngeren Bruder in Portland, aber der sei einer von denen, die aufs College gegangen seien und ihre Herkunft vergessen hätten. Er sagte auch, Brians Mutter habe, keine sechs Wochen nachdem Brians Alter sich den Lauf seiner Pistole in den Mund gesteckt hatte, einen Mexikaner geheiratet und sei nach Kalifornien gezogen. Da sei keiner mehr zu Hause, sagte er und spuckte. Darauf fanden sie, dass Tavin entscheiden solle, drehten sich um und sahen ihn an.

Alle sechs standen im lockeren Kreis im Wohnzimmer des Trailers. Brian lag auf den Teppich gebettet, sein Blut war dunkel und stockdick im Zehncentloch unter seinem Kiefer. Sie hatten alle Tavin gelobt, wie soldatisch es von ihm sei, nicht zu weinen. Und zu ihm gesagt, wie stolz Brian wäre. Scharfe Metallsterne wirbelten durch Tavins Blut. Er war traurig, ja, aber es war der Zorn, der sich am besten anfühlte, der sich gut und sauber und sicher anfühlte. Es schien sogar, dass Tavin gewissermassen gewachsen war an Brians Fall. Er verabscheute und liebte dieses Gefühl. Er tastete nach dem Medaillon um seinen Hals. Kratzte den Schorf am Kinn. Nur die Berge kamen dafür in Frage. Dort würden sie Brian begraben und dann Wendell aufspüren.

Im Schein der Taschenlampe hoben sie jetzt unter den Kiefern das Grab aus. Sie kamen nur langsam voran, die Erde war hart, durchwurzelt und trocken. Tavin dachte an Daniel, Toby und Clay beim Trailer drüben, die nur mit dem Gewehr über dem Schoss dazusitzen und auf die Bullen, das FBI oder weiss Gott wen zu warten brauchten. Sie waren alle dafür gewesen, dass drei von ihnen beim Trailer bleiben sollten. Ein Patt dort gäbe den anderen drei mehr Zeit, Wendell in den Bergen zu finden, und auch die im Trailer mitsamt Geisel und so fort hätten mehr Zeit, ihre Botschaft zu verkünden und den Reportern Brians Manifest zu geben. Aber Tavin war froh, dass er zum Bergtrupp gehörte. Er war auch froh, dass Norris dabei war. Norris stammte aus dem Norden Idahos und war fast so breit wie gross. Er verständigte sich hauptsächlich mit Grunzen und Nicken, und sein langer gelber Bart klebte an seiner breiten Brust. Er war Fährtensucher und schon vor zehn Tagen erschienen und hatte zu Tricias Entsetzen ein Zelt aus Armeebeständen gleich neben dem Trailer aufgeschlagen. Meist entfernte er sich am Morgen früh, um dem Bull-Mountain-Wolfsrudel nachzuspüren und alle auf die Jagd einzuschwören. Tavin war dafür gewesen, sich nur mit Norris an Wendells Fersen zu heften, aber Freddie, der als Einziger geweint hatte, als sie Brian alle umringten, hatte unbedingt auch mitgewollt.

Sie wechselten sich ab, zwei schaufelten, und einer hielt die Taschenlampe. Drei Fuss tief stiessen sie auf tellergrosse Sandsteinplatten und wussten, dass sie nicht viel weiter kommen würden. Freddie und Tavin liessen die Plane, auf die sie Brian gebettet hatten, von der Ladefläche des S-10 heruntergleiten, fassten die knitternden Enden wie behelfsmässige Sargträger und schleppten ihn hinüber zum improvisierten Grab. Sie waren so vorsichtig wie bei dieser Dunkelheit und all der aufgewühlten Erde im Umkreis nur möglich. Doch die Plane, die sie von den Dachbalken in Wendell Newmans Schuppen heruntergezogen hatten, war alt, und eines der Enden in Freddies Hand begann mit einem Geräusch wie röchelnder Atem zu reissen. Brians Leichnam fiel herunter und stürzte ins Loch, wo er mit dem Gesicht nach unten landete, die Arme und Beine ganz verdreht.

Der Schein von Tavins Taschenlampe fiel auf Freddie.

»Gottverdammt.«

Freddie wollte schon ins Loch hinuntersteigen.

»Schlag dir das aus dem Kopf. Du verbockst es nur.«

Tavin gab Norris die Taschenlampe, rutschte ins Loch und drehte Brians Leichnam um. Er verschränkte die Arme über der Brust, wie er es im Fernsehen gesehen hatte, und stemmte sich aus der Grube.

Brian war bibelfest gewesen oder hatte wenigstens vieles zitiert, was angeblich aus der Bibel stammte, und Tavin sagte, so gut es ging, alles auf, was er noch wusste. Norris leuchtete in das offene Grab. Da begann Freddie wieder zu flennen. Tavin bückte sich nach der Schaufel. Er mochte Freddies Schniefen nicht hören und Brian nicht sehen, der da tot in der Erde lag.

Tavin schlief nicht wirklich, sondern schlitterte vielmehr durch die Kälte und Finsternis und die vielen Traumgesichter, die Brian in seinem Kopf entfacht hatte. Dazu kratzte er die ganze Zeit am Schorf an seinem Kinn. Tricia hatte ihn ermahnt, das seinzulassen und verflucht noch mal mit Kratzen aufzuhören, oder er würde eine Narbe riskieren. Und jetzt riss er mit den Nägeln die alte Wunde immer weiter auf, bis sie blutete und das schmierige Sweatshirt, das ihm als Kopfkissen diente, befleckte. Sie waren draussen beim Zäunen gewesen, und er war Feuer und Flamme gewesen und hatte nicht richtig aufgepasst. Als er sein Quad einen steilen Sattel zwischen zwei Hügeln hinauftrieb, überschlug es sich und warf ihn zu Boden, dann schleifte es ihn durch Salzbüsche und Truggras halb den Hügel hinunter. Brian vergewisserte sich, dass ihm nichts passiert war, und reichte ihm dann ein Taschentuch für die nässende Wunde an seinem Kinn. Denk daran, schärfte er ihm ein, das Land hat seine Eigenheiten. Du musst es kennen, um es zu beherrschen. Mach es dir zu eigen. Damals in Oregon, sagte Brian, habe er ein paar Holzfäller weich werden sehen, weil sie etwa einen Bach schonen oder nicht einen ganzen Hang kahlschlagen wollten. Aber das Land verstand keine Babysprache. Nein, dem Land rang man seine Existenz und seinen Wohlstand ab. Dazu war es da. Es waren die verweichlichten Holzfäller, die von den Bäumen getroffen wurden. Brian fasste Tavin an der Schulter und sagte, wenn diese Wolfsjagd vorbei sei, würden sie hier mit einem Traktor oder Bulldozer aufkreuzen, diesen Sattel begradigen und eine anständige Strasse anlegen.

Die Nacht wich. Die Sterne verblassten von diamanten zu sahneweiss. Näher beim Grab drüben zuckte Freddie im Schlaf, wimmerte und jammerte. Norris kam keuchend durch die Bäume und sagte, er habe die Spur entdeckt, zweierlei Spuren, von Wendell und dem Mädchen, keine Viertelmeile entfernt. Sie sollten den S-10 zurücklassen, sagte er, da Wendell sich an die Felsen halte, und sie müssten achtgeben auf einen Hinterhalt. Sie entnahmen dem Wagen alles, was sie vielleicht noch brauchen könnten – Feldstecher, Munition, Feldflaschen –, und Tavin knallte die Tür zu, ein *Wumm* durchschnitt die stille Nachtluft. Er kümmerte sich keinen Deut darum, wer es hörte. Das gab Wendell und dieser Schlampe, wer immer sie war, eine Chance. Sie würden sie verdammt noch mal nötig haben.

Die erste halbe Stunde lang war die Spur schwach, und sie mussten sich vorsichtig bewegen, um sicher zu sein, dass sie ihr folgten. Dann wandte der Pfad sich glasklar nach Süden, und sie eilten darauf voran. Ein leises Heulen drang über die Hügel wie Glockenklang und verflüchtigte sich in einem hohen, durchdringenden Rufen. Tavin hatte auch schon Wölfe gehört, als er mit Brian in den Bergen draussen war, aber noch nie so nah. Er hielt inne und spähte in alle Richtungen, als wäre ein Wolf schon in Sichtweite.

Sie liefen weiter, die Gewehre vor der Brust. Jeden Moment, dachte Tavin, jeden Moment würden sie um einen Kamm biegen und sie erblicken – da war er sich verdammt sicher. Brian hatte ihn vielfach gewarnt, sie seien doch alle blind, seine Lehrer und seine Kameraden, so ziemlich alle. Sie fürchteten sich derart vor der Wahrheit und schämten sich, am Tropf der Regierung zu hängen, dass sie nicht einmal mehr die Augen aufmachten und hinsahen. Sie seien Schafe, jawohl, die der Herde folgten, nie etwas in Frage stellten und nie erkannten, dass sie selbst entscheiden und mit ihrem alten Leben einfach verdammt noch mal aufhören und auf eine neue Art zu leben beginnen konnten. Die starke Schulter eines freien Mannes genüge, um alles zu kippen und die gewohnten Regeln umzustossen wie einen Haufen schlechtgestapelter Ziegelsteine. Im Grunde gebe es nichts als ein Ehrenwort, einen Willen und ein Gewehr. Alles andere sei eine Lüge. Hörst du mich?, fragte Brian jeweils. Ja, Sir, sagte Tavin dann und antwortete ihm mit Brians Lieblingszitat aus der Bibel: *Wer Augen hat zu sehen, der sehe, wer Ohren hat zu hören, der höre.*[49] Tavin lief und wusste haargenau, dass er Wendell Newman sehen würde, bevor Wendell ihn sah.

Nachdem sie sich querfeldein durch einige felsige Hügel geschlagen hatten, in der Hoffnung, unten im Tal auf Wendell zu treffen, der in Richtung Süden lief, stiessen sie auf einen ausgetrockneten Bach. An dessen Ufer sprang ein Kojote in einem Tellereisen sie an. Das Tier hatte bäuchlings im gelben Gras gelegen, und als sie weiterliefen, griff es knurrend und mit schnappendem Kiefer an und wirbelte durch die Luft, als das Ende der Kette des Tellereisens am linken Vorderbein erreicht war. Der Kojote landete ausgestreckt im Dreck, rappelte sich wieder auf und stand da im grauen Winterfell, das noch von sommerlich roten und orangefarbenen Streifen durchzogen war. Das Tier fletschte die Zähne und knurrte kehlig und leise.

Tavin, der ausgerutscht und gestürzt war, als der Kojote sie angesprungen hatte, stand fluchend auf. Wer zum Teufel stellte hier draussen den Pelztieren nach? Er hatte geglaubt, er und Brian seien die Einzigen, die in den Bulls Pelztiere jagten. Ohne einen Gedanken an den Lärm und bevor Norris oder Freddie etwas sagen konnten, hob er sein Gewehr und schoss dem verdammten Biest in den Kopf.

Als es Nacht wurde, waren sie an der Quelle. Der Himmel war steingrau, und dunkle Wolken türmten sich im Westen. Am späten Nachmittag hatten sie Wendells Spur beinahe verloren. Tavin und Freddie hatten sich hingesetzt und gewartet, während Norris schnüffelnd wie ein Bluthund seine Kreise durch die Felsen zog. Und da hatten sie den Gewehrschuss gehört. Sie rannten einfach in seine Richtung und hatten die Spur wiederaufgenommen, als es Nacht wurde hier an der Quelle.

Jetzt lagen sie da und assen Müsliriegel und Trockenfleisch. Freddies Copenhagen machte die Runde. Sie redeten und lachten und verspotteten diesen dämlichen Wendell Newman, der, nach den Spuren rund um die

Quelle zu urteilen, kaum einen Tag durchgehalten hatte, bevor er auf den Hintern gefallen war und sich verletzt hatte. Da musste der alte Verl sicher den Kopf schütteln da droben im Himmel oder wo immer er war. Sie würden Wendell morgen problemlos aufspüren. Tavin machte es nicht einmal viel aus, dass sie irgendwo unterwegs die Spur des Mädchens verloren hatten und dass Wendell inzwischen allein war. Vermutlich müssten sie die Spur ja bloss zurückverfolgen, um sie zu finden. Freddie sprach dafür die ganze Zeit von dem Jungen, der bei ihnen sein müsse, er sagte, er sei mit Wendell bei Hougens Viehtrieb gewesen und seinetwegen seien der Deputy und die Kinderschutzfrau überhaupt aufgetaucht. Er war ganz aufgeregt wegen des Jungen, wegen des Helikopters, den sie gesehen hatten, und wegen des mutmasslichen Geschehens beim Trailer, mit der Kinderschutzfrau und dem toten Deputy und Daniel, Toby und Clay, die leichte Angriffsziele boten. Aber Tavin waren der Junge, Toby und Daniel und der ganze Rest egal. Wenn sie Wendell erwischten, würde sich alles andere finden. Er war schuld an dem, was Brian zugestossen war.

Einige von ihnen hatten gefunden, es sei der Deputy Sheriff gewesen; er müsse erkannt haben, wie beschissen seine Lage war, und zuerst geschossen haben. Andere begutachteten das pflaumengrosse Loch in Brians Hals und meinten, nein, der Schuss müsse von hinten gekommen sein, darum müsse es irgendwie doch Wendell gewesen sein – vielleicht hatte das Gewehr ja im Auto des Mädchens gelegen oder dergleichen. Aber ob Wendell Brian tatsächlich erschossen habe, spiele auch keine Rolle, sagte Tavin. Es sei trotzdem Wendells Schuld. Wenn er getan hätte, was er hätte tun sollen, wenn er seinem Alten gehorcht hätte, wäre es einfach gewesen. Es hätte keine Schweinerei beim Trailer gegeben.

Womit niemand Tavin konfrontierte, um einen Toten nicht zu entehren, war, dass einige überhaupt nicht dorthin hatten fahren wollen. Brian hatte darauf beharrt. Er sagte, die symbolische Bedeutung zähle. Er sagte, die Leute seien unwissend, aber das könne sich noch ändern. Unter anderem müsse es dem Bull-Mountain-Widerstand darum gehen, die Leute über die wirklichen Fragen aufzuklären, über die ungerechten Methoden, mit denen die Bundesregierung ihr Leben und Land kontrollierte. Insofern waren die Wölfe mehr als Wölfe, und wenn sie Verl Newmans eigenen Sohn an ihrer Seite hätten, würden die Leute verstehen, dass sie nicht einfach Wölfe töteten – nein, sie schlossen sich einer langen Reihe von Rebellen und Freiheitskämpfern an, von Verl Newman ganz zurück bis zum alten George Washington.

Tavin hatte zugehört und geglaubt, aber in seinem Jungenherzen war er eifersüchtig auf Wendell Newman gewesen und auf dessen unverdienten Status als Sohn eines Helden. Noch bevor Tavin überhaupt geboren worden war, war sein Vater von der Ladefläche eines Pick-ups gefallen und hatte sich den Kopf gespalten.

Er war im besten Fall bedauernswert und im schlimmsten ein besoffener Idiot. Ein Mitschüler, einer aus der Stadt, hatte Tavin das ganze letzte Jahr damit geärgert, nachdem die Klasse einen Aufsatz aus persönlicher Sicht zur Lerneinheit über Indianer und Pioniere in der Geschichte Montanas geschrieben hatte. Was sollte diese Aufgabe überhaupt? Er hatte den Lehrer gehasst, diesen Mr. Lloyd mit seinen Sandalen und struppigen Haaren, den langen Leselisten und Klassendiskussionen und hochtrabenden Arbeiten, die sie schreiben mussten. Warum teilte er ihnen nicht einfach Arbeitsblätter aus wie die anderen Lehrer auch? Warum konnte er ihnen nicht einfach die Fakten beibringen und fertig? Warum – wo sie doch alle schon verdammt genau wussten, was aus ihm werden würde – piesackten ihn Lloyd und Leslie und Houlton die ganze Zeit mit seiner Zukunft? Und warum zum Teufel hatte Wendell das verdammte Glück, Verl Newman zum Vater zu haben? Das war nicht fair. Nein, verdammt, ganz und gar nicht fair.

Freddie rollte sich jetzt zusammen gegen die Kälte und zog die Knie an. Norris lag auf dem Rücken und schlief schon tief, als wäre sie ihm völlig egal. Tavin rieb am verkrusteten Blut an seinem Kinn, an der empfindlichen, entzündeten Wunde. Der leise Schmerz fühlte sich gut an. Er legte sich hin, die Hände unter der anderen Wange, und musterte seinen Himmelsabschnitt: schwarze Wolken und davor die noch schwärzeren Umrisse der Berge. Wenigstens war er in den Bulls geboren worden. Und als er Gelegenheit dazu bekam, hatte er die richtige Wahl getroffen – und sich für Brian entschieden. Das konnte man ihm nicht mehr nehmen.

Ein leichter, kalter Regen weckte sie, dicke Tropfen klatschten in den Staub, der erste richtige Regen seit Monaten. Sie versteckten ihre Vorräte bei der Quelle. Nur mit ihren Gewehren und Pistolen bewaffnet, stapften sie über die Ebene und in die Felsen hinauf. Auf dem Kamm hielten sie an und holten Luft. Norris untersuchte ein Grasbüschel, ein Ästchen und kämpfte sich einen gewundenen Graben hoch. Sie waren von den Felsen und Rotzedern fast eingeschlossen. Im Regen wurde das Rinnsal unter ihren Stiefeln breiter. Tavin hörte nicht viel mehr als seinen brummenden Atem. Wie Bienen in mir, dachte er. Oder Wespen.

Die Felsen öffneten sich zu einem weiteren, noch höheren Berggrat, und man sah unter dem Weissblech der Wolken meilenweit nach Osten, Süden und Westen. Gegen Norden erhob sich der Berg, und dorthin gingen sie, zwängten sich durch die Rotzedern und um Sandsteinbrocken und traten, als der Regen stärker wurde, auf eine kleine Lichtung hinaus.

Dort sass Wendell Newman, vielleicht fünfzehn Yard entfernt, das Gewehr an der Schulter.

Eine Schwärze überkam Tavin. Schwarze Sturzbäche in seinen Gedärmen. Wendell hatte sie zuerst gehört und zuerst gesehen. Wendell war bereit für sie. Aber

Brian sagte doch, sagte doch, sagte doch, Brian sagte doch, sie seien diejenigen, die *immer* bereit wären. Sie waren nicht bereit. Scheisse, Scheisse, Scheisse!

Der Regen läuft Tavin die Nase herunter.

Norris stellt sein Gewehr ab und Freddie auch, er murmelt etwas Unverständliches dazu und ist den Tränen nahe. Es riecht überall nach Beifuss und Regen.

Tavin netzt sich die Lippen. Legt das Gewehr an. Ganz einfach. Er entsichert und zielt auf Wendells Hals, die weiche Mulde tief in der Kehle. Einen Moment lang starren sich die beiden an, über die Gewehrläufe und durch den Regen.

Dann legt Wendell sein Gewehr auf den Boden. Er zieht sich hoch, die Hände am Felsen, und Tavin kann den groben, regennassen Sandstein fast selbst unter den Fingern spüren.

»Freddie«, sagt Wendell, »weisst du noch, unser Theaterstück damals? Ich hab eben daran gedacht. Ich denke die ganze Zeit daran.«

Und das macht alles klar. Oder macht es zunichte. Macht alles zunichte, was Tavin kennt. Ein Mann hält sein Gewehr im Anschlag. Ein Mann kümmert sich nicht um das, was danach kommt. Warum starrt Wendell ihn nicht über seinen Gewehrlauf an?

Tavin schiesst. Und schiesst wieder.

Norris grunzt. Freddie schreit und wirft seine Arme um Tavins Schultern.

Aber Tavin nimmt sich Zeit. Alle Zeit, die er noch hat. Die Welt hat ihm alles genommen, und jetzt nimmt er es sich verdammt noch mal zurück. Sie werden sich gegenseitig ganz aufreiben, diese Welt und er, bis nichts bleibt als Schwefel, Staub und Knochen.

Tavin schüttelt Freddie ab und schiesst wieder und wieder, jeder Schuss knallt und trifft ins Schwarze.

Verl

Ich träume eine Wölfin kommt neben mich gesprungen kannst du dir diese Wolfsfülle vorstellen Junge ich kniete mich hin und wollte sie in die Arme nehmen sie war so vollkommen wie nichts anderes das mir begegnete seit letztem Sommer als wir schwimmen gingen im Fluss nach einem langen Tag Heuballen buckeln und du deine Jeans auszogst und ich aufschaute vom Fluss wo ich schon meinen nassen Kopf schüttelte und sah dass du jetzt ein Mann warst Junge dein gebogener Leib als wäre das Licht selber aus Fleisch und dieses Lichtgewicht ist alles was bleibt und in Schwaden von Licht oder Schwaden der Nacht badeten wir in der Nacht als deine Mutter fünfzehn wurde und wir uns in eine Wiese voll Gras legten und ~~der tolle Mond~~ nein der volle Mond in dieser Nacht über uns aufging und die harte Erde unter uns lag als wir uns umfingen und das Land uns umfing als könnte das Land uns nicht mehr halten als sei die Grenze zwischen Erde und Himmel verwischt und wir fallen durch die Wolfslöcher der Sterne Junge wir fallen hinunter

Rowdy

Er sitzt im Fond, aufrecht und gerade, und zählt im harten Winterlicht die alten hölzernen Zaunpfosten, die an seinem Fenster vorbeiflitzen – eins, zwei, drei, vier, fünf, sechs, sieben … Bei knapp einhundert pfeilt ein Bussard herab und hebt in seinen Krallen einen zappelnden Präriehund aus dem verfilzten Gras in die Höhe, und Rowdy gerät aus dem Tritt. Er tut jetzt so, als hätte er eine Klinge, die er aus dem Fenster schwenken und so halten kann, dass sie alles Unkraut und Truggras im Strassengraben trimmt. Er klopft sich mit den Fingern auf die Wangen und blickt auf. Der Fahrer – Mr. Leslie, Mr. Leslie, Mr. Leslie, sagt er sich und versucht es sich zu merken – mustert ihn im Rückspiegel, grinst ihm zu, als er sich ertappt fühlt, und wendet seinen Blick wieder der Strasse zu. Maddy, die er kennt und sich nicht merken muss, sitzt ihm gegenüber und starrt aus ihrem eigenen Fenster auf die Berge. Er zappelt in seinem Sitz, der Sicherheitsgurt drückt ihm auf den Hals, und er streckt den Arm aus, um ihren Ellbogen zu berühren. Sie lächelt ihn an, ihr Gesicht ist rot und fleckig, und die Augen gehen ihr über. Sie nimmt seine Hand. Er mag es, wenn sie seine Hand nimmt.

Sie biegen von der Landstrasse auf einen unbefestigten Weg ab, dessen Einfahrt von dicken Pfosten markiert ist, und an den geölten Querbalken hat man den Schädel einer gehörnten Kuh genagelt. Mr. Leslie bremst über das Viehgitter ab, holpert durch die Spurrillen und gibt auf dem Schotter gleich wieder Gas. Rowdy kennt diese Strasse. Er richtet sich noch stärker auf und lehnt sich gegen die Mitte, um das Land durch die Frontscheibe vorbeiziehen zu sehen. Seine Lehrerin – Ms. Houlton, Ms. Houlton, Ms. Houlton – dreht sich zu ihm um und lächelt ihn auch mit diesem traurigen Lächeln an, das sie alle für ihn haben.

Ms. Houlton sagt zu ihm, dass Mr. Hougen ein Freund seines Onkels gewesen sei, und fragt, ob er sich an ihn erinnere.

Vor seinem inneren Auge sieht Rowdy ein grosses rotes Kalb auf sich zustürmen und wie Wendell ihn hochhebt und mit einem Schwung rettet und dann wie der alte Glatzkopf, Mr. Hougen, sich zu ihm bückt und ihm einen Fünfdollarschein gibt.

Rowdy nickt einmal, zweimal, dreimal. Er weiss, dass er antworten muss. Das ist eins von den Dingen, die seine neuen Lehrer ihm eintrichtern. Wenn ihm die Wörter fehlen, kann er einfach nicken oder den Kopf schütteln, den Daumen heben oder senken. Er muss mit ihnen reden, und sei es nur mit seinem Körper, damit sie sich richtig um ihn kümmern können. So wie sein Onkel Wendell.

Rowdy nimmt sein Notizheft, zieht seinen Stift aus der Spirale und blättert – Bäume, Berge, Fallen, der Esstisch, auf dem zwei gefüllte Schüsseln stehen. Er findet eine leere Seite im hinteren Teil und beginnt das Kalb und den Staub zu zeichnen. Am grössten ist sein Onkel Wendell gezeichnet – es gibt nicht mal genug Platz auf dem Blatt für seinen Onkel Wendell.

Mr. Leslie bugsiert das Auto in eine Lücke neben den Pick-ups vor dem Haus. Sie steigen alle aus, ihre Atemwölkchen entschweben, und es riecht nach Holzrauch in der kalten, stillen Luft. Mr. und Mrs. Hougen sind da und erwarten sie vor der Tür mit demselben traurigen Lächeln, doch Mr. Hougens Lächeln zuckt und bricht, genau wie bei Maddy, als er Rowdy sieht. Mrs. Hougen legt den Arm um ihn. Ms. Houlton berührt seine Schulter. Mr. Leslie tritt von einem Fuss auf den andern und wendet den Blick ab. Rowdy lässt Maddys Hand los und stellt sich direkt vor Mr. Hougen hin, der ein weisses Taschentuch hervorzieht und sich laut schnäuzt, dann beugt er sich nieder, und sein Atem streicht warm und herb über Rowdys kaltes Gesicht.

»Mir fehlt ein Cowboy, Rowdy Burns. Schmerzlich. Sobald du dich aufgerappelt hast, kommst du und arbeitest mal einen Tag für mich, okay?«

Rowdy streckt den Arm aus zum Handschlag. Es wird gelacht und geweint, und Mr. Hougen nimmt Rowdys Hand und schüttelt sie, auf und ab, auf und ab. Er lässt nicht los, bis Mrs. Hougen ihn zupft. Er wendet sich Ms. Houlton zu, atmet tief durch, nimmt seine Mütze ab und reibt sich die Glatze.

Es sei ein verdammter Schlamassel, sagt er, und es tue ihm so verdammt leid. Er habe ja keine Sekunde geglaubt, dass sie so weit gehen würden. Jetzt seien drei von ihnen erledigt und ein halbes Dutzend im Gefängnis, und alles gehe drunter und drüber. Mr. Hougen hält inne und holt röchelnd tief Luft. Das Problem, sagt er, sei, dass es hier draussen keine Existenz mehr gebe für einen jungen Mann. Selbst wenn er Land erben könne von seinem Daddy.

»Es reicht nicht zum Leben«, sagt er. »Es reicht zum Sterben. Ich weiss nicht. Vielleicht brechen wir die Zelte ab und geben das Land den Wölfen und Büffeln zurück. Ich weiss wirklich nicht ...«

Er unterbricht sich, reibt sich die Augen. Ms. Houlton berührt ihn erneut an der Schulter.

»Es tut mir leid, Glen. Wirklich. Du warst immer gut zu Kevin und mir. Ich war dankbar dafür, trotz allem.«

Sie erzählt ihm, dass der Staat es in Anbetracht der Umstände erlaube, dass Rowdy bei ihr bleibe, während ihr Pflegeantrag laufe. Und Mr. Hougen habe sich mehr als grosszügig gezeigt, indem er Wendells Schulden übernommen und mehr für das Newman-Land bezahlt habe, als es bei einer Versteigerung eingebracht hätte. Der Staat habe eine Treuhandschaft für Rowdy eingerichtet, und zwei verschiedene Therapeuten arbeiteten wöchentlich mit ihm. Er mache gute Fortschritte.

Mr. Hougen wischt sich über die Augen und putzt sich wieder die Nase.

»Teufel auch, es ist bloss Wendells Letzter Wille. Den führe ich aus. Ich wünschte, ich könnte mehr tun.«

Der Trailer sei aufgeräumt, sagt er zu ihnen. Rowdy könne rübergehen, sobald er so weit sei, und mitnehmen, was er wolle, oder auch etwas nehmen für Lacy.

Ms. Houlton dankt ihm. Dann streckt sie den Arm aus und nimmt Maddys Hand. Sie könne nicht sagen, es sei gut gewesen, was sie da tat letzthin, einfach so wegzugehen, ohne jemandem ein Wort zu sagen, und das wolle sie Rowdy nicht antun. Sie habe Rowdys Mutter im Gefängnis besucht neulich und habe vor, nächste Woche wieder hinzugehen. Und tags zuvor sei sie bei Tricia Wilson im Krankenhaus gewesen.

Hier verliert Ms. Houlton den Faden, schluckt und hält inne. Maddy nimmt ihre Mutter am Ellbogen und spricht für sie beide. Sie hätten Rowdy erzählt, was passiert sei, sagt sie – die Therapeuten versicherten ihnen, das sei wichtig –, und sie hätten ein Bild von Wendell über Rowdys Bett aufgehängt.

Darauf kommen Mr. Hougen wieder die Tränen, und Mrs. Hougen streichelt ihm den Rücken.

»Das reicht jetzt«, sagt sie, »wenigstens solange kleine Ohren zuhören. Rowdy, ich hab hier was Feines für dich.«

Sie zieht eine Papiertüte aus ihrer Tasche und überreicht sie. Rowdy schlägt den Rand der Tüte um und späht hinein. Gummischlangen. Bestimmt ein Pfund.

Genau da kommt Tyler hinter dem Haus hervorgerannt in einer Lederjacke mit Fransen und Waschbärfellmütze, zwei Spielzeugrevolver im Gürtel. Er gibt Rowdy einen Revolver, und der entschädigt ihn mit einer Handvoll Gummischlangen.

Tyler schnappt sie sich und biegt ab über den Hof, flitzt um den Hühnerstall und die Werkstatt und einen Wildwechsel hoch. Rowdy ist ihm auf den Fersen. Bei den struppigen Strauchkiefern verlangsamt Rowdy den Schritt und dreht sich um, blickt zurück auf das niedrige, weitläufige Haus, wo sich Holzrauch aus dem Kamin in den Himmel hinaufkringelt. Seine Brust hebt sich, seine Lungen brennen von jedem mächtigen, kalten Atemzug, und seine Füsse in den Sneakers jucken vom Drang zu rennen.

Er will sich ja nur versichern und zählt noch mal alle durch, die dort im Haus sind – Maddy, Ms. Houlton, Mr. Leslie, Mr. und Mrs. Hougen, eins, zwei, drei, vier, fünf. Und auch wenn sie nicht da sind, macht das mit seinem Onkel Wendell sechs und mit seiner Mutter sieben, und Sieben ist eine schöne, gute Zahl. Sieben ist die Zahl all jener Bekannten, die ihn sehr lieben. Dieses Wort hat sein Onkel Wendell benutzt, als er sie in den Bergen zurückliess, *Liebe,* und das sagt Maddy jetzt zu ihm, wenn sie ihn nachts zu Bett bringt. *Er hatte dich sehr lieb, wir lieben dich sehr.*

Der harte Schnee glitzert unter der Sonne. Eine Elster kreist am Himmel, landet auf einer abgestorbenen Kiefer und schäckert.

Die Bulls verändern sich im Winterschatten, im

Winterlicht, und Rowdy denkt, er lebe gern mit Maddy und Ms. Houlton in dem neuen, grossen Haus in der Stadt. Er denkt zugleich, dass er gern wieder bei seinem Onkel Wendell leben würde, hier in den Bergen. Doch sein Onkel Wendell ist tot, so nennen sie das immer, *tot,* was bedeutet, dass er nirgends mehr ist als in Rowdys Herzen. Das sagt Ms. Houlton. Rowdy senkt den Blick, sein Atem blüht vor ihm auf und vergeht, und er klopft sich auf die Brust.

Das ist der Ort, wo sein Onkel Wendell ist.

Er lächelt und rennt los, nimmt seinen Onkel Wendell mit sich hinauf in die Berge.

Dank

Jennifer Sahn führte Teile dieses Manuskripts bei Orion zur Druckreife; ihre frühe Ermutigung und Kritik waren ganz wesentlich. Derek Sheffield riet mir dazu, meinen Figuren treu zu bleiben; ich bin ihm dankbar dafür. Shann Ray, Jonathan Rovner, Lex Runciman und Liz Wilkins lasen frühe Entwürfe und halfen mit ihrem guten Rat. Sally Wofford-Girand und Ben George – beide einfach unglaublich professionell – glaubten an diese Geschichte und machten sie noch stärker; ich bin ihnen überaus dankbar für ihre Bemühungen. Und ein letzter Dank geht an die Sustainable Arts Foundation, die Margery Davis Boyden Wilderness Writing Residency und das Linfield College für die Zeit und den Raum, die zum Schreiben nötig sind.

Anmerkungen der Übersetzerin

1 Einem gefoulten Team werden ein oder zwei Freiwürfe zugesprochen, je nachdem ob der erste Freiwurf gelingt.
2 Betty Smith: *Ein Baum wächst in Brooklyn;* Susan E. Hinton: *Die Outsider;* John Steinbeck: *Cannery Row. Die Strasse der Ölsardinen.*
3 *Sarcobatus vermiculatus,* im Original *greasewood.* Stacheliger, mehrjähriger Strauch auf den salzhaltigen, halbtrockenen Böden des amerikanischen Westens, auch Fettholz oder Sickerbusch genannt.
4 *Cervus canadensis,* eine nordamerikanische Art aus der Familie der Hirsche; in der Sprache der Shawnee werden diese grossen Tiere *Wapiti* genannt.
5 *Bromus tectorum,* Dach-Trespe, invasives Gras in den amerikanischen Prärien. Im Original als *cheatgrass* bezeichnet, im Deutschen »Truggras« (Lehnübersetzung I. W.).
6 *Pinus banksiana,* Banks- oder Strauchkiefer, mittelgrosse oder auch nur buschartige nordamerikanische Kiefer.
7 Mehmet Oz (geb. 1960), Herzchirurg, der ab 2009 mit umstrittenen Gesundheitsshows im Fernsehen auftrat, später für Trumps Republikaner auch in die Politik einstieg, 2022 aber die Wahl um den Senatssitz von Pennsylvania gegen den Demokraten John Fetterman verlor.
8 US-Kosmetikkonzern, dessen Produkte von Beraterinnen auf Provisionsbasis verkauft werden.
9 Informationssendung im National Public Radio.
10 Gordon Lightfoot (1938–2023), kanadischer Folksänger und Songwriter.
11 Louis L'Amour (1908–1988), Autor aus North Dakota, Verfasser zahlreicher erfolgreicher Westernromane.
12 *Sturnella neglecta,* Westlicher Lerchenstärling oder Wiesenstärling, nordamerikanischer Singvogel aus der Familie der Stärlinge.
13 Im Original *bunchgrass,* genauer *bluebunch wheatgrass, Elymus spicatus,* typisches Gras auf den trockenen Böden Montanas, deutsch Blaubüschel-Weizengras, abgekürzt mit »Büschelgras« übersetzt.
14 Ikonischer amerikanischer Sportwagen der Marke Pontiac.
15 Abkürzung für Bureau of Land Management, 1946 gegründete

US-Behörde zur Verwaltung und Verwertung öffentlichen Landes.

16 Deutsche Zitate nach der Übersetzung von Dorothea Tieck (1833).

17 »Du lädst sechzehn Tonnen, was hast du gewonnen? Dein Leben, dein Geld sind nur so zerronnen.« Zitiert aus dem Song *Sixteen Tons* (1947) von Merle Travis (1917–1983) über einen Bergarbeiter in Kentucky, der in der Fassung des Country- und Gospelsängers Tennessee Ernie Ford (1919–1991) populär wurde. Übersetzung I. W.

18 Anklang an die vielzitierte Zeile *»Never the twain shall meet«* aus Rudyard Kiplings Gedicht *The Ballad of East and West* (1889).

19 Rechtspopulistische Bewegung in den USA, die sich ursprünglich gegen die Wirtschaftspolitik von Präsident Barack Obama richtete.

20 Im Original CRP, Abkürzung für Conservation Reserve Program bzw. das Fördergeld aus diesem Programm.

21 *Odocoileus virginianus clavium,* seltene, nur auf den Florida Keys heimische, deutlich kleinere Unterart des Weisswedelhirschs.

22 Konstruktionsspielzeug für Kinder von Charles H. Pajeau und Robert Pettit (1914).

23 Er kaufte demnach Tortillachips, ein Süssgetränk von Pepsi und einen Nasenspray mit Amphetamin.

24 Roman (1967) von Susan E. Hinton (geb. 1948) über einen Bandenkrieg zwischen Jugendlichen, 1983 von Francis Ford Coppola verfilmt.

25 The Avett Brothers, Folkrockband aus North Carolina.

26 George Strait (geb. 1952), Countrysänger aus Texas.

27 *Odocoileus hemionus,* nach seinen grossen Ohren Maultierhirsch genannt; häufige Hirschart des amerikanischen Westens, kleiner als der Wapiti.

28 In Baltimore, Maryland, gedrehte erfolgreiche Serie von David Simon, die 2002–2008 im Fernsehen lief.

29 Katholisches College in Spokane, Washington; Colleges in Portland, Oregon.

30 *Larrea tridentata,* immergrüner, dornenloser, gelbblühender Strauch im trockenen Südwesten der USA und in Mexiko.

31 Die Anfänge der Sagebrush Rebellion gehen auf die 1970er Jahre zurück, als eine Bewegung im Westen der USA forderte, dass Regierungsland, ein Grossteil davon in den Salzsteppen, an die Gliedstaaten oder private Eigentümer übergehen solle. Der nachmalige US-Präsident Ronald Reagan bekannte sich 1980 in einer

Wahlkampfrede zu den Zielen dieser Rebellen. Die spätere Wise-Use-Bewegung forderte noch radikaler den Vorrang von Privateigentum und persönlichen Freiheiten gegenüber dem Staat.

32 Abkürzungen für Environmental Protection Agency, International Revenue Service.

33 Nach Genesis 1,24–25. Während die Tiere »jedes nach seiner Art« entstanden und sich fortpflanzten, räumt Vers 26 dem Menschen eine Sonderstellung ein: »Und Gott sprach: Lasset uns Menschen machen, ein Bild, das uns gleich sei.«

34 Sogenannte patriotische Vereinigungen mit radikal antistaatlichem Fokus.

35 Entspricht 172,7 cm. Die Grösse von Pferden wird traditionell in Handbreit gemessen.

36 An den amerikanischen Community Colleges können die ersten beiden Studienjahre vergleichsweise kostengünstig und ohne restriktive Zulassungsbeschränkungen absolviert werden.

37 In ländlichen Gebieten Nordamerikas gab es seit dem 18. Jahrhundert die Praxis, einem in Not geratenen Farmer mit dem Bau einer Scheune in unentgeltlicher Gemeinschaftsarbeit zu helfen.

38 Roman (1970) von Glendon Swarthout (1918–1992), deutsch: *Denkt bloss nicht, dass wir heulen.*

39 Betty Smith: *Ein Baum wächst in Brooklyn.* Roman. Aus dem amerikanischen Englisch von Eike Schönfeld. Berlin: Insel 2018, S. 21.

40 Grosser Hersteller von Landwirtschaftsmaschinen.

41 Salatsauce aus Joghurt, Buttermilch, Mayonnaise und Kräutern.

42 Chevrolet der S-Serie von General Motors.

43 ArmaLite AR-15, halbautomatische Waffe.

44 Anspielung auf die Kontroverse um den Schutz der *spotted owl (Strix occidentalis)* um 1990 und bis heute. Zum Schutz der gefährdeten Vogelart wurde der Holzschlag in den Staaten des amerikanischen Nordwestens verboten, mit entsprechenden wirtschaftlichen Folgen.

45 *Castilleja angustifolia,* nordamerikanische parasitäre Sommerwurz mit leuchtend roten Blüten, deshalb auch *Indian paintbrush,* »Indianerpinsel«, genannt (so auch im Original).

46 Abkürzung für Yellowstone Public Radio, sendet aus Billings, Montana.

47 US-Lebensmittellieferant, der grössere Abnehmer wie Restaurants bedient.

48 Notrufnummer in den USA.

49 Nach Matthäus 13,16.

Lenos Polar – spannend, tiefgründig, kritisch

Jamey Bradbury
Wild
Roman
Aus dem Amerikanischen von Lydia Dimitrow
390 Seiten, Softcover
ISBN 978 3 03925 024 0

»Eine faszinierende Variante des zurzeit hoch im Kurs stehenden ›Nature Writing‹, ein Roman, der seine ›paranormalen‹ Elemente dazu benutzt, um tradierte Abgrenzungen zu schleifen beziehungsweise zu ignorieren: die Grenzen zwischen Mensch und Natur, zwischen Intellekt und Instinkt, die Grenzen zwischen Geschlechterrollen und Geschlechteridentitäten.«
Thomas Wörtche, Deutschlandfunk Kultur